ANDY WEIR

上

アンディ・ウィアー

小野田和子 訳

プロジェクト・ヘイル・メアリー

早川書房

プロジェクト・ヘイル・メアリー
〔上〕

PROJECT HAIL MARY
by
Andy Weir

Translated by
Kazuko Onoda
First published 2021 in Japan by
Hayakawa Publishing, Inc.
This book is published in Japan by
arrangement with
Ballantine Books, an imprint of Random House,
a division of Penguin Random House LLC
through Japan Uni Agency, Inc., Tokyo.

カバーイラスト／鷲尾直広
装幀／岩郷重力＋N.S

ジョン、ポール、ジョージ、リンゴに

〔ロケット図①〕

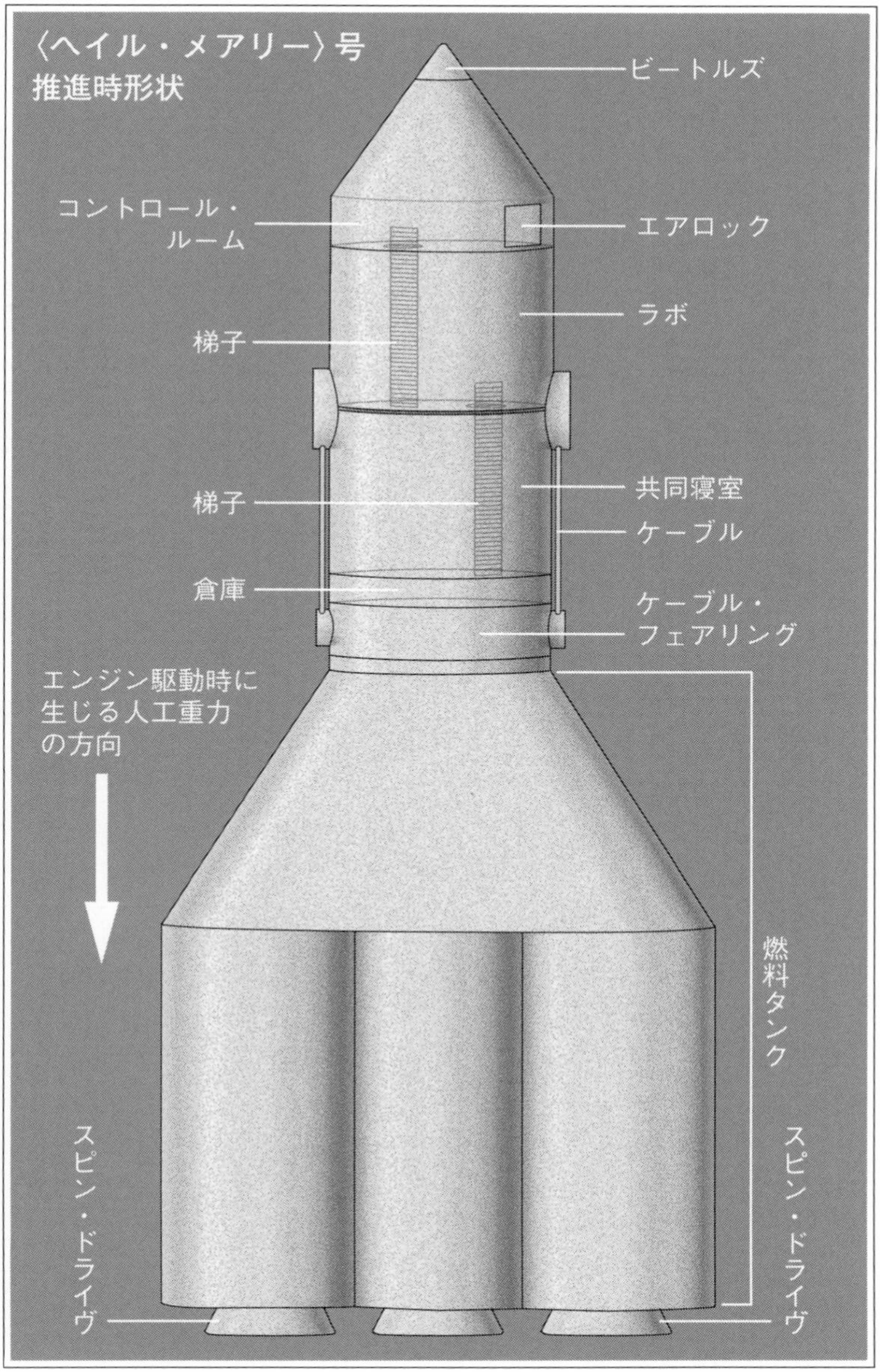

〈ヘイル・メアリー〉号
推進時形状
ビートルズ
コントロール・ルーム
エアロック
ラボ
梯子
共同寝室
梯子
ケーブル
倉庫
ケーブル・フェアリング
エンジン駆動時に生じる人工重力の方向
燃料タンク
スピン・ドライヴ
スピン・ドライヴ

〔ロケット図②〕

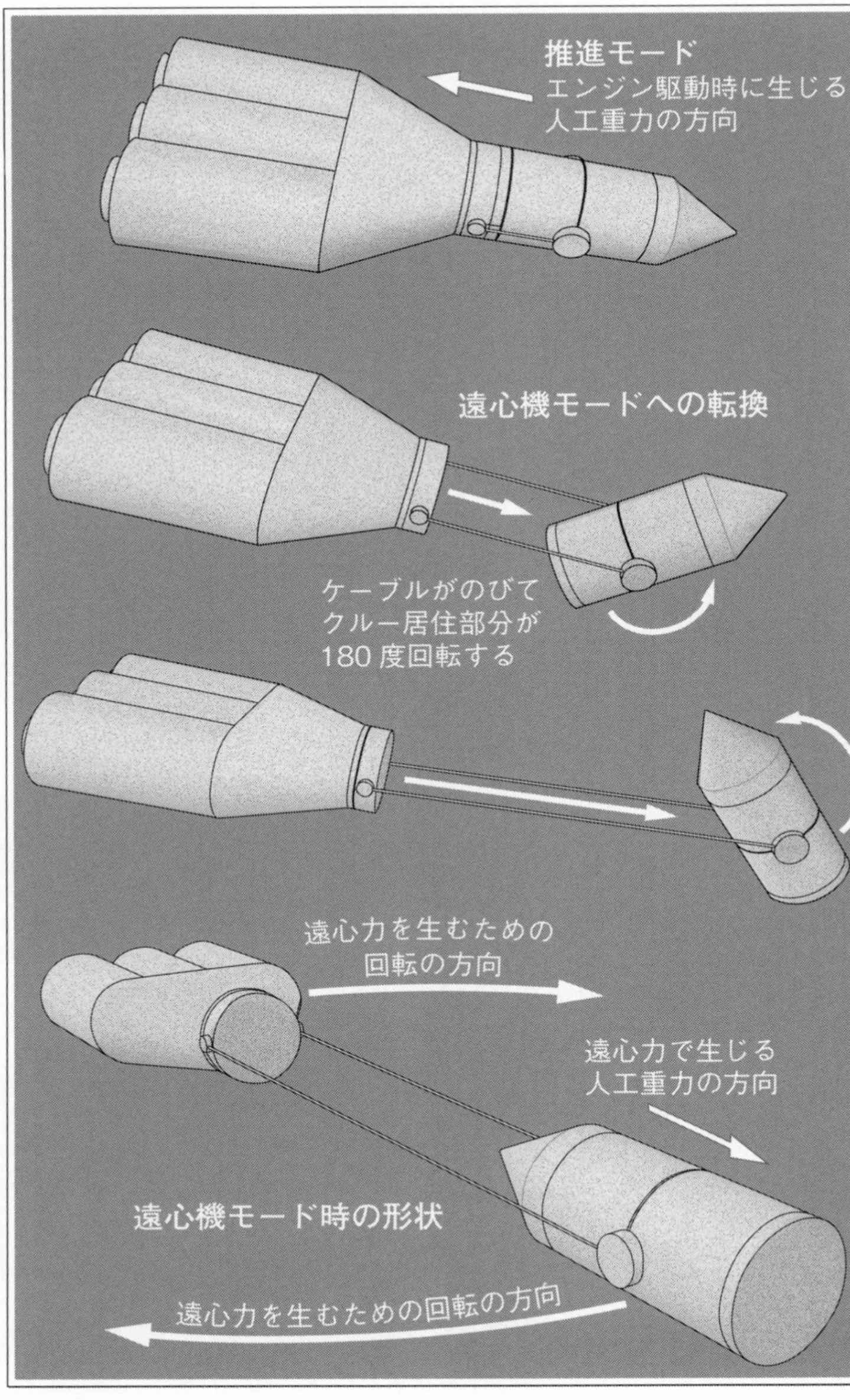
推進モード
エンジン駆動時に生じる
人工重力の方向
遠心機モードへの転換
ケーブルがのびて
クルー居住部分が
180度回転する
遠心力を生むための
回転の方向
遠心力で生じる
人工重力の方向
遠心機モード時の形状
遠心力を生むための回転の方向

第1章

「二足す二は？」

なんだかイラッとくる質問だ。ぼくは疲れている。だからまたうとうとしはじめる。

数分後、また聞こえてくる。

「二足す二は？」

やわらかい女性の声は感情に欠けていて、いい方がさっきとまったくおなじ。コンピュータだ。コンピュータがいやがらせをしている。ますますイラッとくる。

「ほろいれるれ」といって自分で驚く。「ほっといてくれ」といったつもりだった――私見ながら、ごくまっとうな反応だと思う――それなのにちゃんとしゃべれなかった。

「不正解」とコンピュータがいう。「二足す二は？」

実験の時間だ。ぼくは、こんにちは、といおうとする。

「おんいいあ？」

「不正解。二足す二は？」

どういうことだ？　なんとか理解したいが、手がかりが少なすぎる。なにも見えない。コンピュータの声以外なにも聞こえない。なんの感覚もない。いや、ちがう。なにか感じる。ぼくは横になっている。なにかやわらかいものの上にいる。ベッドだ。

目を閉じているようだ。悪くない。開ければいいだけだ。開けようとするが、なにも起こらない。

どうして目が開けられないんだ？

開け。

さあああ……開け！

開け、くそっ！

おお！　こんどは少しピクッとした。まぶたが動いた。動くのを感じた。

開け！

まぶたがじわじわ上がって、まぶしい光が網膜を焼き焦がす。

「グウウ！」まったくの意思の力で目を開けつづける。なにもかもが痛みを帯びた白。

「目の動き、検知」いやがらせの主がいう。「二足す二は？」

白さが少しやわらぐ。目の焦点が合いはじめる。形が見えてくるが、細かいところはまだわからない。そうだ……手は動かせるだろうか？　だめだ。

足は？　こっちもだめだ。

だが口は動かせる、そうだろう？　なにかいっているんだから。ちゃんとした意味のあることではないが、それでもなにかは。

「よおお」

「不正解。二足す二は？」

形が意味を持ちはじめる。ぼくはベッドにいる。なんというか……楕円形の。

LED照明が上から照らしている。天井の、いくつものカメラがぼくの動きを逐一とらえている。いやな感じだが、ロボットアームのほうがもっと気になる。

天井から艶消し仕上げのスチールの無骨なアームが二本、ぶらさがっている。どちらにも、手にあたる部分に穏やかならざる、なにかブスッと貫通させるたぐいのツールがいくつもついている。好ましい見た目、とはいえない。

「よお……おおお……ん」これでどうだ?

「不正解。二足す二は?」

くそっ。意思の力、内なる力を総動員する。が、少しパニックを起こしそうになってもいる。よし。それも利用してやろう。

「よおおん」ついにいえた。

「正解」

やった。しゃべれる。少しは。

ほっと溜息をつく。待てよ——いま呼吸をコントロールした。また息を吐く。意識して。口のなかがヒリヒリする。喉もヒリヒリする。だがこれはぼくのヒリヒリだ。コントロールが効く。

ぼくは酸素マスクをつけている。顔にぴったりつけられていて、ホースが頭のうしろの方へのびている。

起き上がれるか?

だめだ。しかし頭は少しだけ動かせる。自分の身体を見下ろす。裸で、数え切れないくらいたくさんの管につながれている。両腕それぞれに一本ずつ、両足にも一本ずつ、〝紳士の装備品〟に一本、そして太腿の下に消えているのが二本。一本は陽の当たらないところへつながっているのだろうと思う。

これで気分がいいわけがない。

それに、身体中、電極だらけだ。心電図《EKG》をとるときに使うセンサータイプの電極シールのようなものだが、全身、そこらじゅうについている。まあ、とりあえずこっちは身体のなかに押しこまれているわけではなく、貼ってあるだけだ。

「こ――」あとがつづかない。もう一度いってみる。「ここ……は……どこだ?」

「八の立方根は?」コンピュータがいう。

「ここはどこだ?」ともう一度いう。さっきよりスムーズにいえる。

「不正解。八の立方根は?」

深く息を吸いこんで、ゆっくりしゃべる。「二掛けるeの二$i\pi$乗」

「不正解。八の立方根は?」

不正解ではない。コンピュータがどれくらい賢いか試してみただけだ。答え――たいしたことはない。

「二」と答える。

「正解」

つぎの質問に耳を澄ませるが、コンピュータはもう満足したらしい。

ぼくは疲れている。だからまたうとうとしはじめる。


目が覚めた。どれくらい寝ていたんだ? よく休めたという気がするから、けっこう長いあいだだったにちがいない。なんの苦もなく目が開けられる。これは進歩だ。

指を動かしてみる。思ったとおりにくねくね動く。よし。この調子だ。

「手の動き、検知」とコンピュータがいう。「そのまま動かないでください」

「え? どうして――」

ロボットアームがこっちに向かってくる。動きが速い。いつのまにか身体の管がほとんど抜かれている。なにも感じなかった。どうせ皮膚感覚が鈍っているからだろうが。

残った管は三本だけ——腕の点滴が一本に、尻のと尿道カテーテル。はずして欲しいものの代表格は、あとのほうの二つだが、まあいい。

右の腕を上げて、バタンとベッドに落とす。左もおなじようにする。どっちもとんでもなく重い。二、三回、おなじことをくりかえす。腕は筋肉隆々だ。理屈に合わない。なにか重大な医学的問題を抱えていて長いことこのベッドに寝たきりだった、ということなのかもしれない。でなければ、こんなにいろいろつながれているはずがない。だとしたら筋肉が萎縮しているはずじゃないのか？

それに医者がいて当然じゃないのか？　あるいは病院ぽい音がするとか。それにこのベッドはなんだ？　四角ではなくて楕円形だし、床ではなく壁に据え付けられている気がする。

「管……」声が途切れてしまう。まだちょっと疲れている。「管を抜いてくれ……」

コンピュータは答えない。

また二、三回、腕を上げてみる。足の指をくねくね動かす。まちがいなく、よくなっている。足首を前後に動かしてみる。ちゃんと動く。膝を上げてみる。足もまずまずの感じだ。ボディビルダーほど太くはないが健康的で、どう見ても死に瀕している人間のものではない。といっても、どれくらい太ければいいのか、よくわからないが。

てのひらをベッドに押しつけて力を入れる。胴体が上がる。起き上がれそうだ！　全力を出さないとだめだが、頑張って動くとベッドが少し揺れる。これは絶対にふつうのベッドではない。頭をもっと高く上げてみると、楕円形のベッドの頭の方と足の方が頑丈そうな金具で壁に取り付けられているのが見える。いわば固いハンモックのようなものだ。変わっている。

まもなく、尻の管の上にすわるかたちになった。最高に心地よい感触とはいえないが、そもそも尻に管を入れられた状態で心地よい瞬間なんてあるのか？

だがこれでまわりがよく見えるようになった。ここはふつうの病室ではない。壁はプラスチックのようだし部屋全体が丸い。天井に取りつけられたLED照明から真っ白い光が降り注いでいる。

ほかにも二つ、ハンモック状のベッドがあって、それぞれに患者が寝ている。三つのベッドは三角形に配置されていて、天井のまんなかに〝いやがらせアーム〟が二本、取り付けられている。患者三人全員の面倒を見ているのだろう。同室者たちの姿はあまりよく見えない――二人ともさっきまでのぼくのようにベッドに深く沈んでいる。

ドアは見当たらない。ただ壁に梯子《はしご》があって、梯子の先は……ハッチか？　丸くてまんなかに車輪型のハンドルがある。ああ、ハッチのたぐいにちがいない。潜水艦にあるやつみたいな。ぼくら三人はなにかの伝染病なのか？　ここは気密性の高い隔離病室とか？　壁のあちこちに小さい通気口があって、軽い空気の流れが感じられる。コントロールされた環境ということなのかもしれない。

片足をすべらせてベッドの端から外へ出すと、ベッドがぐらついた。ロボットアームがこっちをめがけてすっ飛んでくる。思わず縮み上がるが、二本とも少し手前で止まってそこでじっとしている。もしぼくが落ちそうになったらつかむつもりなのだろう。

「全身の動き、検知」とコンピュータがいう。「あなたの名前は？」

「プフッ、マジで？」とぼくは聞き返す。

「不正解。二回目――あなたの名前は？」

答えようと口を開ける。

「ええ……」

「不正解。三回目――あなたの名前は？」

このときはじめてわかった――ぼくは自分が誰なのかわからない。なんの仕事をしているのかもわからない。なにも覚えていない。

「ええと」

「不正解」

疲労の波にわしづかみにされる。じつをいうとそれが、なんというか気持ちがいい。コンピュータが点滴に鎮静剤のようなものを入れたにちがいない。

「……待——って……」

ロボットアームがぼくをそっとベッドに寝かせる。


また目が覚める。ロボットアームが顔の上にある。なにをしているんだ?!

とにかくぎょっとして身震いする。アームが天井の定位置にもどっていく。顔がどうにかなっていないかさわってみる。片側に無精ひげが生えていて、片側はなめらかだ。

「ひげを剃っていたのか?」

「意識回復、検知」とコンピュータがいう。「あなたの名前は?」

「まだわからない」

「不正解。二回目——あなたの名前は?」

ぼくは白色人種で、男で、英語を話す。賭けに出てみよう。「ジ、ジョン?」

「不正解。三回目——あなたの名前は?」

腕の点滴の管を引っこ抜く。「うるさい」

「不正解」ロボットアームが近づいてくる。ぼくはごろんと寝返りを打ってベッドから出る。が、これはまちがいだった。ほかの管はまだつながったままだ。

尻の管はすぐに抜けた。痛くもかゆくもなかった。まだふくらんだままのバルーンカテーテルがグイッとペニスから引き抜かれる。これは痛いなんてもんじゃない。ゴルフボールを排泄したようなものだ。

悲鳴を上げて床の上で身もだえする。

「肉体的苦痛」とコンピュータがいう。二本のアームが追いかけてくる。ぼくは這って逃げる。ほかのベッドの下に入りこむ。アームは少し手前で止まってしまうが、あきらめない。じっと待っている。やつらはコンピュータが動かしているんだ。忍耐力に限界はない。

起こしていた頭をドスンと床に落としてゼイゼイ喘ぐ。しばらくすると痛みがひいてきて、涙をぬぐう。

いったいなにがどうなっているのか、まるで見当がつかない。

「おい！」と大声で呼びかける。「どっちでもいいから起きてくれ！」

「あなたの名前は？」とコンピュータがたずねる。

「どっちでもいいから、人間、起きてくれよ、頼むから」

「不正解」とコンピュータがいう。

股間が痛くて痛くて、笑うしかない。あまりにもばかげているから。それとエンドルフィンが出て、浮ついた気分になっているからだ。ふりむいてベッドのそばにあるカテーテルを見る。ぼくは畏怖の念に打たれて首をふる。あんなものが尿道を通り抜けたとは。ワオ。

尿道から出る途中でどこか傷つけたようで、床にひと筋、血の跡がついている。それは一本の細い赤い線で――

ぼくはコーヒーをすすってトーストの最後のひと切れを口にほうりこむと、ウエイトレスに支払いを、と合図した。毎朝ダイナーに通う代わりに家で朝食をとれば金の節約になっただろう。安月給のことを考えれば、それが正解だったのかもしれない。しかしぼくは料理するのが大嫌いで、卵とベーコンが大好きなのだ。

ウエイトレスがうなずいて、ぼくの支払いをすませようとレジに向かって歩き出したときだった。客がひとり入ってきて、席にすわった。

ぼくは腕時計を見た。午前七時をすぎたばかりだ。急ぐ必要はない。一日の仕事の準備をする時間がとれるように七時二十分には仕事場に着きたいが、実際は八時までにいけばいいことになっている。

ぼくはフォンを取り出してメールをチェックした。

TO: 天文学愛好家　astrocurious@scilists.org
FROM: （イリーナ・ペトロヴァ博士）　ipetrova@gaoran.ru
SUBJECT: 細い赤い線（ゆずれない一線。またそこを守る少数の勇敢な人々の意）

ぼくは画面を見て顔をしかめた。このメールの送付対象の科学者リストからは削除されたと思っていたからだ。そういう生活とはずっと昔におさらばしていた。送られてくるメールの量はたいしたことはなかったが、中身は、記憶が正しければ、非常に興味深いものばかりだった。天文学者や天体物理学者など、その道の専門家の集まりで、なにかおかしいと思ったことをみんなであれこれ話し合うグループだ。

ぼくはちらっとウエイトレスを見た――グループの客にメニューのことでいろいろ聞かれている。このサリーズ・ダイナーにグルテン・フリーのヴィーガン向け刈り取り芝草サラダはあるかとかなんとかいわれているのだろう。サンフランシスコの善良なる市民はたまに食べたくなるらしい。

ほかにすることもないので、ぼくはメールを読みはじめた。


こんにちは、専門家のみなさん、わたしはイリーナ・ペトロヴァ博士。ロシアのサンクトペテルブルクにあるプルコヴォ天文台勤務です。

みなさんのご協力をお願いしたい案件があります。

わたしは二年前から星雲からの赤外線放射に関する理論の研究をしています。その過程で特定の赤外線領域をいくつか詳細に観測してきました。そして奇妙なものを見つけたのです――星雲のなかではなく、このわたしたちの太陽系内で。

太陽系内に、非常にかすかではあるけれど検知可能な波長二五・九八四ミクロンの赤外線を放射している線《ライン》があります。完全にその波長だけで変動はなさそうです。

データのエクセル・スプレッドシートを添付します。データをレンダリングで３Ｄモデルにしたものも少し入れておきます。

そのモデルを見ていただくと、問題のラインが太陽の北極から立ちあがって三七〇〇万キロメートルの高さまでつづくゆがんだ弧を描いているのがわかると思います。弧はそこから急激に下降して太陽から離れ、金星に向かっています。弧の頂点をすぎると、この雲状のものは漏斗のようにひろがっていき、金星では弧の断面は惑星自体とおなじくらい大きくなっています。

赤外線の輝きは非常にかすかなものです。検知できたのは、星雲からの赤外線《IR》放射を探るために非常に感度のいい装置を使っていたからにすぎません。

しかし念のため、チリのアタカマ天文台――ＩＲ天文台としては世界一だと思います――に確認をお願いしたところ、まちがいないとのことでした。

惑星間空間でIR光が観測される理由はいろいろあります。宇宙塵その他の粒子が太陽光を反射している。あるいはなんらかの分子化合物がエネルギーを吸収して、赤外線領域の波長で再放射している。それだと、すべておなじ波長ということの説明がつきます。

弧の形状はきわめて興味深いものです。最初は粒子の集合体が磁場に沿って移動しているのではないかと推測しました。しかし金星には、磁場といえるほどのものは存在しません。磁気圏も電離圏も、なにも。どんな力が働いて粒子は金星に向かっているのか？　そしてなぜ光っているのか？

示唆、理論、なんでも歓迎します。

あれはなんだったんだ？

いっきに思い出した。予告なしに突然、頭に浮かんだ感じだ。

自分自身のことはあまりわからなかった。住んでいるのはサンフランシスコ――それは思い出した。そして朝食が好き。それに前は天文学畑にいたが、いまはちがう？

脳が、そのメールのことを思い出すのが重要だと判断したのはまちがいない。自分の名前などという些細なことではなく、メールのほうが重要なのだ。

潜在意識がなにかいいたがっている。血の線を見たことで、あのメールのタイトル〝細い赤い線〟が浮かんだのはまちがいない。しかしそれがぼくとどう関係しているのか？

身体を小刻みに揺すってベッドの下から出て、壁にもたれてすわる。ロボットアームが角度を変えて迫ってくるが、まだ届かない。

そろそろ患者仲間の顔を見てやろう。自分が誰なのかも、どうしてここにいるのかもわからないが、少なくともぼくは孤独ではない——そして——、かれらは死んでいる。

そうだ、まちがいなく死んでいる。ぼくに近い方は女性、だと思う。とりあえず髪が長い。それ以外は、ほとんどミイラ状態だ。乾燥したシワシワの皮膚が骨に張りついている。匂いはない。腐敗が進行しているわけではない。だいぶ前に亡くなったのにちがいない。

もうひとつのベッドの主は男性だが、もっと前に亡くなったのだろうと思う。皮膚が乾燥しているだけでなく革のようにこわばっていて、ぼろぼろにくずれかけている。

オーケイ。ぼくは二人の死人といっしょにここにいるわけだ。気持ちが悪い、怖い、という気分になって当然なのに、ぜんぜんそうならない。二人とも亡くなってからあまりに時間がたちすぎていて人間とは思えないのだ。ハロウィンの飾りみたいに見えてしまう。どちらとも親しい間柄でなければいいのだが。もしそうなら、思い出しませんように。

人が死んでいるのは気になるが、それよりもっと気になるのは二人があんなふうになるほど長いあいだここにいるということだ。いくら隔離区域だろうと死人は運び出すものだ、そうだろう？　なんだかわからないが、なにかがとんでもなくおかしなことになっているのはまちがいない。

立ち上がってみる。そろりそろりとした動きだし、やたらと力がいる。やっと立ち上がってミス・ミイラのベッドの縁に寄りかかる。ベッドが揺れてぼくも揺れるが、どうにか立ちつづける。

ロボットアームがぼくをつかまえようとするので、また壁にへばりつく。

ぼくは昏睡状態だったにちがいない。ああ、そうだ。考えれば考えるほど昏睡状態だったという思いが強くなる。

どれくらいのあいだここにいるのかはわからないが、ルームメイトとおなじときにここに入れられたのだとしたら、相当長い期間ということになる。半分ひげ剃りのすんだ顔をこする。あのアームは長期にわたる意識不明状態を維持管理できるように設計されているのだろう。ぼくが昏睡状態だったことを裏づける、さらなる証拠だ。

あのハッチまでいけるだろうか？

一歩、踏み出す。もう一歩。そして床に沈みこむ。高望みしすぎた。休まなくては。

これだけりっぱな筋肉がついているのに、どうしてこんなにヘナヘナなんだ？　そして、もし昏睡状態だったのなら、どうして筋肉がついているんだ？　マッチョなビーチボーイではなく、しぼんだひょろひょろのふぬけ野郎になっていて当然なのに。

自分の終盤がどう展開していくのか、まるで見当がつかない。なにをすればいいんだ？　ぼくはほんとうに病気なのか？　というのも、たしかにヨレヨレという気はするが、〝病気〟とは思えないのだ。吐き気はない。頭痛もしない。熱もないと思う。病気でないなら、どうして昏睡状態だったのか？　怪我をしたのか？

頭をぐるっとさわってみる。こぶも傷痕も包帯もない。身体のほかの部分もきわめて健全。健全以上。筋骨隆々だ。

眠気に襲われるが抵抗する。

もう一度やってみよう。よいしょと立ち上がる。ウエイトリフティングでもしているみたいだが、さっきより少し楽だ。どんどん回復している（と思いたい）。

足だけでなく背中も支えにして、壁伝いにすり足で進む。アームはしきりに手をのばしてくるが、届かない。

ゼイゼイハーハーいっている。マラソンをしてきたみたいな感じだ。肺の感染症だろうか？　ぼくを守るために隔離されているのか？

ついに梯子のところまでやってきた。前によろけて、梯子をつかむ。こんなにも弱っているとは。どうやって一〇フィートの梯子を上るというんだ？

一〇フィートの梯子。

いまヤード・ポンド法で考えた。これは手がかりになる。ぼくはたぶんアメリカ人だ。あるいはイギリス人か。カナダ人という可能性もある。カナダ人は短い長さにはフィートとインチを使う。

自分にたずねてみる――LAからニューヨークまでの距離は？　本能的に出てきた答えは――三〇〇〇マイル。カナダ人ならキロメートルを使うはずだ。したがってぼくはイギリス人かアメリカ人。あるいはリベリア出身か。

リベリアでもヤード・ポンド法が使われていることは知っているのに、自分の名前がわからない。それが腹立たしい。

深呼吸する。両手で梯子をつかみ、いちばん下の横桟に足をのせる。身体を引き上げる。ぶるぶる震えながらだが、やり遂げる。両足が梯子にのっている。手をのばしてつぎの横桟をつかむ。オーケイ、順調に進んでいる。全身が鉛《なまり》でできているような気がする――なにをするのもひと苦労だ。身体を引き上げようとするが、握力が足りなかった。

梯子から仰向けに落ちる。これは痛いぞ。

痛くない。床に落ちる前にロボットアームが受け止めた。アームの作動範囲に入っていたからだ。やつらはまごついたりしない。まるで子どもを寝かしつける母親のように、ぼくをベッドにもどす。

白状しよう。これは助かった。もうくたくただったから、横になれるのはありがたい。ベッドのやさしい揺れが心地いい。が、梯子から落ちたときのことが、なんだか気になってしかたがない。頭のなかでリプレイしてみる。指をかけそこなったのだが、そこがどうも……〝おかしい〟気がする。

うーん。

睡魔が襲ってくる。

「食べてください」

胸の上に歯磨き粉のチューブが置いてある。

「はあ？」

「食べてください」とコンピュータがくりかえす。

ぼくはチューブを手に取る。白地に黒い文字で〝第1日・第1食〟と書いてある。

「なんだこれは？」

「食べてください」

キャップを開けて匂いを嗅ぐと、うまそうな匂いがする。そう思っただけで唾が出てくる。そこで初めて、やたら腹が減っていることに気づく。チューブを絞ると、気持ちの悪い茶色い泥みたいなものが出てくる。

「食べてください」

身の毛のよだつロボットアームを持つコンピュータ上主《オーバーロード》様に、ぼくごときが疑問をぶつけられるはずもない。だからその茶色いものをこわごわ舐めてみる。

オー・マイ・ガー、うまい！　すごくうまい！　濃厚だがしつこくないグレイビーソースという感じだ。直接、口のなかへ絞り出して味わう。断言する、セックスよりいい。

どういうことなのかはわかっている。空腹はなににもまさる調味料。飢えていて、やっと食べものにありつけると、脳は気前よくごほうびを奮発してくれるのだ。よくやった、これでしばらくは死ななくてすむぞ！

いろいろと合点がいく。長いこと昏睡状態だったのだとしたら、そのあいだ栄養補給されていたはずだ。目が覚めたとき腹から管は出ていなかったから、経鼻胃管《NG》を使っていたのだろう。消化に問題はないが食べることができない患者にたいしてもっとも侵襲が少ないのはこの方法だ。これなら消化器官を動かして健全に保つこともできる。それに、目が覚めたとき管がなかったのも説明がつく。NG管は、できれば患者の意識がもどらないうちに抜いておくのが望ましい。

どうしてこんなことを知っているんだ？　ぼくは医者なのか？

またグレイビー味の泥を口のなかに絞り出す。やっぱりうまい。ゴクンと飲みこむ。チューブはすぐ空になる。ぼくはチューブを高く掲げる。「おかわり！」

「食事完了」

「まだ腹ぺこだ！　もう一本！」

「今回の食事の割当量はこれだけです」

これは理屈に合っている。ぼくの消化器官はたったいま半固形物を受け入れたばかりだ。安全運転でいったほうがいい。食べたいだけ食べたら、たぶん具合が悪くなってしまうだろう。コンピュータの対応は正しい。

「もっと食わせろよ！」空腹のまえには正しいもくそもない。

「今回の食事の割当量はこれだけです」

「チェッ」

それでも前よりずっと気分がいい。食べるものを食べてしっかりエネルギー補給ができたし、ゆっくり休んだし。

壁に向かって突進するつもりでゴロンとベッドから下りるが、アームは追いかけてこない。食べられるとわかったので、ベッドから出ることを許されたのだろう。

自分の裸体を見下ろす。どうも落ち着かない。ほかにいるのは死人だけとわかっていても、やっぱり気になる。

「服はあるかな?」

コンピュータはなにも答えない。

「そうか。いいたくないならいわなくていい」

ベッドのシーツを引きはがして胴に二回巻きつける。背中側にある端っこを肩にかけて前にある端っこと結ぶ。インスタント・トーガの完成だ。

「自立歩行、検知」とコンピュータがいう。「あなたの名前は?」

「余は皇帝昏睡状態《コーマトース》である。ひざまずくがよい」

「不正解」

そろそろ梯子の上になにがあるのか見にいこう。

少しふらつくが、歩いて部屋を横切る。これはひとつの勝利だ——揺れるベッドや壁にしがみつかなくても大丈夫なのだから。二本の足で自立しているのだから。

梯子までたどりついてしっかりつかむ。なにかにつかまる必要があるわけではないが、つかまったほうが人生、楽にすごせるのはたしかだ。梯子の上にあるハッチはめちゃくちゃ頑丈そうだ。おそらく気密構造だろう。しかもロックされている可能性が高い。それでもとりあえず試してみなくては。

梯子を一段上る。厳しいが、できないことはない。もう一段。オーケイ、コツがわかった。ゆっくりと着実に、だ。

ハッチにたどり着く。片手で梯子をつかみ、もう片方の手でハッチの円形のクランクを回す。ちゃんと回る!

「ホーリー・モーリー!」とぼくはいう。

「ホーリー・モーリー(米コミックの主人公キャプテン・マーベルの口癖)?」これが驚いたときに口をついて出るぼくの定番表現なのか? いや、べつにいいんだが。できればもう少し一九五〇年代ぽくないもののほうがよかった。

いったいどういう変人なんだ、ぼくは？

クランクをきっちり三回、回すと、カチッと音がした。ハッチが下側に開いたので、ぶつからないようによける。ハッチが完全に開く。頑丈そうなヒンジがついている。これで自由の身だ！

完全に、とはいえないが。

ハッチの向こうは真っ暗闇。あまりぞっとしないが、とりあえず一歩前進したのはまちがいない。あたらしい部屋に入って身体を引き上げ、床に下りる。とたんにカチッと音がして明るくなる。コンピュータがやっているのだろう。

部屋は、広さも形も下のとおなじ感じ——また円形の部屋だ。

大きなテーブルがひとつ——ラボにあるようなやつ——が床に据えつけられている。そばにはラボ用の椅子が三つ。これも床に固定されている。壁際にはずらりと実験用の器具、備品が並んでいるが、すべてテーブルや作業台に据え付けられ、そのテーブルや作業台はボルトで床に固定されている。まるで大地震に備えているみたいだ。

壁際の梯子は、これまた天井のハッチへとつづいている。

ぼくがいるのは豊富な備品がそろった実験室《ラボラトリー》だ。いつから隔離病棟の患者が自由にラボに入れるようになったんだ？　それに、どう見てもこれは医療系のラボではない。なんでこんなおかしな《ファッジ》ことになっているんだ?!

ファッジ（やわらかくて甘いキャンディの一種）？　マジで？　ぼくには小さい子どもがいるのかもしれない。あるいはすごく信心深くて、ファックの代わりにファッジといっているのか。

立ち上がって備品類をじっくりと見る。

小型の機器類がボルトでテーブルに固定してある。八〇〇〇倍の顕微鏡、高圧蒸気滅菌器《オートクレーブ》、ずらりと並んだ試験管、消耗品収納用引き出し、小型冷蔵庫、炉、ピペット——待てよ。どうして知っているんだ？

　壁沿いに並んだ大型の備品を見る。走査型電子顕微鏡、サブミリ3Dプリンター、一一軸フライス盤、レーザー干渉計、一立方メートル真空チャンバー――どういうものか、ぜんぶ知っている。使い方も知っている。

　ぼくは科学者だ！　手がかりをつかんだぞ！　科学を使うときがきた。ようし、天才脳味噌くん――なにか考え出してくれ！

　……腹ぺこだ。

　きみにはがっかりだよ、脳味噌くん。

　オーケイ、まあ、なぜこのラボがここにあるのか、なぜぼくは自由に入れるのか、まったくもってわからない。しかし……前進だ！

　天井のハッチまで床から一〇フィート。また梯子アドベンチャーだ。とりあえずぼくは前より強くなっている。
　二、三回深呼吸して梯子を上りはじめる。前とおなじで、こんな単純な動きをするにも力をふりしぼらなければならない。少しはよくなっているかもしれないが、〝調子がいい〟とはいえない。
　ああ、身体が重い。なんとかいちばん上までいくが、ぎりぎりだ。

　居心地の悪い姿勢で梯子に身体を預けて、ハッチのハンドルを押す。ぴくりとも動かない。

「ハッチのロックを解除するには、名前をいってください」とコンピュータがいう。

「でも、その名前がわからないんだ」

「不正解」

　ハンドルをてのひらでピシャッと叩く。ハンドルは動かず、てのひらが痛い。つまり……そう。収穫なしだ。

これは待つしかない。きっとすぐに思い出すだろう。でなければ、どこかに書いてあるのを見つけるとか。

梯子を下りる。とりあえず、そうするつもりだ。下りるのは上るより楽で安全だと思うかもしれない。が、ちがう。ぜんぜんちがう。優雅に梯子を下りるつもりが、すぐ下の横桟におかしな角度で足をのせてしまい、ハッチのハンドルから手が離れて勢いよく落ちてしまう。

怒った猫みたいに手をふりまわし、藁をもつかむ思いで手をのばす。これが大まちがい。テーブルの上に落ちて、消耗品の引き出しで向こうずねをしたたか打つ。とんでもなく痛い！　悲鳴を上げて向こうずねをつかみ、その勢いでテーブルから床に転げ落ちてしまう。

こんどは受け止めてくれるロボットアームはない。背中から落ちて、ウッと唸る。そこへ追い打ちをかけるように引き出しが丸ごと落ちてきて、中身が雨あられと降り注ぐ。綿棒はいい。試験管もちょっと痛いだけだ（しかも驚いたことに一本も割れない）。しかしメジャーが額を直撃した。

さらにいろいろなものがガラガラと落ちてくるが、腫れ上がってくる額を押さえるのに必死で、かまっていられない。あのメジャーはどれだけ重いんだ？　テーブルから三フィート落ちただけで、ぼくの額にコブを残すとは。

「こんなのは。ありえない」誰にともなくいう。とにかくすべてがばかげていた。チャップリンの映画のなかの出来事みたいだった。

実際……ほんとうにそんな感じなのだ。少しばかり似すぎている。

あの〝おかしい〟という感覚がよみがえってくる。

手近にある試験管をつかんで宙に放り上げてみる。当然、試験管は上がって、下りてくる。だが、そこが引っかかる。落ちてくる物体のなにかが、ぼくを苛つかせる。それはなぜなのか知りたい。なにが使える？　ふむ、りっぱなラボがあって、ぼくは使い方を知っている。だが、すぐ手近にあるものはどうだ？　床に落ちているガラクタを見まわす。試験管、検体採取用綿棒、ポプシクルの棒、デジタル・ストップウォッチ、ピペット、スコッチテープ、ペン……。

オーケイ。必要なものはそろっているようだ。

立ち上がってトーガの汚れを払う。汚れなどついていない——どうやらぼくを取り巻く世界は塵ひとつなく清潔で無菌状態のようだが、とにかく形だけ汚れを払う。

メジャーを拾い上げて見ると、メートル法のものだ。ここはヨーロッパなのか？　どこだかわからないが。つぎにストップウォッチをつかむ。かなり頑丈そうで、山歩きに持っていくようなタイプだ。しっかりしたプラスチックのケースで、円周部分は固いゴム製。まちがいなく防水仕様だ。しかし完全にオフ状態。液晶画面にはなにも表示されていない。

ボタンをいくつか押してみるが、なにも起きない。どんな種類の電池を使っているのかわかれば、引き出しで見つけられるかもしれない。裏側から小さな赤いビニールのリボンが出ているのが目にとまる。引っ張ってみると、ぜんぶするっと抜けた。とたんにビーッと音がしてストップウォッチが起動する。

〝電池入り〟で売っているオモチャみたいなものだ。購入者が初めて使う前に電池が消耗しないよう小さなプラスチックのタブがついている、あれとおなじ。オーケイ、こいつはピカピカの新品のストップウォッチだ。はっきりいうと、このラボにあるものはどれもこれも新品のようだ。まっさらで、使用感ゼロ。それがどういうことなのかは、よくわからない。

しばらくストップウォッチをいじって、使い方を把握する。操作方法はじつに簡単だ。

メジャーでテーブルの高さを測る。テーブルの裏面から床まで九一センチ。

試験管をひとつ拾い上げる。ガラス製ではない。高密度プラスチックかなにかだろう。三フィートの高さから固い床に落ちても割れなかったはずだ。とにかく、なんでできているにせよ、空気抵抗を無視していいだけの密度はある。

試験管をテーブルに置いて、ストップウォッチを用意する。そして片手で試験管をテーブルから落とし、もう片方の手でストップウォッチをスタートさせる。試験管が床に落ちるまでの時間を計測する。約〇・三七秒。すごく速い。ぼくの反応時間が結果をゆがめていないことを祈る。

腕にペンで時間をメモする――紙はまだ見つかっていないので。

試験管をテーブルにもどして実験をくりかえす。こんどは〇・三三秒。ぜんぶで二〇回やって結果を記録する。ぼくがストップウォッチをスタートさせるとき、止めるときの誤差を最小にするためだ。とにかく、出てきた平均値は〇・三四八秒。腕が数学教師の黒板みたいになっているが、かまわない。〇・三四八秒。距離は加速度掛ける二分の一掛ける時間の二乗。したがって加速度は二掛ける距離割る時間の二乗。公式がすらすら出てくる。第二の天性。ぼくはまちがいなく物理が得意だ。いい情報が得られた。

計算して答えを出すが、その答えが気に入らない。この部屋の重力は大きすぎる。九・八メートル毎秒毎秒でなければならないのに一五と出ている。だから物が落ちる〝感覚〟がおかしいと思ったのだ。落ちる速度が速すぎるからだ。だからぼくはこんなに筋骨隆々なのに力がないのだ。なにもかもがふつうの一・五倍の重さになっているからだ。

困ったことに、なにものも重力に影響をおよぼすことはできない。大きくすることも小さくすることもできない。地球の重力は九・八メートル毎秒毎秒。これは絶対だ。なのにぼくはそれ以上のものを経験している。その理由としてありうるのはたったひとつ。

ここは地球ではない。

第2章

オーケイ、ひと息つこう。突飛な結論に飛びつくのはよそう。重力が大きすぎるのはたしかだ。そこからはじめて、実際的な答えを出していこう。

ぼくが遠心機のなかにいる可能性はある。だとしたらものすごく大きなものということになる。地球の重力は一Gだから、ここの部屋はある角度をなして軌道上を回っているか、長い頑丈なアームの先に取り付けられていて回転しているか、どちらかだ。この高速回転で生じる総遠心力を地球の重力にプラスすれば一五メートル毎秒毎秒になる可能性はある。

それにしても病室とラボがある巨大な遠心機など、どうしてつくったのか？　さっぱりわからない。そもそもそんなことができるのか？　半径はどれくらいになる？　回転速度は？

答えを出す方法は知っている。必要なのは正確な加速度計だ。テーブルから物を落として時間を計るのはおおよその推定値を知るには役に立つが、正確さという点ではぼくがストップウォッチのボタンを押す反応時間の正確さ頼み。もっといいものが必要だ。たったひとつ、あるものがあれば目的は果たせる——ひもが一本あればいい。

ラボの引き出しを漁る。

数分後、全体の半分の引き出しを開けた時点で見つかったのは、ひも以外のありとあらゆるラボ用消耗品。あきらめかけたところで、ついにナイロン糸のリールを発見した。

「よっしゃ！」ナイロン糸を数フィート引き出して、歯で切る。片端に輪をつくってもう片方の端にメジャーを結びつける。メジャーは、この実験では〝重り〟の役割を果たす。つぎに必要なのはこれを吊す場所だ。

頭の上のハッチを見上げる。梯子を上って（こんどはさっきより楽だ）ナイロン糸の輪っかをラッチハンドルに引っかける。そしてメジャーをはなすと、メジャーの重みで糸がぴんと張る。

振り子の完成だ。

振り子のすばらしいところ――揺らすと、振れ幅がどんなに大きくなろうと、いってもどってくる時間、つまり周期、は不変ということだ。大きなエネルギーを得ればより速くより遠くまで揺れるが、周期はおなじ。だから機械式の時計は正確な時を刻めるのだ。周期を決める要因は二つ、たった二つだけ――振り子の長さと重力だ。

振り子を片側に持ちあげる。手をはなしてストップウォッチのボタンを押す。往復する回数を数える。おもしろみはない。寝てしまいたくなるが、踏みとどまる。

ちょうど一〇分たったとき、振り子はもうほとんど動いていなかったので、これで充分だと判断した。総計――ジャスト一〇分で三四六往復。

つづいて第二段階へ。

ハッチのハンドルから床までの距離を測る。二・五メートル強。下の〝ベッドルーム〟にもどる。こんども梯子はなんの問題もなくクリア。だいぶ調子がよくなっている。あの食べもの、効果てきめんだ。

「あなたの名前は？」とコンピュータがたずねる。

ぼくはシーツのトーガを見下ろして答える。「わたしは偉大なる哲学者フリコである！」

「不正解」

振り子を天井の近くにあるほうのロボットアームにひっかける。しばらくじっとしていてくれるといいのだが。ロボットアームと天井との距離をじっくり目測する――一メートルとしよう。わが振り子は、いま、さっきより三・五メートル強低い位置にある。

実験をくりかえす。ストップウォッチで一〇分、往復回数を数える。結果は――三四六往復。上のラボのときとおなじだ。

なんてこった。

遠心機で大事なのは、中心から遠くなればなるほど求心力が大きくなるということだ。したがって、もしぼくが遠心機のなかにいるのだとしたら、ここの〝重力〟は上の部屋よりも大きいはずだ。ところがそうなってはいない。少なくとも振り子の往復回数に差が出るほどのちがいはない。

しかし、もしばかでかい遠心機だとしたら？　あまりにも巨大なのでここととラボとの差が小さくて往復回数が変わらないのだとしたら？

ええと……振り子の公式は……それと遠心力の公式は……待てよ、実際の力の数値がわかっているわけではない、わかっているのは往復回数だけだ、となるとx分の一因子が絡んでくる……じつにやりがいのある問題だ！

ペンはあるが紙がない。大丈夫――壁がある。〝狂った囚人が壁に殴り書きする〟的なことをさんざんやって、答えが出た。

ぼくは地球上にある遠心機のなかにいるとしよう。それだと遠心機は力の一部を生み出し、あとは地球が提供してくれることになる。ぼくの計算によると（計算の過程はぜんぶ見られる状態になっている！）この遠心機の半径は七〇〇メートル（ほぼ二分の一マイル）で、毎秒八八メートルの速度で回転していることになる――時速二〇〇マイル以上だ！

うーん。ぼくは科学的なことを考えるときにはほとんどメートル法で考えている。おもしろい。だが、たいていの科学者はそうだ、だろう？　たとえアメリカで育った科学者でも。

とにかく、これは史上最大の遠心機ということになる……が、どうしてそんなものをつくる必要があるんだ？　プラス、そんなもの、うるさくてしょうがない。時速二〇〇マイルで空中をビューッと飛ぶんだろ？　どう考えても、風の音はもちろんのこと、そこらじゅうに乱流が生じるはずだ。だがそんな音は聞こえないし、気流の乱れのようなものも感じない。

どうもおかしなことになってきた。オーケイ、ではぼくは宇宙にいるとしたら？　宇宙空間なら気流も風の抵抗もないが、助けてくれる重力もないから遠心機はもっと大きくてもっと速く回転しなくてはならない。

また計算、また壁に落書き。半径は一二八〇メートル——一マイル近く——になってしまう。宇宙空間用にそんな巨大なものをつくったという話など聞いたことがない。

したがって、ぼくは遠心機のなかにいるわけではない。そして地球にいるわけでもない。

べつの惑星か？　だが惑星にしろ月にしろほかの衛星にしろ、太陽系でそれほど大きな重力を持つものはない。太陽系内でしっかりした密度のある最大の物体は地球だ。たしかにガス巨星はもっと大きいが、木星の風のなかに浮かぶ気球に乗っているのでもないかぎり、こんな力を経験できる場所は存在しない。

こんな宇宙関係のことをどうして知っているんだ？　なぜかすらすら出てくる。まるで第二の天性のような気がする——しょっちゅう使っている情報という感じだ。もしかしたらぼくは天文学者か惑星科学者なのかもしれない。所属はＮＡＳＡとか欧州宇宙機関《ＥＳＡ》とか——。

ぼくは毎週木曜日の夜にゴフ・ストリートのマーフィーズでマリッサと会って、ステーキを食べ、ビールを飲んでいた。いつも六時、そして店員と顔なじみなのでいつもおなじテーブルだった。

ぼくらは二〇年近く前に大学院で出会った。彼女はぼくの当時のルームメイトとつきあっていた。かれらの関係は（院ではたいていそうだが）問題だらけで、三カ月ももたずに別れたが、彼女とぼくとは最終的にはいい友だちになっていた。

店主はぼくを見るとにっこり笑って親指でいつものテーブルのほうを指さした。ぼくはキッチュなインテリアの店内を進んで、マリッサのもとへ向かった。彼女のまえには背の低い空のグラスが二つ、そして彼女の手には口をつけたばかりのグラス。だいぶ早くから飲んでいたらしい。

「軽く肩慣らしか？」すわりながらぼくはいった。

彼女はうつむいてグラスをいじっている。

「おい、どうしたんだ？」

彼女はウイスキーをひと口すすった。「きょうはハードな一日だったのよ」

ぼくはウエイターに合図した。彼はうなずいただけで、こっちにこようともしない。ぼくがリブ・アイ・ステーキのミディアム、マッシュポテト添えとギネス一パイントを注文するとわかっているのだ。ぼくは毎週おなじものを食べていた。

「どれくらいハードだったんだ？」とぼくはたずねた。「エネルギー省《DOE》関係の政府の楽な仕事だよな。休みは年に、そうだな、二〇日か？　顔さえ出していれば給料がもらえるんだろ？」

またしても笑いは返ってこない。彼女はにこりともしない。

「おい、何なんだよ！　誰がきみのライスクリスピーズにウンチをしちゃったんだ？」

彼女は溜息をついた。「ペトロヴァ・ラインのことは知ってるでしょ？」

「もちろん。興味深い謎だ。ぼくは太陽放射だと思うけどね。金星には磁場はないが、電気的には中性だからプラスに帯電した粒子が引き寄せられる可能性はある――」

「ちがう」と彼女はいった。「なにかほかのものよ。ずばりなんなのかはわかってないけど。でもなにか……ほかのものなの。なんだかわからないけど。ステーキ、食べましょう」

ぼくはフンと鼻を鳴らした。「おい、マリッサ、吐いちまえよ。いったいどうしちゃったんだ?」

彼女はじっくり考えている。「まあ、いいか。一二時間後にはあなたも大統領の口から聞くことになるんだから」

「大統領? アメリカ合衆国の?」

彼女はまたひと口、ウイスキーをがぶりと飲む。「ア、ア、アマテラスって聞いたことある? 日本の太陽観測衛星」

「ああ。JAXAがずっと前からすごいデータを手に入れてる。ほんと、じつにすばらしいよ。水星と金星のまんなかあたりの太陽周回軌道にのっているんだ。二〇種類の観測機器を搭載していて――」

「ええ、知ってるわ。とにかく」と彼女はいった。「そのデータによると、太陽の出力が落ちてるの」

ぼくは肩をすくめた。「だから? いま太陽周期のどのあたりだ?」

彼女は首をふった。「一一年周期じゃないの。べつものなのよ。JAXAは周期も計算に入れてる。それでも下降傾向なの。太陽が本来の明るさより〇・〇一パーセント暗くなっているっていうの」

「オーケイ、おもしろいじゃないか。しかし食事の前にウイスキー三杯やるほどのことじゃないだろう」

彼女は口を尖らせた。「あたしもそう思ったわ。でもその値がだんだん大きくなっているっていうのよ。しかもその増大率が大きくなってるって。JAXAの衛星の信じられないほど感度のいい観測機器のおかげで指数関数的減少のごくごく初期の状態をとらえた、みたいな話なわけ」

ぼくはブース席の椅子の背にもたれかかる。「わからないけどさ、マリッサ。指数関数的進行をそんな早期にとらえるなんてありえないだろう。しかし、オーケイ、JAXAの科学者たちが正しいとしよう。で、そのエネルギーはどこへいってしまうんだ？」

「ペトロヴァ・ライン」

「はあ？」

「JAXAはずっと前からペトロヴァ・ラインを観測していて、太陽が暗くなるのとおなじ割合で明るくなっているっていうの。どうやってかわからないけれど、とにかくペトロヴァ・ラインは太陽からエネルギーを盗んでいるの」

彼女はバッグから紙の束を引っ張りだしてテーブルに置いた。図表やグラフの束のようだ。そしてそれをわさわさかきまわして一枚抜きだすと、ぼくのほうにすっとさしだした。

x軸には〝時間〟、y軸には〝光度減少量〟と書いてある。たしかに指数関数曲線だ。

「こんなの正しいわけがない」とぼくはいった。

「正しいのよ。太陽の出力はこれから九年間でたっぷり一パーセント減少するの。二〇年で五パーセント。これは問題よ。大問題」

ぼくはじっとグラフを見つめた。「それじゃあ氷河期じゃないか。なんというか……すぐに。あっというまに氷河期になる」

「ええ、ごく控えめにいってもね。作物がとれなくなって、餓死者が大量に出て……ほかになにが起きるのかさえ、あたしにはわからないわ」

ぼくは首をふった。「どうして太陽にそんな急激な変化が起きるんだ？　誰がなんといおうと、太陽は恒星だぞ。恒星では、こんな急な変化は起こらない。何百万年かかけて変化するんだ、何十年じゃない。なあ、きみだってわかってるだろうが」

「いいえ、わかってない。前はわかってたわ。でもいまわかっているのは太陽が死にかけているということだけよ」と彼女はいった。「理由はわからないし、どうしたらいいのかもわからない。でも死にかけているということだけはわかっているの」

「どういう……」ぼくは眉をひそめた。

彼女はウイスキーを飲み干していった。「あしたの朝、大統領が国民に向けて演説するわ。各国の首脳と協調して、みんないっせいにやるんじゃないかな」

ウエイターがぼくのギネスを持ってきた。「お待たせしました。ステーキもすぐお持ちしますから」

「あたし、ウイスキーもう一杯」とマリッサがいった。

「二杯にしてくれ」とぼくはいった。


ぼくはまばたきした。また記憶が閃《ひらめ》いた。

あれはほんとうのことなのか？　それともインチキな終末理論にとりつかれた誰かと話したときのいい加減な記憶なのか？

いいや。あれは現実の話だ。考えただけでもぞっとする。そしてこれは突然降って湧いた恐怖ではない。テーブルの終身指定席についている、こぢんまりとした、すっかりお馴染みの恐怖だ。ぼくはずっと前からこの恐怖を感じていた。

これは現実だ。太陽は死にかけている。そしてぼくはそれに巻きこまれている。ほかのみんなとともに死んでいく一地球市民としてではない――もっと積極的なかたちで巻きこまれている。責任があるという気がしている。

まだ自分の名前は思い出せないが、ペトロヴァ・ラインの断片的な情報は思い出せる。ペトロヴァ問題。みんなペトロヴァ問題と呼んでいた。いまそれを思い出した。

ぼくの潜在意識は記憶に優先順位をつけている。そして必死にぼくに訴えている。ぼくの仕事はペトロヴァ問題を解決することだという気がする。

……狭いラボで、シーツのトーガを着て、自分が誰なのかもわからず、心ないコンピュータとミイラ化したルームメイト二人以外、なんの助けもないのに。

視界がぼやける。目をこする。涙だ。ぼくは……ぼくはかれらの名前を思い出せない。だが……かれらはぼくの友人だった。同僚だった。

いまになってはじめて、ぼくはずっとかれらから目を背けていたことに気づいた。かれらを視界に入れないようにするために、あらゆる手を尽くしてきた。親しい人たちの遺体に背を向けて、狂人のように壁に殴り書きしていた。

しかしもう混乱状態はおさまった。ぼくはふりむいてかれらを見る。

ぼくはすすり泣いている。いきなりだった。あれやこれや細々《こまごま》したことをいっきに思い出した。彼女は愉快な人だった――いつもポンポン冗談を飛ばしていた。彼はプロ意識が高くて鋼鉄の神経の持ち主だった。軍人で、ぼくらのリーダーだったにちがいない。

ぼくは床に倒れこんで頭を抱える。もう抑えがきかない。子どものように泣く。ぼくらは友人以上の間柄だった。〝チーム〟というのもちょっとちがう。もっとずっと強い結びつきだ。それは……。

喉まで出ているのに……。

やっと、その言葉が意識にすべりこんできた。意識のなかに忍びこむところをぼくが見ていない瞬間を狙っていたみたいだ。

クルー。ぼくらはクルーだった。そして残ったのはぼくだけだ。

これは宇宙船だ。やっとわかった。どうやって重力を生んでいるのかわからないが、これは宇宙船だ。

いろいろなことが腑に落ちていく。ぼくらは病気だったわけではない。仮死状態だったのだ。

しかしここにあるベッドは映画に出てくるような魔法の〝冷凍室〟ではない。特別なテクノロジーはなにも使われていない。ぼくらは医療的措置で昏睡状態に保たれていたのだと思う。経管栄養、点滴、継続的な医療ケア。肉体が必要とするものすべて。ロボットアームはシーツを替えたり、褥瘡《じょくそう》ができないようぼくらの体位を変えたり、ＩＣＵの看護師がやるようなことをすべてこなしていたのだろう。

そしてぼくらは健康な状態に保たれていた。全身につけられた電極で筋肉を刺激して、たっぷり運動したのとおなじ状態になっていた。

しかしけっきょくのところ、昏睡は危険な状態。非常に危険な状態だ。ぼくだけが生きのびたものの、脳味噌はドロドロだ。

ぼくは女性のところへいってみた。彼女を見てもさっきよりはましな気分だ。気持ちの整理がついたのかもしれないし、ひとしきり泣いて気分が落ち着いただけなのかもしれない。

ミイラには一本も管がつけられていない。モニター用の機器もついていない。革のようになった手首に小さい穴が開いている。亡くなったときに点滴が入っていた場所だろう。だから穴が塞がらなかったのだ。

彼女が亡くなったとき、コンピュータがすべて取りはずしたのにちがいない。無駄がなければ不足もない、ということだろう。死人に資源を費やしても無駄。その分は生存者に。

いいかえれば、その分はぼくにということだ。

深々と息を吸いこんで吐き出す。冷静にならなければ。しっかり考えなければ。ここまででいろいろなことを思い出した——クルーのこと、かれらの人となりの一面、ぼくは宇宙船内にいるということ（そのことでは、あとでパニクることにする）。肝心なのは、さらに記憶がもどりかけているということだ。しかもでたらめな間隔でよみがえるのではなく、思い出そうとすれば出てきそう、という気がする。そこに集中したいのだが、悲しみが強すぎてうまくいかない。

「食べてください」とコンピュータがいう。

天井のまんなかにあるパネルが開いて食事チューブが落ちてくる。ロボットアームがそれを受け止めてぼくのベッドに置く。ラベルには〝第1日・第2食〟と書いてある。

食べる気分ではないが、チューブを見たとたん胃袋がグルグルいいはじめる。精神状態がどうだろうと、身体は必要なものを要求するのだ。

チューブを開けてなかのドロドロを口のなかに迸《ほとばし》らせる。

認めるしかない——またしても信じられないほどの美味。少し野菜が入ったチキンだと思う。もちろん嚙みごたえはない——要するにベビーフードだ。ただし最初のやつより少し濃い。こうして消化器官を固形物に慣らしていくわけだ。

「水は？」口いっぱいに頰張って、ぼくはいう。

また天井のパネルが開いてこんどは金属製のシリンダーが出てくる。アームがそれをぼくのところに持ってくる。ピカピカ光る容器には〝飲料水〟という文字。ふたを回してとると、たしかに、なかに水が入っている。

ひと口飲む。常温で、なんの味もしない。蒸留されてミネラル分が抜けているのだろう。しかし水は水だ。

チューブの残りを完食する。まだトイレにいきたくはないが、いずれいきたくなるだろう。床にオシッコしたくはない。

「トイレは？」

壁のパネルが回転して金属製のトイレが出てくる。刑務所の房みたいに壁におさまっていたわけだ。近寄ってみる。ボタンやなにかがついている。便器のなかに真空吸引パイプがあるのだろう。水は入っていない。これは重力下で使えるように改造されたゼロGトイレだ。どうしてそんなことを？

「オーケイ、ああ……トイレを片付けてくれ」

また壁が回転して、トイレが消える。

よし。しっかり食べたら、気分が少し前向きになった。食事のおかげだ。

プラス面を考えなければ。ぼくは生きている。なにが友人を殺したのかわからないが、ぼくはそいつにやられずにすんだ。ぼくは宇宙船のなかにいる――細かいことはわからないが、ぼくは宇宙船内にいて宇宙船はちゃんと機能しているようだ。

それにぼくの精神状態はよくなっている。それはまちがいない。

床にあぐらをかく。そろそろ先の見通しを立てて動きだすべきときだ。目を閉じて心を自由にさまよわせる。なにか思い出したい――なんでもいい――なにか意図的に思い出したい。なんでもいいんだ。しかしイニシアチブはとりたい。手持ちの情報を確認しよう。

まず自分が楽しい気分になれるものからはじめよう。ぼくは科学が好きだ。それはわかっている。ささやかな実験だったが、わくわくした。そしてぼくは宇宙にいる。だから科学と宇宙のことを考えればなにかつかめるかもしれない……。


ぼくは熱々のスパゲティTVディナーを電子レンジから出して、カウチへ急いだ。ラップをはずして蒸気を逃がす。

TVの音声をオンにして生中継に耳を澄ませた。職場の同僚や友人たち数人からいっしょに見ようと誘われたが、ひと晩中、質問に答えるのはごめんだった。とにかく静かに見たかった。

人類史上もっとも多くの人間が見たイベントだった。月面着陸以上。ワールドカップの決勝以上だ。あらゆるネットワーク、ストリーミングサービス、ニュースサイト、ローカル局がおなじものを放送していた――NASAの生中継だ。

管制室を見通せるギャラリースペースにリポーターと中年男性が立っていた。二人の向こうではブルーのシャツ姿の男女が端末の画面に目を凝らしている。

「リポーターのサンドラ・エリーアスです」とリポーターがいった。「わたくしはいまカリフォルニア州パサデナにあるジェット推進研究所《JPL》にきております。こちらには、NASAの惑星科学部門責任者、ブラウン博士においでいただいています」

リポーターが科学者のほうを向いた。「博士、いまの状況は？」

ブラウンが咳払いした。「九〇分ほど前に〈アークライト〉が無事、金星周回軌道に投入されたという信号を受信しています。いまは最初のデータが送られてくるのを待っているところです」

JAXAがペトロヴァ問題に関する発表をしてから一年がたっていた。とんでもない一年だったが、研究につぐ研究の結果、かれらの発見が正しいことが証明された。差し迫った事態だし、世界はなにがどうなっているのか探り出さねばならなかった。そこでプロジェクト〈アークライト〉が誕生したわけだ。

状況は空恐ろしいものだったが、このプロジェクトもまた恐るべきものだった。ぼくの内なるオタク魂は興奮を抑えきれなかった。

〈アークライト〉は宇宙航空史上もっとも金のかかった無人宇宙船だった。世界は答えを必要としていたし、ぐずぐずしているひまはなかったからだ。ふつうなら、どこかの宇宙機関に一年以内に金星に探査機を送りこんでくれと頼んでも鼻で笑われておしまいだ。しかし無尽蔵の予算があれば怖いものはない。アメリカ合衆国、EU、ロシア、中国、インド、そして日本がこぞって費用を負担した。

「金星にいくことについてお伺いしたいと思います」とリポーターがいった。「どうしてそれほどむずかしいのですか？」

「いちばんの問題は燃料です」とブラウンがいった。「惑星間航行の燃料を最少に抑えるには、特定の転移ウィンドウ（対象の天体の位置や軌道を計算した最適な時機）を使うのですが、いまは地球‐金星ウィンドウにはほど遠い状態です。そこでまず〈アークライト〉を軌道に上げるためだけに大量の燃料を投入しなければなりませんでした」

「つまり、タイミングが悪いということでしょうか？」とリポーターがたずねた。

「太陽が暗くなるのに、よいタイミングもなにもないと思いますが」

「たしかに。どうぞおつづけください」

「金星は地球に比べると非常に速いスピードで動いています。つまり追いつくだけでもさらに多くの燃料が必要なのです。理想的条件がそろっていたとしても火星へいくより金星へいくほうがより多くの燃料が必要なのです」

「それは意外ですねえ。驚きました。ところで博士、『なぜ金星なのか？　ペトロヴァ・ラインは太陽から金星までつながっている巨大な弧だから、どうして太陽と金星のあいだのどこかほかの場所ではいけないのか？』という疑問を持つ方もいらっしゃいますが」

「それは弧の幅がいちばん広くなっている場所が金星だからです——金星とおなじ幅になっているのです。それに金星の重力を利用できるということもあります。実際、〈アークライト〉は金星を一二回、回って、ペトロヴァ・ラインを形成している物質の試料を採取することになっています」

「では、その物質はなんだとお考えですか？」

「それはわかりません」とブラウンはいった。「まったく見当もつきません。しかし答えはすぐに出るはずです。〈アークライト〉が軌道を一回、回り終えたら機内の分析ラボで分析できるだけの物質が採取できている予定ですからね」

「では、今夜、どのようなことが明らかになるのでしょうか？」

「それほど多くはありません。機内ラボはごく基本的なものです。高倍率の顕微鏡とX線分光器だけですから。ミッションの目的はあくまでも試料を持ち帰ることです。〈アークライト〉が試料を持って帰るのは三カ月後になります。機内ラボは帰還段階でなにかトラブルが起きたときのためのバックアップということです」

「いつもながら用意周到ですね、ブラウン博士」

「それがわれわれの仕事ですから」

リポーターのうしろで歓声が上がった。

「ただいま――」彼女は言葉を切って、歓声がおさまるのを待った。「ただいま、最初の軌道周回が完了して、データが入りはじめているということです……」

管制室のメイン・スクリーンが白黒画像に切り替わった。画面はほとんどがグレーで、ところどころに黒い点が散っている。

「博士、これはなんの画像でしょうか？」とリポーターがたずねる声が流れる。

「機内の顕微鏡のものですね」とブラウン博士が答えた。「一万倍に拡大されています。黒い点の直径は約一〇ミクロン程度ですね」

「この黒い点が、問題の物質ということですか？」

「そうとはいいきれません。ただの塵の粒子ということもありえます。惑星のような大きな重力を持つもののまわりには塵の雲があって——」

「なんだ、ありゃあ！」という声が飛びこんできた。管制官たちが何人か驚きの声を上げている。

リポーターが忍び笑いを洩らした。「JPL、熱気が高まっております。ライヴでお送りしていますので、不適切な発言などあった場合は——」

「なんてことだ！」とブラウンがいった。

メイン・スクリーンにはさらにあたらしい画像が映し出されている。画像はつぎつぎに入ってくる。ぜんぶ、ほとんどおなじような画像だ。

ほとんど。

リポーターがスクリーンに目をやった。「この粒子……動いていませんか？」

つぎつぎに映し出される画像のなかで、黒い点が変形したり移動したりしている。

リポーターが咳払いして、多くの人が〝世紀の控えめすぎる表現〟と考えるような言葉を発した——

—「これはちょっと細菌のように見えるといってもいいのではないでしょうか？」

「テレメトリー！」とブラウン博士が叫んだ。「探査機内に振動は？」

「チェック済みです」と誰かがいった。「振動なし」

「進行方向にぶれは？」とその男がたずねた。「なにか外力で説明がつかないか？　磁力はどうだ？静電気は？」

部屋がしんと静まり返った。

「誰か？」ブラウンがいった。

ぼくはスパゲティのまんなかにフォークを落とした。

これはほんとうに異星生物なのか？　ぼくはそんなに運がいいのか？　生きているうちに人類が初めて地球外生命体を発見する瞬間に立ち会えるほど?!

ワオ！　だって——ペトロヴァ問題は、それはやっぱり恐ろしい、が……ワオ！　エイリアンだぞ！　これはエイリアンかもしれないんだ！　あした子どもたちにこの話をするのが待ちきれない——

——


「角度異常」とコンピュータがいう。

「うるさい！」とぼくはいう。「もうちょっとだったのに！　もうちょっとで自分のことを思い出せたのに！」

「角度異常」とコンピュータがくりかえす。

ぼくはよいしょと立ち上がる。これまでの限られたやりとりのなかでわかったことだが、コンピュータはぼくのいうことがある程度はわかるらしい。Ｓｉｒｉ《シリ》とかアレクサみたいに。そこでぼくは、そういう感じで話しかけてみた。

「コンピュータ、角度異常とは？」

「角度異常——決定的に重要とされる物体あるいは船体が期待される位置角から〇・〇一ラジアン以上ずれている状態」

「なにが異常なんだ？」

「角度異常」

たいして役に立たない。ぼくは宇宙船内にいるから、ナビゲーション関係の異常だろう。それはまずい。ぼくにどう操縦しろというんだ？　宇宙船のコントロール装置のようなものは見当たらない——どういうものかはっきりわかっているわけでもないが。とにかくこれまでに見つけたのは〝昏睡ルーム〟とラボだけだ。

ラボにあるもうひとつのハッチ――さらに上へつづいているやつ――あれが重要な鍵にちがいない。なんだかゲームの世界にいるみたいだ。あちこち探検して鍵のかかった部屋を見つけて、鍵を捜す。だがぼくは、本棚やゴミ箱のなかではなく心のなかを捜さなくてはならない。なぜなら〝鍵〟はぼくの名前だからだ。

コンピュータは不合理なことをいっているわけではない。ぼくが自分の名前さえ思い出せなければ、船の高度な機能に関連しているエリアへの立ち入りが許されないのは、たぶんしかたのないことだろう。

ベッドに上がって仰向けに寝る。上にあるロボットアームがなにかするんじゃないかとじっと見ていたが、アームは動かない。コンピュータはもうぼくが自立できたと判断して満足しているのだろう。

目を閉じて、さっき閃いた記憶に集中する。断片がいろいろと頭に浮かぶ。ボロボロになった古い写真を見ているみたいだ。

ぼくは家にいる……一軒家ではない……アパートメントだ。ぼくはアパートメントに住んでいる。こぎれいだが狭い。壁に青空を背景にしたサンフランシスコの写真が貼ってある。これは役に立たない。サンフランシスコに住んでいることはもうわかっている。

ぼくのまえにあるコーヒーテーブルにはレンジで解凍したリーンクイジーンの冷凍食品が置いてある。スパゲティだ。まだ熱が均一にいきわたっていなくて、ほとんど凍ったままのパスタの隣に舌が溶けるプラズマがあるような状態だ。それでももう食べかけている。よほど腹が減っているのだろう。

ぼくはテレビでNASAの番組を見ている――中身はさっき記憶が閃いたときにしっかり見た。最初に浮かんだのは……最高！ これは地球外生命体なのか？ 子どもたちに話すのが待ち切れない！

ぼくには子どもがいるのか？ ここは独身男のアパートメントで独身男が独身男用の食事をとっているというのに。女性的なものはまったく見当たらない。女性がいるという雰囲気がまるでない。離婚したのか？　ゲイなのか？　どっちにしろ、ここに子どもが住んでいることを示すようなものはひとつもない。オモチャはないし、壁やマントルピースに子どもの写真もない。部屋はものすごくきれいだ。子どもがいたらなにもかもめちゃくちゃになる。とくにガムを嚙みはじめたら手がつけられない。子どもはみんなガム段階を通過する——ぜんぶとはいわなくても、たいていがそうだ——そしてそこらじゅうにガムをくっつける。

どうしてぼくはそんなことを知っているんだ？

ぼくは子どもが好きだ。ふむ。そういう気がするだけだが。ぼくは子どもが好きだ。子どもはおもしろい。いっしょにいると楽しい。

つまりぼくは三〇代の独身で、ひとりで狭いアパートメントに住んでいて、子どもはいないが、子どもが大好き。なんだかいやな結論にたどりつきそうな気がするが……。

教師！　ぼくは学校の教師だ！　やっと思い出した！

ああ、よかった。ぼくは教師だ。

第3章

「はい」とぼくは時計を見ながらいった。「ベルが鳴るまであと一分だ。どういうことかわかるよな！」

「早押しクイズ！」と生徒たちが大合唱した。

ペトロヴァ・ラインの問題が公表されてからも、日常生活は驚くほどわずかしか変わっていなかった。

状況は致命的で切迫しているが、一方でそれが標準になってしまってもいたのだ。第二次世界大戦中、ロンドン大空襲下のロンドン市民は、たまに建物が吹き飛ぶこともあるとわかったうえで、ふつうの暮らしをしていた。どんなに絶望的な状況だろうと、誰かが牛乳を配達しなければならない。そしてもし夜のうちにミセス・マクリーディの家が吹き飛んでいたら、配達リストから消すだけだ。

というわけで、ぼくはこの世の終わり——おそらくは異星の生命体が原因のもの——が行く手に立ち塞がっている状況で、子どもたちのまえに立って初歩的な科学を教えている。この世界をつぎの世代に渡せそうもないというときに、なにをしろというんだ？

子どもたちはきちんと並んだ机のまえにすわって正面を向いていた。ごくふつうのかたちだ。しかし教室のそれ以外の部分はマッド・サイエンティストのラボのようになっていた。ぼくは何年もかけてこの完璧な状態をつくりあげた。片隅にはヤコブの梯子（二本の電極のあいだをアーク放電がのぼっていく実験装置）があった（子どもたちが命を落としたりしないようプラグは抜いてある）。壁沿いにはホルムアルデヒド漬けの動物の身体の一部の標本がびっしり並んだ本棚。標本のひとつはただのスパゲティとゆで玉子だったが、子どもたちはああだこうだと考えをめぐらせていた。

そして天井のまんなかを飾るのは、ぼくの誇り、そして喜び――巨大な太陽系の模型のモビールだ。木星はバスケットボールくらいの大きさがあるが、ちっぽけな水星はビー玉くらい。

〝クールな〟先生という評判を獲得するには何年もかかった。子どもは、たいていの人が思っているより賢い。教師がお義理で形だけやっているのではなく、本気で子どもたちのことを考えてやっていると、ちゃんとわかってくれる。とにかく、早押しクイズの時間だ！

ぼくは机からお手玉をひとつかみ手にした。「北極星の正式名称は？」

「ポラリス！」とジェフが答えた。

「正解！」ぼくはお手玉を彼に向かって投げた。彼がお手玉をつかむより早く、ぼくはつぎの質問を発した。「岩石のおもな三つの種類とは？」

「火成岩、タイセイ岩、変成岩！」とラリーが叫んだ。どう控えめにいっても、彼は興奮しやすいたちだ。

「惜しい！」とぼくはいった。

「火成岩、堆積岩、変成岩」アビーがせせら笑いながらいった。嫌味な子だ。が、頭の回転は速い。

「そのとおり！」ぼくは彼女にお手玉を投げた。「地震で最初に身体に感じる波は？」

「P波」アビーがいった。

「またきみか？」ぼくはお手玉を投げた。「光の速度は？」

「三掛ける一〇の――」またアビーだ。

「c！」とうしろからレジーナが大声でいった。彼女がはっきり自分の意見をいうことはめったにない。自分の殻から出てきてくれるのはうれしい。

「ちょっとずるいが、正解！」ぼくは彼女めがけてお手玉を放った。

「わたしが最初に答えてたのに！」とアビーが文句をいった。

「でも先に答え終えたのはレジーナだ」とぼくはいった。「地球にいちばん近い恒星は？」

「アルファ・ケンタウリ！」アビーが即答した。

「まちがい」とぼくはいった。

「まちがってません！」

「まちがってる。ほかに誰かいるかな？」

「ああ」ラリーがいった。「太陽だ！」

「ご名答！」とぼくはいった。「ラリー、お手玉獲得！　アビー、思いこみは禁物だぞ」

アビーはむっとした顔で腕組みした。

「地球の半径をいえる人は？」

トランが手を上げた。「三九〇〇──」

「トラン！」とアビーがいった。「答えはトランです」

トランはわけがわからず固まっている。

「どういうことだ？」とぼくはたずねた。

アビーは得意満面でいった。「先生は、地球の半径をいえる人は、と質問しました。トランが答えられたんだから、わたしが正解です」

一三歳にしてやられた。しかもこれがはじめてではなかった。ぼくが彼女の机にお手玉を置くと同時にベルが鳴った。

子どもたちは勢いよく立ち上がって教科書やバックパックを手にする。勝利の喜びに頬を紅潮させたアビーは、心持ちゆっくりと動いている。

「週末にお手玉をオモチャとかほかの賞品と交換するのを忘れるなよ！」とぼくは帰っていく子どもたちの背中に呼びかけた。

教室はあっというまに空っぽになって、命の証を示唆するものは廊下にこだまする子どもたちの声だけになる。ぼくは机にのっている宿題のプリントをまとめて手提げ鞄にすべりこませた。六時間目が終わった。

教職員用ラウンジでコーヒーを飲む時間だ。家に帰る前にプリントに目を通したほうがいいかもしれない。駐車場を避けるためならなんでもよかった。ヘリコプター・ペアレント（過干渉、過保護な親のこと）の軍団が子どもを迎えに舞い降りてくる時間帯だったからだ。万が一そのうちのひとりにでも見つかろうものなら、かならず文句をいわれたりなにやら提案されたりということになる。自分の子どもを愛しているという理由で咎めることはできないし、子どもの教育に口をはさんでくる親にどこまで我慢できるかは神のみぞ知るだが、何事にも限度というものがある。

「ライランド・グレースさん？」と女の声がした。

ぼくは驚いて顔を上げた。入ってきたのにまったく気づいていなかった。

年は四〇代なかば、上等な仕立てのビジネススーツを着た女性だった。ブリーフケースを持っている。

「ああ、はい」とぼくはいった。「なにか御用でしょうか？」

「ええ、そうなんです」と彼女はいった。少しなまりがある。ヨーロッパ的な——どこということまではわからなかった。「エヴァ・ストラットと申します。ペトロヴァ対策委員会の者です」

「は？」

「ペトロヴァ対策委員会。ペトロヴァ・ライン問題に対処するために設立された国際機関です。わたしは解決策を見つける任務についています。問題解決に関してかなりの権限を行使することを許されています」

「許されているって、誰に？」

「全国連加盟国に」

「いや、えっ？　いったいどういう――」

「無記名投票により、満場一致で。複雑な話でね。あなたが書かれた科学論文のことでお話ししたいのですが」

「無記名投票？　それはどうでもいいか」ぼくは首をふった。「論文書きの日々はとっくに終わっています。学究生活はうまくいかなくてね」

「あなたは教師でしょう？　まだ学究生活はつづいているじゃありませんか」

「まあ、それは」とぼくはいった。「しかし、ぼくがいうのはいわゆる学究生活で。学者とか論文の査読とか――」

「あなたを大学から追い出したアホどもとか？」彼女は片眉を上げた。「財政支援を打ち切って、あなたが二度と研究を発表できないようにしたやつらとか？」

「ええ。そうですね」

彼女はブリーフケースからバインダーを取り出した。

そして彼女はそれを開いて最初のページを読みはじめた。「『水基盤仮説の分析と進化モデル期待論の再検討』」目を上げてぼくを見る。「あなたがこの論文を書いた、でしょ？」

「すいません、どうやってそれを――」

「タイトルは冴えないけれど、中身は、正直いってとてもおもしろかったわ」

ぼくは手提げ鞄を机に置いた。「あのですねえ、その論文を書いて、ぼくはひどい目に遭ったんですよ、わかります？　それで研究界にうんざりして、まあ、勝手にしやがれという感じでおさらばしたわけです。いまは教師として、あの頃よりずっとしあわせにやっていますよ」

彼女は論文を数ページ、パラパラとめくった。「あなたは、生命は液体の水を必要とするという仮説と何年間も戦った。ここに『生命居住可能領域《ゴルディロックスゾーン》は愚か者のたわごと』という一節があるわね。一定の温度が必要条件と信じこんでいるということで、著名な科学者を何十人も名指しできびしく非難している」

「ええ、でも——」

「博士号は分子生物学でとった、そうよね？　生物が進化するのに液体の水はかならずしも必要ではないという説に賛成する科学者は滅多にいないでしょう？」

「かれらがまちがってるんですよ！」ぼくは腕を組んだ。「水素と酸素はべつに魔法の物質じゃない！　たしかに地球の生命体には水素と酸素が必要です。しかしほかの惑星にはまったくちがう状況があって当然です。あらゆる生命体に必要なのは、結果として元の触媒の複製ができるような化学反応なんです。それには水は必要ないんです！」

ぼくは目を閉じて深々と息を吸いこみ、吐き出した。「とにかく、ぼくは怒り心頭であの論文を書いた。そして教員免許をとって、あたらしい仕事に就いて、ほんとうに人生を楽しめるようになった。だから誰もぼくを信じてくれなくてよかったと思っているんです。しあわせにやっているんです」

「信じるわ」と彼女はいった。

「ありがとう」とぼくはいった。「しかしプリントの採点をしなくちゃならないんで。御用件をうかがえますか？」

彼女はバインダーをブリーフケースにしまった。「探査機〈アークライト〉とペトロヴァ・ラインのことはご存じよね」

「知らなかったら、相当、怠け者の科学教師ということになりますね」

「あの点々は生きていると思います？」と彼女がたずねた。

「わかりません――磁場で飛び跳ねているただの塵かもしれないし。〈アークライト〉が地球に帰還したらわかるんじゃないでしょうか。もうすぐ帰ってくるんでしょう？　あと二、三週間で」

「二三日に帰ってくるわ」と彼女がいった。「ロスコスモス社が献身的なソユーズのミッションで地球低軌道から回収します」

ぼくはうなずいた。「そうしたらすぐにわかるでしょう。世界最高峰の頭脳たちが見て、どういうことなのか結論を出してくれる。誰がやるんです？　ご存じなんですか？」

「あなたよ」と彼女がいった。「あなたがやるの」

ぼくはぽかんと宙を見つめた。

彼女がぼくの顔のまえで手をひらひらさせていった。「もしもし？」

「ぼくにあの点々を見ろというんですか？」とぼくはいった。

「ええ」

「全世界があなたをこの問題を解決する責任者の地位につけて、そのあなたがじきじきに中学校の科学教師のところにやってきた？」

「ええ」

ぼくは回れ右して教室から出た。「あなたは嘘つきか頭がいかれているか、それともその両方の合わせ技か。もういかなくちゃならないんで」

「選択の余地はないのよ」と彼女がぼくの背中に向かっていった。

「あると思いますよ！」ぼくは手をふってさよならした。

ああ。選択の余地はなかった。

アパートメントに帰ると、玄関ドアにたどりつかないうちに四人のりゅうとした身なりの男に囲まれてしまった。かれらはぼくにＦＢＩのバッジを見せると、アパートメントの駐車場に停めてあった三台の黒のＳＵＶのうちの一台にぼくを押しこんだ。ぼくの質問に答えるどころか、まったく口もきかずに二〇分走ったあと、かれらはぼくをなんの変哲もない複合オフィスビルに案内した。

三〇フィートかそこらごとになんの表示もないドアが並ぶ人気《ひとけ》のない廊下を進むあいだ、ぼくはほとんど地に足が着かない状態だった。そしてついに男たちは廊下の奥にある両開きのドアを開け、ぼくをそっとなかに押しやった。

ビルのほかの部分はまったく人気がないのに、その部屋には家具やピカピカのハイテク機器類があふれていた。それは、これまで見たこともないほど設備の整った生物学ラボだった。そしてそのまんなかにエヴァ・ストラットがいた。

「どうも、グレース博士」と彼女がいった。「ここがあなたのあたらしいラボです」

ＦＢＩの特別捜査官たちが、ぼくのうしろでドアを閉め、ラボにいるのはストラットとぼくの二人だけになった。ぼくはちょっと強めに押された肩のあたりをさすった。

うしろのドアをふりかえる。「つまり……『かなりの権限がある』というのは……」

「わたしは全権限を有しています」

「言葉になまりがありますが、アメリカ生まれなんですか？」

「わたしはオランダ人。欧州宇宙機関《ESA》の長官を務めていました。でもそれはどうでもいいの。いまはこっちの責任者です。既存の国際機関でのんびりやっている時間はないの。太陽が死にかけているんだから。解決策が必要です。それを見つけるのが、わたしの仕事」

彼女はラボのスツールを引き寄せて腰をおろした。「あの〝点々〟はおそらく生命体です。太陽光の指数関数的減少は典型的生命体の指数関数的増加と一致しているの」

「あれが太陽を……食べているということですか？」

「少なくとも太陽の出力エネルギーを食べていると考えられるわね」

「オーケイ、それは——うん、たいへんだ。しかしそれはそれとして——いったいぼくになにをしろというんです？」

「〈アークライト〉が試料を地球に持って帰ってきます。いくらかは生きたままかもしれない。あなたにそれを調べて、なにができるか検討してほしいの」

「ああ、そういってましたよね。しかし、ぼくなんかよりずっと適任の人がいると思いますけどね」

「世界中の科学者が注目するでしょうけど、わたしはまずあなたに見てほしいの」

「どうしてですか？」

「そいつは太陽の表面、もしくはその近くで生きているのよ。それで水基盤の生命体だと思う？」

　そのとおりだった。そんな高温の場所では水は存在できない。摂氏三〇〇〇度以上になると、水素と酸素の原子は結びついていられなくなってしまう。太陽表面の温度は摂氏五五〇〇度だ。

　彼女は先をつづけた。「思弁地球外生物学の分野は非常に狭い——世界中でせいぜい五〇〇人程度。そしてわたしが話をした人全員が——オックスフォードの教授から東大の研究者まで全員が——あなたが突然やめていなければ、この分野をリードしていただろうと思っているようなのよ」

「ええっ」とぼくはいった。「円満にやめたわけじゃないのに、そんなに持ち上げてくれるなんてびっくりだな」

「みんなこの事態の重大さを理解しているのよ。過去の因縁にこだわっている場合ではないということね。でも、なにはともあれ、これであなたはみんなにあなたが正しかったと証明することができる。生命に水は必須ではない、とね。あなたのお望みどおりだと思うけれど」

「たしかに」とぼくはいった。「まあ……そうなんですが。こんなかたちでは」

彼女はスツールからさっと立ち上がって、ドアに向かった。「事実は事実。二三日の午後七時にはここにいて。試料を持ってきますから」

「な――」とぼくはいった。「ロシアに帰ってくるんでしょう?」

「ロスコスモスにソユーズをサスカチュワンに着陸させるようにいったの。カナダ空軍が試料を回収してジェット戦闘機で直接サンフランシスコに、ここに持ってくる。合衆国がカナダ空軍に領空に入ることを許可する段取りになっているのでね」

「サスカチュワン?」

「ソユーズ・カプセルはバイコヌール宇宙基地から打ち上げられるんだけれど、ここは高緯度に位置していてね。いちばん安全な着陸地点はおなじ緯度にある場所なの。サスカチュワンはすべての条件を備えた、サンフランシスコにいちばん近いたいらで広い場所なのよ」

ぼくは手を上げた。「ちょっと待ってください。ロシアもカナダもアメリカも、あなたがやれといったらなんでもするんですか?」

「ええ。文句ひとついわずにね」

「ぼくをからかってるんでしょう?」

「あたらしいラボに慣れておいてくださいね、グレース博士。ほかに用事があるので」

あとはひとこともなく、彼女はラボから出ていった。

「そうだ!」ぼくは拳を激しく上下に振り動かす。

勢いよく立ち上がって、ラボにつづく梯子を上る。梯子を上って〝謎のハッチ〟をつかむ。

前とおなじように、ハッチのハンドルにさわるやいなやコンピュータがいう。「ハッチのロックを解除するには、名前をいってください」

「ライランド・グレース」とぼくは、気取った笑みを浮かべていう。「ライランド・グレース博士、だ」

返ってきた反応は、カチッという小さな音だけ。自分の名前を思い出すためにあれだけ沈思黙考し内省を深めたのだから、もっとなにか派手な反応があってほしかったのだが。たとえば紙吹雪とか。

ハンドルをつかんでひねる。ハンドルが回る。わが領土が、とりあえずもうひと部屋分、広がろうとしている。ハッチを上に押してみる。が、寝室とラボとをつなぐハッチとはちがって、このハッチは横にスライドした。こんどの部屋はすごく狭い――だからハッチが上に開くだけのスペースがなかったのだろう。そしてこの部屋は……うーん……？

LED照明が灯る。ここもほかの二つとおなじように丸い部屋だが、円筒形ではない。壁は天井に近づくほど内側に傾斜している。円錐形の先端を切り落とした形だ。

この二、三日はたいした情報も得られないままますぎてしまっていた。それがいまは情報が全方向から襲いかかってきている。部屋の表面がすべてコンピュータのモニターとタッチスクリーンで覆われているのだ。点滅する光と色の数の多さに圧倒される。数字の列が表示されているスクリーンもあれば図表が出ているものもあるし、真っ暗なのもある。

円錐形の壁の縁に、またハッチがある。だがこれはあまり謎めいてはいない。いちばん上に〝エアロック〟とステンシル文字で表示されているし、ハッチそのものに丸い窓がついているのだ。窓の向こうに小さい部屋が見える――ひとり入ればいっぱいというサイズ――そして宇宙服が一着。奥の壁に、またハッチがある。うん。たしかにエアロックだ。

そしてすべてのまんなかに椅子がひとつある。どのスクリーンやタッチパネルにも楽に手が届く完壁な位置に据えられている。

残りの梯子段をぜんぶ上って部屋に入り、椅子にすわってみる。快適だ。飛行機のバケットシートのように身体がすっぽりおさまる。

「パイロット、検知」とコンピュータがいう。「角度異常」

パイロットか。オーケイ。

「どこの異常だ?」とたずねる。

「角度異常」

HAL9000ではないな、このコンピュータは。なにか手がかりはないかとたくさんのスクリーンを見まわす。椅子はスムーズに回転する。この三六〇度コンピュータ・ピットにはもってこいだ。ひとつ、赤い縁取りが点滅しているスクリーンを発見。顔を近づけてじっくりと見る。

角度異常:相対運動エラー
予測速度:11423KPS
計測速度:11872KPS
状態:自動修正軌道。操作不要。

ふむ。意味不明だ。〝KPS〟だけはわかる。たぶん〝キロメートル毎秒〟だろう。

テキストの上に太陽の画像がある。かすかに揺れている。動画か? ライヴ映像とか? それともぼくの想像の産物か? 直感でスクリーンに指を二本当てて広げてみる。

思ったとおり画像が大きくなった。スマートフォンとおなじだ。画像の左のほうに黒点が二、三個ある。それが画面いっぱいになるまで拡大する。画面は驚くほどクリアなままだ。ものすごく解像度の高い写真か、ものすごく解像度の高い太陽望遠鏡か、どちらかだ。

黒点のクラスターの大きさを太陽面の幅の一パーセントと見積もる。黒点としてはごくふつうの大きさだ。つまり、ぼくはいま太陽の円周の〇・五度分を見ている（ここはかなり荒っぽい計算だ）。太陽は約二五日で一回転する（科学教師はこういうことを知っている）。だから、この黒点がスクリーンから消えてしまうには一時間かかるはず。あとで、消えているかどうかチェックしよう。もし消えていればこれはライヴ映像。消えていなければ静止画像ということになる。

うーん……一万一八七二キロメートル毎秒。

速度は相対的なものだ。二つの物体を比較しなければ、意味はない。高速道路を走る車は地面にたいしては時速七〇マイルで走っていても、隣の車と比べたらほとんど速度ゼロで動いていることになる。となると、〝計測速度〟というのは、なんの速度を計測したものなのか？　わかる気がする。

ぼくは宇宙船に乗っている、だろ？　そのはずだ。だからその数値はたぶんぼくの速度。しかしなにと比較した速度か？　テキストの上の太陽の堂々たる画像からして、太陽だろうと思う。つまりぼくは太陽に対して毎秒一万一八七二キロメートルの速度で進んでいるわけだ。

下のテキストがチラッと瞬く。なにか変わったのか？

角度異常：相対運動エラー
予測速度：11422KPS
計測速度：11871KPS
状態：自動修正軌道。操作不要。

数値がちがう！　両方とも一、下がっている。ああ、ワオ。待てよ。トーガからストップウォッチを出す（古代ギリシャの偉大な哲学者たちはトーガにつねにストップウォッチをしのばせていたのである）。そして永遠かと思うほど長いあいだスクリーンを見つめる。あきらめそうになったとき、二つの数値がまた一、下がった。タイマーをスタートさせる。

こんどは、どれくらい待たなければならないか見当がついている。またしても果てしなく長く感じられるが、頑張る。ついにまた数値が下がったので、タイマーを止める。

六六秒。

〝計測速度〟の数値が六六秒ごとに一、下がっていく。ささっと計算すると、加速度は……一五メートル毎秒毎秒。前に割り出した〝重力〟加速度と一致する。

ぼくが感じている力は重力ではない。遠心力でもない。ぼくは宇宙船のなかにいて、その宇宙船はコンスタントに直線的に加速している。いや、実際には減速している──数値が下がっているのだから。

そしてその速度は……とんでもない速度だ。たしかに下がってはいる、が、ワオ！　地球周回軌道に到達するにはたったの八ｋｐｓでいい。それが一万一〇〇〇以上で進んでいる。太陽系内のどんなものより速い。それだけ速ければ太陽の重力をふりきって恒星間空間へ飛んでいける。

表示には、どの方向に向かっているのかを示すものはまったく出ていない。相対速度だけだ。そこで疑問がひとつ──ぼくは太陽に向かって進んでいるのか、それとも遠ざかろうとしているのか？

机上の空論的になってきた。ぼくは太陽との衝突コースを進んでいるか、帰れる希望もないまま深宇宙へと突っ走っているか、どちらかということになる。いや、おおまかに太陽の方向へ進んではいるが衝突コースではない可能性もある。もしそうだとしたら、太陽にはぶつからずに……帰れる希望もないまま深宇宙へと飛び去っていくわけで。

まあ、この太陽の画像がリアルタイムのものだとしたら、スクリーン上の黒点が大きくなるか小さくなるかするだろう。だからリアルタイムかどうかわかるまで、とにかく待つしかない。それにはあと一時間はかかるだろう。なので、ストップウォッチをスタートさせる。

小さな部屋のなかにあるほかの無数のスクリーンに目を向ける。ほとんどはなにやらいうことがあるようだが、ひとつ、円形の紋章《クレスト》のようなものしか映っていないスクリーンがある。きっとアイドル状態のスクリーンなのだろう。触ったらコンピュータが目を覚ますにちがいない。だが、そのアイドル状態のスクリーンこそがここでいちばん多くの情報を提供しているといっていいのかもしれない。

これはミッション・クレストだ。見たらそうとわかるくらい、NASAのドキュメンタリー映像は山ほど見てきた。円形のクレストは外側の円が青で、そこに白い文字が入っている。上のほうに**ヘイル・メアリー**（アヴェ・マリアの意。また、アメフトで試合終盤、劣勢のチームが運を天にまかせて投げるロングパスの意）、下のほうに**地球**。この宇宙船の船名と〝寄航地〟だ。まさかこの船が地球以外のところからきたと思っていたわけではないが、まあいい。とにかく乗っている船の名前はわかったようだ。

ぼくは〈ヘイル・メアリー〉号に乗っている。

その情報をどうすればいいのかはよくわからない。

しかし、クレストからわかることはそれだけではない。青い帯の内側には黒い円があって、そのなかに奇妙なマークが描かれている——まんなかに点がある黄色い円、白い十字がついた青い円、そして小文字のtが描かれた小さめの黄色い円。なにを意味しているのかさっぱりわからない。黒い部分の縁には、〝姚〟、〝ИЛЮХИНА〟、〝グレース〟、とある。

クルーだ。

ぼくは〝グレース〟だから、ほかの二つは下の部屋のベッドに横たわっているミイラの名前にちがいない。中国人とロシア人。二人の記憶がもう少しで表面に出てきそうなところまできているのにうまく引き上げられない。なにか内なる防衛メカニズムのようなものが働いているのだと思う。思い出すと傷つくから、脳が思い出すのを拒否しているのだ。たぶん。でもわからない——ぼくは科学教師だ。トラウマ心理学者ではない。

曇った目をぬぐう。いまはまだ無理やり思い出さないほうがいいのかもしれない。

あと一時間は、とくにやることもない。ほかになにか思い出せないか、心をさまよわせてみる。だんだんと簡単に思い出せるようになってきている。

「一〇〇パーセント快適とはとてもいえませんね」とぼくはいった。完全防護服を着ているので声がくぐもっていた。透明のフェースウィンドウ的なものは曇っている。

「そのうち慣れるわ」インターコムからストラットの声が聞こえてきた。彼女はものすごく分厚い二重ガラスの向こう側からこっちを見ていた。

ラボはいくらかグレードアップされていた。あ、機器類は元のままだが部屋全体が密閉されたのだ。壁は全面に分厚いビニールシートが張られて、継ぎ目は特殊なテープで貼り合わせてある。そこらじゅうＣＤＣ（米国疾病予防管理センター）のロゴだらけだった。隔離プロトコル通りの対策。快適なわけがない。

出入り口は唯一、大きなプラスチック製のエアロックだけだった。そしてぼくはそこに入る前に防護服を着せられていた。エア・チューブが天井のリールから防護服につながっている。

ぼくがやりたいことはなんでもできるよう、ラボには最高価格の機器類が準備されていた。これほどなんでもそろったラボは見たことがなかった。そしてそのまんなかには円筒形の容器がのったカートがあった。容器にはステンシル文字でобразецと記してある。あまり役に立たない。

観察室にいるのはストラットだけではなかった。軍服姿の人間が二〇人ほど、彼女と並んで興味津々という顔で見ている。アメリカ人将校、ロシア人将校に加えて中国人将校が数人、それにぼくにはどこの国かわからない軍服姿の連中も大勢いる。国際色豊かな集団だ。誰ひとりひとこともしゃべらず、暗黙の了解なのだろう、全員ストラットの数フィートうしろに立っていた。

ぼくはグローブをつけた手でエア・チューブをつかんで、ストラットのほうにさしだしながらいった。「これはほんとうに必要なんですか?」

彼女がインターコムのボタンを押した。「そのシリンダーのなかの試料が異星の生命体である可能性はかなり高い。われわれとしては、危険を冒すわけにはいきませんから」

「待ってください……あなたたちはいいでしょう。しかしぼくは危険にさらされるんですよ!」

「そういうことではありません」

「どこが、そういうことではないんですか?」

彼女はしばし考えて、いった。「オーケイ。たしかにそういうことです」

ぼくはシリンダーに歩み寄った。「ほかの人たちもみんなこうするしかなかったんですか?」

彼女が軍人たちを見ると、軍人たちはそろって肩をすくめた。「〝ほかの人たち〟というと?」

「それはほら」とぼくはいった。「この容器をここまで運んできた人たちですよ」

「それはカプセルから回収した試料容器です。厚さ一センチの鋼鉄の外側を厚さ三センチの鉛で覆ったかたちになっています。金星を出発して以降、密閉されたままです。試料そのものを取り出すには一四のラッチをはずさなければなりません」

ぼくはシリンダーを見て、彼女を見て、またシリンダーを見て、彼女を見た。「冗談でしょ」

「明るい面を見て」と彼女はいった。「あなたは地球外生命体と最初に接触した人間として、永久に名を残すことになるんですよ」

「もし生命体ならね」とぼくはつぶやいた。

ぼくは少々苦労して一四個のラッチをはずした。ラッチはかなりしっかりと掛かっていた。探査機

〈アークライト〉はそもそもどうやってこのラッチを掛けたのだろう、とぼくはぼんやり考えた。なにかクールな作動システムでもあったのだろう。

中身はべつに驚くようなものではなかった。そうだろうと思ってはいた。ただ小さくて透明な、一見、空っぽのプラスチックのボールが入っているだけだ。謎の点々は顕微鏡で見なければわからないものだし、数もそう多くはなかった。

「放射線、検知せず」とインターコムでストラットがいった。

ぼくはちらっと彼女を見た。彼女はじっとタブレットを見つめていた。

ぼくはじっくりとボールを眺めて、いった。「なかは真空ですか？」

「いいえ」と彼女が答えた。「一気圧のアルゴンガスが満たしてあります。探査機が金星からもどってくるあいだ、問題の点々はずっと動きまわっていたわ。だからアルゴンには影響されないんでしょうね」

ぼくはラボをぐるりと見まわした。「ここにはグローブボックスはないんですね。未知の試料をふつうの空気にさらすわけにはいきませんよ」

「その部屋全体をアルゴンで満たしてあります」と彼女はいった。「エア・チューブをねじったり、防護服を引き裂いたりしないよう注意して。万が一アルゴンを吸いこむと――」

「窒息する。なにが起きているかもわからないうちに窒息死する。はい、オーケイです」

ぼくはボールをトレイに移して、慎重にひねり、パカッと開けた。片方の半球をプラスチックの密閉容器に入れて、もう片方を乾いた綿棒でぬぐう。そしてその綿棒をスライドにこすりつけ、顕微鏡のところに持っていく。

見つけるのはむずかしいだろうと思っていたが、あった。何十個もの小さい黒い点が見える。しかもじつに活発にうごめいている。

「すべて記録しているんですよね？」

「さまざまな三六の角度からね」と彼女がいった。

「試料はたくさんの丸い物体からなっています」とぼくはいった。「大きさはほぼぜんぶいっしょのようです――それぞれが直径約一〇ミクロン……」

ぼくは焦点を調節してブラックライトをさまざまな強度で当ててみた。「試料は不透明で……内部は見えませんね、光の強度を最高限度にしてもだめです……」

「生きているの？」とストラットがたずねた。

ぼくはじろりと彼女をにらんだ。「ひと目見ただけで、そんなことはいえませんよ。ここでなにが起きるのを期待してるんです？」

「それが生きているのかどうか、はっきりさせてほしいのよ。そして、もし生きているのなら、どういうメカニズムで生きているのか、解明して」

「それは無理な相談ですね」

「どうして？　生物学者はバクテリアがどういうメカニズムで生きているのか解明したわ。それとおなじことをやってくれればいいのよ」

「それは何千人もの科学者が二世紀という時間をかけて解明したんです！」

「じゃあ……それよりは早くお願いするわ」

「いいですか」――ぼくは顕微鏡を指さした――「ぼくは仕事にもどります。なにかわかったら、その時点で報告します。それまでみなさん、静かな研究タイムをお楽しみください」

ぼくはそれから六時間をつぎからつぎへと増えていくさまざまなテストに費やした。そのあいだに軍関係者は一人、二人と部屋から出ていき、最後に残ったのはストラットだけだった。彼女の忍耐強さは認めなければなるまい。彼女は観察室の奥にすわってタブレットで作業していて、ときどき顔を上げてはぼくのようすをチェックしていた。

ぼくがエアロックを抜けて観察室に入っていくと、彼女は首をぴんと立てた。「なにかわかった？」と彼女はたずねた。

ぼくは防護服のジッパーをおろして、外に踏み出した。「ええ、膀胱が満杯です」

彼女はタブレットに何事か打ちこんだ。「それは計算に入れていなかったわ。今夜、隔離区画内にトイレを設置させましょう。ケミカルトイレでないとだめね。配管を通すわけにはいかないから」

「なんでもけっこうですよ」とぼくはいって、用を足しにトイレへ急いだ。

ぼくがもどると、ストラットは観察室のまんなかに小さなテーブルと椅子を二脚、引っ張り出していた。彼女はその椅子に腰をおろして、もうひとつのほうを手で指した。「すわって」

「いや、いまは——」

「すわって」

ぼくは椅子にすわった。彼女はあきらかに指揮官の雰囲気を醸し出していた。声のトーンのせいだろうか、それともいつもながらの自信に満ちた態度のせいだろうか？　どちらにしても彼女がなにかいうと、そうしなければならないという気になってしまう。

「これまでに、なにがわかったのかしら？」と彼女がいった。

「これまでって、きょうの午後だけですよ」

「どれくらいの時間かきいたんじゃないの。なにがわかったかときいたのよ」

ぼくはぼりぼりと頭を掻いた。何時間も防護服を着ていたから汗をかいていたし、たぶんいやな匂いもしていただろう。「それが……不思議なんですよ。なにでできているのか、さっぱりわからない。知りたくてしょうがないのに」

「ここにないもので、なにか必要な機器は？」と彼女がたずねた。

「いえ、いえ。望みうるかぎりのものがちゃんとそろっています。ただ、あの点々には通用しないんですよ」ぼくは椅子の背にもたれた。ほとんど一日中、立ちっぱなしだったから、少しリラックスできてありがたい。「最初に試したのはX線分光計でした。試料にX線を照射してフォトンを放出させるんです。するとそのフォトンの波長からどんな元素が存在しているかがわかる」

「それでなにがわかったの？」

「なにも。ぼくがいえるのは、あの点々がX線を吸収してしまうということだけです。X線は入ったきり出てこないんですよ。なにも出てこない。とんでもなくおかしい。そんな振る舞いをするものなんて思いつきません」

「オーケイ」彼女はタブレットになにかメモした。「ほかに報告できることは？」

「つぎにガスクロマトグラフィーを試してみました。試料を気化させて、その結果生じたガスのなかの元素や化合物を同定するんです。でもそれもだめでした」

「どうして？」

ぼくは両手をひろげて肩をすくめた。「あのしょうもない点々が気化しなかったからです。バーナー、オーブン、るつぼ炉と迷路にはまりこんで、けっきょくぜんぶ無駄でした。摂氏二〇〇〇度までいってもなんの影響も受けなかったんです。なんにもです」

「それはおかしなことなの？」

「めちゃくちゃおかしなことです」とぼくはいった。「しかし、太陽の表面で生きているんですからね。少なくとも一定の期間は。熱にたいして強い耐性を持っているのは理屈に合っていると思いますよ」

「太陽の表面で生きて**いる**？」と彼女はいった。「つまりあれは生命体ということ？」

「ええ、それはまちがいありませんよ」

それで筋が通ったんです」

「うーん、まず動きまわっています。顕微鏡で見ればすぐわかります。それだけでは生きているということにはなりません——不活性のものも静電気とか磁場とかの影響で四六時中、動きまわりますからね。しかし、それ以外にも気づいたことがあるんです。奇妙な話なんですが、それでピタッと筋が通ったんです」

「オーケイ」

「点々を数個、真空中で分光器にかけてみたんです。光を出しているかどうかを見る単純なテストです。もちろん、出していました。波長二五・九八四ミクロンの赤外線。ペトロヴァ周波数——ペトロヴァ・ラインを構成している光です。それは予想がついていました。しかしそのとき気がついたんですよ、光を出すのは動いているときだけだということに。しかもね、大量に出してるんです。いや、ぼくらから見たらたいしたことはありませんが、小さな単細胞生物にとっては莫大な量なんです」

「で、それはどういう意味を持つわけ?」

「ざっと計算してみたんですが、あの点々は光で動いているにちがいないと思うんです」

ストラットが片眉を上げた。「わからないわ」

「驚いたことに、光には運動量があるんです」とぼくはいった。「力を持っているんです。宇宙空間で懐中電灯をつけると、ごくごくわずかですが推力が得られるんです」

「知らなかったわ」

「もう知ってますよね。それで、ごくごく小さい質量にごくごく小さい推力が加わると効果的な推進力になりうるわけです。あの点々の質量は平均二〇ピコグラム程度と出ました。ちなみに、この質量を計るのにはずいぶん時間がかかりましたが、あのラボの装置はすばらしい。まあ、とにかく、ぼくが見ている動きは放出された光の運動量と一致しているんです」

彼女がタブレットを下に置いた。ぼくはあきらかに彼女の注意を一〇〇パーセント引くという希有《けう》な偉業を成し遂げたわけだ。「それは自然界でも起きていることなの？」

ぼくは首をふった。「ありえません。自然界にそんなエネルギーの蓄え方をするものは存在しません。あの点々がどれほどのエネルギーを放出しているか、ぴんとこないと思いますが、なんというか……質量変換のレベルなんです。$E=mc^2$的な。あの小さな点々はおよそ理屈に合わないほど大量のエネルギーを蓄えているんですよ」

「うーん」と彼女はいった。「あれは太陽からやってきた。そして太陽はエネルギーを失いつつある」

「ええ。だから生命体だろうと思うんです。エネルギーを取りこんで、ぼくらにはわからない方法で体内に蓄えて、推進力として使う。そのプロセスは物理的にしろ化学的にしろ単純ではない。複雑で、確たる方向性を持ったもの。なんにしろ徐々に進化してきたものです」

「つまりペトロヴァ・ラインは……ミニミニサイズのロケット噴射とおなじということ？」

「たぶん。それに、ぼくらが見ているのはあの領域からやってくる光の総量のほんの何パーセントかにすぎない。それはまちがいありません。かれらは光を推進力にして金星へ、あるいは太陽へ、向かっている。それとも両方向なのか。それはわかりませんが。要は、光はかれらが移動する方向とは逆方向へ放たれているということです。地球はあのライン上にはありませんから、ぼくらが見ているのは周辺の宇宙塵に反射したものだけということになります」

「どうして金星に向かっているの？」と彼女がたずねた。「それと、どうやって繁殖しているのかしら？」

「いい質問ですね。ぼくにはどちらの質問にも答えられません。しかし、もしかれらが単細胞の刺激－反応生物だとしたら、おそらく有糸分裂で繁殖するはずです」ぼくはひと息置いた。「つまり細胞が分裂して二つのあたらしい細胞が——」

「ええ、それくらいはわたしも知っているわ」彼女は天井を見上げた。「昔から、もし異星生命体が存在するなら、ファースト・コンタクトの相手はUFOに乗った緑色の小人《リトル・グリーン・メン》というのが定番だった。単純な、知性のない種属とは、みんな思っていなかったわよね」

「ええ」とぼくはいった。「これはちょっと挨拶に立ち寄ったバルカン星人じゃありませんからね。これは……宇宙藻かな」

「侵略種ね。オーストラリアのオオヒキガエルみたいな」

「いいたとえですね」ぼくはうなずいた。「数が増えている。どんどん増えている。数が多くなればなるほど、より多くの太陽エネルギーが消費されてしまう」

彼女は指で顎をつまんだ。「星を食べて生きる生物。あなたならなんて命名する?」

ぼくは知っているギリシャ語由来、ラテン語由来の言葉を必死で思い出した。「〝アストロファージ〟(宇宙を食べるもの)ですかね」

「アストロファージ」と彼女はいって、タブレットに打ちこんだ。「オーケイ。仕事にもどって。どうやって繁殖するのか、解明して」

アストロファージ!

その言葉ひとつで全身の筋肉が縮み上がる。鉛のおもりで殴られるような、ずしんとくる恐怖。

そう、それだ。地球上のあらゆる命を脅かすもの。アストロファージ。

太陽の拡大画像が出ているモニターをちらりと見る。黒点がはっきりそうとわかるほど移動していた。オーケイ、これはリアルタイムの映像だ。わかってよかった。

待て待て待て……移動のスピードがおかしい気がする。ストップウォッチを見ると、回想にふけっていたのは一〇分かそこら。黒点の移動はほんのわずかなはずだ。ところがもうスクリーンのまんなかあたりまできている。いくらなんでもこんなに動いているはずはないのに。

トーガからメジャーを取り出す。ズームアウトしてスクリーン上の太陽の直径と黒点クラスターの幅を実測する。もうおおまかな推定値ではすませられない。しっかり計算しなければ。

スクリーン上の太陽面の幅は二七センチで、黒点は三ミリ。一〇分間で直径の半分（一・五ミリ）移動していた。正確な時間は、ストップウォッチによると五一七秒。腕を紙代わりにして計算する。出た答えによると黒点クラスターは三四四・六六秒毎に一ミリ動いていることになる。二七センチの太陽面を横切るのに必要な時間は（またまた腕に書いて計算）九万三〇〇〇秒強。つまり黒点クラスターが太陽のこちら側を横切るのにそれだけかかるわけだ。裏側を回って一周するには、その倍かかる。一八万六〇〇〇秒。二日とちょっと。

本来の自転速度より一〇倍も速い。

ぼくが見ているこの星……これはあの太陽ではない。

ぼくがいるのは、べつの太陽系だ。

第4章

オーケイ。

そろそろここにあるスクリーンを片っ端からゆっくりじっくりしっかり見てみるとしよう！

ぼくはどうしてべつの太陽系にいるんだ?! わけがわからない！ それよりなにより、あの星は何なんだ?! ああ、神さま、もう死にそうです！

しばし過呼吸になる。

生徒たちにいったことを思い出す――パニックになったときは大きく息を吸って、吐いて、一〇数えなさい。これでぼくのクラスでは癇癪を起こす子が激減した。

深呼吸する。「一……二……さ――だめだ！ もう死ぬ！」

頭を抱える。「ああ、神さま。ここはいったいどこなんですか？」

なにか意味のわかりそうなものを探して、スクリーンを漁りまわる。情報が不足しているわけではない――ありすぎるのだ。どのスクリーンにもご親切に上のほうにラベルが表示されている。〝生命維持〟、〝エアロックの状態〟、〝エンジン〟、〝ロボティクス〟、〝アストロファージ〟、〝ジェネレーター〟、〝遠心機〟――ちょっと待った。アストロファージ？

〝アストロファージ〟のパネルをじっくりチェックする。

残量：２０９０６ＫＧ
消費率：６・０４５Ｇ／Ｓ

この数字よりずっと興味深いのは、数字の下の図だ。たぶん〈ヘイル・メアリー〉号だろうと思われる線図が描かれている。この船がどんな外観なのか、はじめて全体像を目にしたことになる。

船の上のほうは先端が円錐になった円筒形。そうたくさん見たことがあるわけではないが、これはまさにロケットの形だ。コントロール・ルームの先がすぼまった円錐形の壁からして、ここは船の最先端部にちがいない。この下にはラボがある。図中のその部屋は〝ラボ〟と表示されている。その下は、ぼくが目を覚ました部屋だ。

亡くなった友人たちがいる部屋。

鼻をすすって涙をぬぐう。いまはそんなことをしている時間はない。そのことは頭から追い出して、図を見つめる。下の部屋は〝共同寝室〟という名称になっている。オーケイ、つまりこの図はぼくの経験とぴったり一致しているわけだ。正式名称がわかってよかった。共同寝室の下はもっとずっと小さい、天井高が一メートルくらいしかない部屋で、〝倉庫〟となっている。へえ！　どうやら床のパネルを見落としていたらしい。あとでチェック、と頭のなかにメモする。

だが、それで終わりではない。もっといろいろある。倉庫エリアの下には〝ケーブル・フェアリング〟というエリアがある。いったいなんなのか、どうしてそこにあるのか、まったく見当がつかない。その下は船体が扇状に広がっていて、その下にシリンダーが三つついている。シリンダーの幅は、ぼくがいるささやかなエリアの幅とおなじくらいだ。三つのシリンダーはぴったりくっついて並んでいる。思うに、この船は宇宙空間で組み立てられ、打ち上げ可能な物体の最大直径が四メートル程度だったのではないだろうか。

三つのシリンダーは、ざっと見積もって船全体の容積の七五パーセントを占めていて、〝燃料〟と表示されている。

燃料エリアは九つのサブシリンダーに分かれている。好奇心に駆られてひとつをタップしてみると、スクリーンにその燃料隔室が表示された。アストロファージ：０・０００ＫＧと書いてある。〝投棄〟というボタンもある。

ふむ、ぼくはどうしてここにいるのか、これはいったいどういうことなのか、よくわからないが、投棄というボタンだけは絶対に押したくない。

たぶん見かけほどドラマチックなものではないだろう。これは燃料タンクだ。なかの燃料がなくなったら船はそのタンクを捨ててしまえば、その分、質量が減って、残りの燃料が長持ちする。地球から打ち上げられるロケットが多段階式なのとおなじ理屈だ。

タンクが空になっているのに自動的に投棄されていないのは興味深い。開いたウィンドウを見るのはここまでにして、メインの船の図にもどる。

大きな燃料ゾーンそれぞれの下に〝スピン・ドライヴ〟という台形のエリアがある。聞いたことのない言葉だが、船の後部にあって、〝ドライヴ〟というからには推進システムだろうと思う。

スピン・ドライヴ……スピン・ドライヴ……目を閉じて考えてみる……。

なにも思い浮かばない。まだ思いどおりに記憶をよみがえらせることはできない。まだそこまではいっていない。

さらにまじまじと図をのぞきこむ。どうしてこの船に二万キログラムものアストロファージがあるのか？　それがすごく気になっていた。燃料だ。

そうとも。アストロファージは光で自分自身を推進させることができるし、不合理きわまりないエネルギー貯蔵能力まで備えている。そんなことができるようになるまで、何十億年か何百億年か、神のみぞ知る長年月をかけて進化してきたのだろう。トラックより馬のほうがエネルギー効率がいいのとおなじで、アストロファージは宇宙船より効率がいい。

オーケイ、船にアストロファージがどっさりある理由はそれで説明がつく。燃料だ。それにしても、どうしてこのスクリーンに船の図があるんだ？　これでは燃料計のところに車の設計図が表示されているようなものだ。

おもしろいことに、部屋の詳細はなにも表示されていない。なかになにがあるかさえ書かれていない——ただその部屋の名称が書いてあるだけ、それだけだ。しかし船殻と船の後部にかんしては非常に力が入っている。

燃料エリアからスピン・ドライヴに赤いパイプがのびている。燃料がエンジンに送られる経路だろう。ところがそのパイプが船体の全長にわたってのびている。ケーブル・フェアリング・エリアを越えてつづいている。つまりアストロファージ燃料は大半が燃料タンクに入っているが、船体の外殻部分にも蓄えられているということだ。

どうしてそんなことを？

ああ、それから、そこらじゅうに温度表示が出ている。船体に数メートルおきに表示されているところを見ると、温度が重要なのだろう。表示されている温度はすべて九六・四一五℃。

お、この温度には覚えがある。まさにこの温度！　なんで知っているんだ？　頑張れ、脳味噌……頑張れ……。

九六・四一五℃、とディスプレイに出ている。

「ふむ」とぼくはいった。

「なんなの？」即座にストラットが反応した。

ラボに入って二日めのことだった。ストラットは依然として、アストロファージを見る人間は——とりあえず当面は——ぼくひとりに限定するといって譲らなかった。彼女はタブレットをテーブルに放り出して観察室の窓のところにやってきた。「なにかあたらしいこと？」

「ええ、まあ。アストロファージの環境温度は九六・四一五℃です」

「それってかなり高温よね？」

「ええ。水の沸点に近いですね」とぼくはいった。「地球上の生物にとっては致死的な温度です。でもこいつは太陽のそばが快適なんですから、ね？」

「で、なにがどう重要なの？」

「かれらを熱くすることも冷たくすることもできないんですよ」ぼくはドラフトチャンバーのなかにつくった実験装置を指さした。「アストロファージを一時間、氷水に漬けたんですが、取り出したら九六・四一五℃でした。それから一〇〇〇℃の電気炉に入れました。で、取り出したら、やっぱり九六・四一五℃だったんです」

ストラットが窓ぎりぎりのところまで近寄ってきた。「ものすごく断熱性にすぐれているとか？」

「ぼくもそう思って、べつの実験をしてみたんです。ごく少量の水一滴にアストロファージを数個、入れてみたら、数時間後には水滴が九六・四一五℃になっていました。アストロファージが水を温めた、つまり熱エネルギーが外へ出ていけたということです」

「そこからどんな結論が導けるの？」と彼女がたずねた。

ぼくは頭を搔こうとしたが、防護服が邪魔で搔けない。「そうですねえ。かれらが体内に大量のエネルギーを持っていることはわかっている。それを体温を保つのに使っているんじゃないかと思うんです。あなたやぼくとおなじようにね」

「温血微生物ということ？」

ぼくは肩をすくめた。「そのようです。あのう、この作業をするのがぼくひとりという状況はあとどれくらいつづくんですか？」

「あなたが新事実を発見できなくなるまで」

「ひとりの人間が一ヵ所のラボで？　科学はそういうものじゃありませんよ。世界中で何百人もがたずさわるべきです」

「そう考えているのはあなたひとりじゃないわ」と彼女はいった。「きょう、三ヵ国の首脳から電話をもらったの」

「じゃあ、ほかの科学者も参加するんですね？」

「いいえ」

「どうしてです？」

彼女は一瞬、目をそらし、すぐにまた窓越しにぼくを見つめた。「アストロファージは異星の細菌よ。もし人間に感染する能力があったらどうするの？　致死性のものだったらどうするの？　防護服とネオプレンの手袋では十分な防護策にならないとしたら？」

ぼくは息を吞んだ。「ちょっと待ってください！　ぼくはモルモットということですか？　ぼくはモルモットなんだ！」

「いいえ、そういうことではないのよ」と彼女はいった。

ぼくは彼女をじっと見つめた。

彼女がぼくを見つめる。

ぼくが彼女を見つめる。

「オーケイ、たしかにそういうことよ」と彼女はいった。

「くっそお！」とぼくはいった。「そんなの、だめでしょ！」

「そう熱くならないで」と彼女はいった。「わたしは安全に事を進めているだけよ。この惑星最高の知性を誇る面々にアストロファージを送りつけて、それでみんな死んでしまったらどうなるのか、考えてみて。いまいちばん必要な人たちを一瞬にして失うことになるのよ。そんな危険は冒せません」

ぼくは眉をひそめた。「B級映画じゃあるまいし。病原体は時間をかけてゆっくりと特定の宿主を攻撃するかたちに進化していくんだ。アストロファージはこれまで地球にいさえしなかった。人間に〝感染する〟なんてありえない。それに、もう二日たつのにぼくは死んでいない。だからほんものの科学者たちに送ってください」

「あなたはれっきとしたほんものの科学者よ。そして誰にも負けないほど迅速に成果を上げている。あなたがひとりでちゃんとやってくれているのに、ほかの人の命を危険にさらすなんて、意味がないわ」

「冗談でしょう？」とぼくはいった。「二、三〇〇人で取り組めば、もっといろいろ成果が――」

「さらにいえば、致死的疾病のほとんどは潜伏期間が最低三日」

「ああ、それはたしかに」

彼女はテーブルにもどってタブレットを手にした。「いずれ、ほかの人たちにも順番は回っていくでしょう。でもいまはあなただけ。とりあえず、これがなにでできているのか教えてちょうだい。そうなったら、ほかの科学者に渡すという話もできるわ」

彼女はまたタブレットでなにか読みはじめた。会話は終わった。しかも彼女は、生徒たちなら〝ぎつっ〟と表現するような言葉を浴びせて会話を終わらせた。最大限、努力しているのに、ぼくはまだアストロファージがなんでできているのか、見当すらついていなかった。

どんな波長の光を当てても不透明。可視光、赤外線、紫外線、X線、マイクロ波……アストロファージを数個、放射性物質格納容器に入れてセシウム一三七（このラボにはなんでもある）が放射するガンマ線に曝《さら》す実験さえやってみた。ぼくはこれを〝ブルース・バナー（大量のガンマ線を浴びて、負の感情が高ぶると超人ハルクに変身するようになってしまった科学者）試験〟と命名した。われながら、いい名前だと思っていた。とにかく、ガンマ線さえこのチビどもを貫くことはできなかった。たとえていえば、一枚の紙を五〇口径のピストルで撃ったら弾丸が跳ね返されたようなものだ。まったく理屈に合わない。

ぼくはふくれっ面で顕微鏡にもどった。小さな点々はスライドの上でもう何時間もすごしている。これは対照群だった。さまざまな光源でぶっ叩かなかったやつだ。「もしかしたら考えすぎなのかもしれないな」とぼくはつぶやいた。

ラボの備品を漁って必要なものを見つけた――ナノシリンジだ。稀少で高価なものだが、ちゃんと用意されていた。これは要するに小さい小さい針だ。微生物をつつけるくらい小さくて鋭い。このおチビちゃんを使えば、生きた細胞からミトコンドリアを取り出すこともできる。

ふたたび顕微鏡のまえへ。「オーケイ、不埒なチビども。おまえたちは放射線ではびくともしない、それは認めよう。しかし、ブスッと刺されたら、どうだ？」

ふつうはナノシリンジは精密に調整された機器でコントロールする。だが、ぼくはちょっと刺してみたかっただけなのでツールが完全無欠かどうかはどうでもよかった。ぼくはコレット（ふつうはコントロール・マシンに取り付けられているもの）をつかんで、針を顕微鏡の視野に入れた。ナノシリンジという名前だが、実際は幅が五〇ナノメートルくらいある。それでも図体のでかい一〇ミクロンもあるアストロファージと比べれば小さい――幅はわずか二〇〇〇分の一だ。

アストロファージを針で突いたら、まったく予想外のことが起きた。

まず、針が貫通した。これにかんしては疑いの余地はない。光や熱には耐性があるが、尖ったものに対する振る舞いにかんしてはアストロファージもほかの細胞とおなじだった。

穴が開いたとたん、細胞全体が半透明になった。もうなんの特徴もない黒い点ではなく、ぼくのような微生物学者が見たがる、細胞小器官やらなにやらがすべてそろった細胞だ。あっというまだった。まるでパチッとスイッチを入れたみたいだった。

そしてそいつは死んだ。破れた細胞壁はあっさり役目を終えて、完全にほどけていった。アストロファージは凝集力のある丸いものから、外との境界のないゆっくりと広がっていく水たまりになっていく。ぼくはすぐそばの棚からふつうの針を取って、そのドロドロしたものを吸い上げた。

「やった！」とぼくはいった。「ひとつ殺した！」

「お手柄ね」とストラットはタブレットから顔を上げもせずにいった。「エイリアンをやっつけた最初の人間。『プレデター』のアーノルド・シュワルツェネッガーみたい」

「オーケイ。話をおもしろくしようとしているのはわかりますけどね、あのプレデターは意図的に自爆して死んだんです。ほんとうに最初にプレデターを殺した人間はマイク・ハリガン――演じていたのはダニー・グローヴァー。『プレデター2』ですから」

彼女は窓越しにぼくを見つめたと思うと、首をふってぐるりと目を回して見せた。

「肝心なのは、アストロファージがなんでできているのか、ついにわかりそうだということです！」

「ほんと？」彼女はタブレットを置いた。「殺したのがよかったということ？」

「だと思いますよ。もう真っ黒じゃありませんから。光が透過する状態になったんです。なんだかわからないが光をブロックしていた謎の効果はもう消え失せた」

「どうやったの？　なにを使って殺したの？」

「ナノシリンジで細胞膜を突き破ったんです」

「棒で突いたの？」

「ちがいますよ！」とぼくはいった。「いや。そうですね。しかしこれは非常に科学的な棒を使用した科学的な突っつきです」

「棒で突こうと考えつくのに二日かかったわけね」

「きみ……静かに」

ぼくは針を分光器のところへ持っていって、試料ホルダーにアストロファージのドロドロを出した。そして試料室を密閉し、分析を開始した。結果が出るまでのあいだ、ぼくは小さな子どもみたいに、右足で跳ねて左足で跳ねて、をくりかえした。

ストラットは首をのばしてぼくを見ていた。「で、いまやっているそれはなに？」

「これは原子発光分光器」とぼくはいった。「さっき話しましたよね——これは試料にX線を照射して原子を励起状態にして、返ってくる波長を見るんです。生きているアストロファージにやったときにはぜんぜんだめでしたが、いまは魔法の光妨害特性がなくなっているからうまくいくはずです」

分光器がビーッと鳴った。

「ようし！　いくぞ！　いよいよ水を使わない生命体からどんな化学物質が見つかるのかわかりますよ！」ぼくはLCDスクリーンの表示を読んだ。アストロファージを構成するすべての元素が示されている。ぼくは黙ってスクリーンを見つめた。

「それで？」ストラットがいった。「どうなの?!」

「うーん。炭素と窒素がありますが……試料の大部分を占めているのは水素と酸素です」ぼくは溜息をついて、分光器の横にある椅子にどさりとすわりこんだ。「水素と酸素の割合は二対一」

「それがどうしたの？」と彼女がたずねた。「どういうことなの？」

「水ですよ。アストロファージはほとんど水なんです」

彼女はあんぐりと口を開けた。「どうして？　どうして太陽の表面にいるものが体内に水を持っていられるの？」

ぼくは肩をすくめた。「たぶん、外がどうなっていようと、内部の温度を九六・四一五℃に保っていられるんでしょうね」

「それはつまりどういうことなの？」

ぼくは両手で頭を抱えた。「それはつまり、ぼくが書いた科学論文はどれもこれもまちがっていたってことです」

ふむ。あれはショックだった。

しかしどっちみちあのラボにいても楽しいことはなかった。いまはぼくより優秀な人たちがあそこにいるにちがいない。なぜなら、ぼくはここにいるから――アストロファージを動力にした宇宙船に乗って、べつの太陽のもとに。

それにしても、どうしてぼくはここにいるんだろう？　ぼくは、自分が長年信じていたことはまちがいだったと証明しただけなのに。

そのへんのこともいずれ思い出すだろう。いまは、あれがどういう星なのか知りたい。そしてなぜ宇宙船をつくって、ここへ人を送りこんだのかも。

たしかに重要なことばかりだ。しかし目下のところ、船内でまだ見ていないところが山ほどある。倉庫。

なにか着るものが、一時しのぎのトーガではないものが、見つかるかもしれない。

梯子を下りてラボにもどり、さらに下の共同寝室に下りる。

友人たちはまだそこにいる。まだ死んでいる。かれらを見ないようにする。

出入り口のパネルはないかと床を見わたす。なにもない。そこで四つん這いになって探しまわる。

ついに見つけた——同僚の男性クルーのベッドの真下に極細の継ぎ目がある。四角形を描いている。継ぎ目が細すぎて爪も入らない。

ラボにはありとあらゆる道具がそろっている。マイナスドライバーは絶対あるだろうから、それでこじあければいい。あるいは……。

「おい、コンピュータ！　このアクセス・パネルを開けてくれ」

「どの開口部を開けるのか、特定してください」

ぼくはパネルを指さす。「これ。これだよ。開けてくれ」

「どの開口部を開けるのか、特定してください」

「ええと……倉庫の開口部を開けてくれ」

「倉庫の密閉解除」とコンピュータがいう。

カチッと音がして、パネルが二、三インチ持ち上がる。パネル周囲にほどこされていたゴムのガスケットがちぎれていく。閉じていたときにはそんなものはまったく見えなかった。それくらいぴっちり閉まっていたわけだ。こじ開けようとしなくてよかった。無駄骨を折ることになったのはまちがいない。

パネルに残っていたガスケットをはがすと、パネルは開口部からきれいに離れた。小刻みに揺すってみて、回転させなければならないようだと見当をつける。いざ九〇度回転させてみるとはずれたので、横に置く。下の部屋に頭を突っこんでみると、側面がやわらかそうな白い立方体がいくつも並んでいる。なるほど、と思う。ソフト・コンテナにものを詰めれば、部屋により多くのものを入れられる。

コントロール・ルームで見た図のとおり、倉庫エリアの高さは約一メートル。ソフト・コンテナがびっしり入っている。なかに入るには、いくつかどかさなければならないだろう——なかに入りたければだが。そのうち入らなければならないだろうとは思う。正直いって、ちょっと閉所恐怖的なものを感じる。家の床下みたいだ。

いちばん近くにある包みをつかんで開口部から引っ張り上げる。

包みはベルクロのストラップでまとめられていて、ストラップをベリッとはがすと、中華のテイクアウト・ボックスみたいに四方に開く。なかにはユニフォームが入っている。

当たりだ！　といっても、偶然ではない。荷造りをした人間はおそらく念入りに考えてこうしたはずだ。クルーは目が覚めたらまずユニフォームが着たいだろうと予想したにちがいない。だから最初に取り出す包みに入れたのだ。ユニフォームは少なくとも一ダース以上あって、一着ずつ真空パックされている。適当にひとつ開けてみる。

ライトブルーのジャンプスーツだ。宇宙飛行士の定番。生地は薄いが肌触りがいい。左肩に〈ヘイル・メアリー〉のミッション・パッチ。コントロール・ルームで見たのとおなじデザインだ。その下に中国の国旗。右肩には白地にブルーの、葉の冠と〝CNSA〟という文字が添えられた山形の三角形が描かれたパッチ。すぐにわかった。ぼくはオタクなので。これは中国国家航天局のロゴだ。

左の胸ポケットに名前のタグがついている。姚——〈ヘイル・メアリー〉のミッション・クレストにあったのとおなじ漢字だ。ヤオと発音する。

どうして知っているのだろう——？　知っていて当然。ヤオ船長だ。彼はぼくらのリーダーだった。いまは顔を思い浮かべることができる。若くて、人目を引く男で、決意に満ちた目をしていた。ミッションの過酷さとその肩にかかる荷の重さを充分に理解していた。覚悟を持って任務にのぞんでいた。

厳格だが、ものわかりがよかった。そしてミッションのためなら、クルーのためなら、一瞬たりとためらわずに命を捨てる人間だと誰もが思っていた——理屈抜きでそうとわかっていた。

もう一着、ユニフォームを出す。船長のよりずっと小さい。ミッション・パッチはおなじだが、その下にはロシア国旗がある。そして右肩には輪に囲まれ、斜めになった赤い三角形。ロスコスモス——ロシアの国営宇宙公社——のシンボルだ。名前のパッチにはИЛЮХИНАとある。クレストにあったもうひとつの名前。これはイリュヒナのユニフォームだ。

オリーシャ・イリュヒナ。陽気な人だった。会って三〇秒で大笑いさせてくれる人。まわりじゅうに楽しい気分を伝染させてくれる、明るい女性。まじめなヤオにたいして四角張らないイリュヒナ。二人はときに角突き合わせることもあったが、あのヤオでさえ彼女の魅力にはかなわなかった。彼がついに彼女のジョークに屈して、こらえきれずに大笑いしたときのことを思い出す。人は永遠に一〇〇パーセントまじめな顔で通すことはできないのだ。

立ち上がって、二人の亡骸《なきがら》に目をやる。もう厳格な船長ではない。もう陽気な友人ではない。かつては魂を宿していたが、いまはかろうじて人間に見えるだけの抜け殻にすぎない。こんなかたちでいいわけがない。二人ともちゃんと埋葬されてしかるべき人たちだ。

コンテナにはクルーそれぞれ用の衣類一式が何組か入っている。自分用のも見つけた。思っていたとおりのものだ。〈ヘイル・メアリー〉のミッション・パッチ、その下に合衆国の国旗、右肩にNASAのロゴマークとグレースと書かれたタグ。

ジャンプスーツを着る。さらに倉庫を探って、履きもの発見。靴ではない。ゴム底の分厚い靴下——グリップがきくブーティだ。このミッションにはそれだけあればいいのだろう。早速、履いてみる。

それから、亡き僚友たちに服を着せるという辛い仕事に取りかかる。痩せ細って乾燥したかれらの身体に、ジャンプスーツはお世辞にもちょうどいいサイズとはいえない。ブーティも履かせた。当然だ。これがぼくらのユニフォームなのだから。そして旅人はユニフォーム姿で埋葬されるのが当然なのだから。

まずイリュヒナから。ほとんど重さを感じない。肩にかついで梯子を上り、コントロール・ルームまでいく。そこで彼女を床に寝かせてエアロックを開ける。なかにある宇宙服が大きくて邪魔だ。少しずつ動かしてコントロール・ルームに入れ、パイロット・チェアに置く。そしてオリーシャをエアロックに入れる。

エアロックの操作は自明の理。エアロック内の気圧も外側のドアさえも、コントロール・ルームのパネルで操作できる。〝投棄〟ボタンもある。ドアを閉めて投棄ボタンを押す。

ブーッ、ブーッと警告ブザーが鳴って、エアロック内の照明が点滅し、音声でカウントダウンがはじまる。エアロック内にはチカチカ点滅する〝中止〟スイッチが三つあって、投棄プロセスの最中に自分がなかにいると気づいた人間は、簡単に投棄をキャンセルできるようになっている。

カウントダウンが終わると、エアロックは一〇分の一気圧まで減圧される（パネルの表示によると、そうなっている）。そして外側のドアが開く。シューッという音とともにオリーシャが去っていく。そして、船はコンスタントに加速しているから、亡骸はそのまま遠ざかっていく。

「オリーシャ・イリュヒナ」とぼくはいう。彼女がどんな宗教を信じていたのか、いやそもそも信仰を持っていたのかどうかも覚えていない。なんといってほしかったのかもわからない。だが少なくとも彼女の名前は覚えている。「あなたの肉体を星々にゆだねます」これならこの場にふさわしい気がする。感傷的かもしれないが、少しは気が休まる。

つぎはヤオ船長をエアロックに運びこむ。なかに安置して密閉し、おなじように亡骸を投棄する。

「ヤオ・リー＝ジエ」とぼくはいう。彼の下の名前をどうやって思い出したのかわからない。ただ瞬間的に出てきた。「あなたの肉体を星々にゆだねます」

エアロックがもとにもどり、ぼくはひとりきりになる。ずっとひとりきりだったが、いまはほんとうにひとりぼっちだ。少なくとも数光年以内で生きているたったひとりの人間だ。

さあ、これからどうする？


「お帰りなさい、グレース先生」とテレサがいった。

子どもたちは全員、席について、準備万端で科学の授業にのぞんでいた。

「ありがとう、テレサ」とぼくはいった。

マイケルが甲高い声で叫んだ。「代理の先生は、めっちゃ退屈だった」

「そうか、ぼくはちがうぞ」そういって、ぼくはプラスチックのビンが並んでいるコーナーから四つのビンを選んだ。「きょうは石を見てみよう！　オーケイ、まあ、ちょっと退屈かもしれないな」

子どもたちがクスクス笑う。

「これから、みんなに四つのチームに分かれてもらう。それぞれのチームにひとつずつビンを渡します。そうしたらビンのなかの石を火成岩、堆積岩、変成岩に分類して。いちばん早く終わったチーム――そしてぜんぶ正しく分類できたチーム――がお手玉獲得だ」

「チームは好きにつくっていいんですか？」とトランが勢いこんで質問した。

「いや。それだと山ほどドラマが生まれてしまう。なぜなら子どもは動物だから。恐ろしい、恐ろしい、動物だからね」

みんな声を上げて笑った。

「チームはアルファベット順にします。だから最初のチームは――」

アビーが手を上げた。「先生、質問してもいいですか？」

「もちろん」

「太陽になにが起きているんですか?」

クラス全体の集中力が急に一段高まった。

「うちのパパはたいしたことじゃないっていってるよ」とマイケルがいった。

「うちのは政府の陰謀だっていってる」とタマラがいった。

「オーケイ……」ぼくはビンを下に置いて、教卓の端に腰かけた。「ええと……まず、みんなは海のなかで藻がどんなふうに生息しているか、知っているよな? まあ、太陽で、宇宙の藻みたいなものが育っているんだ」

「アストロファージでしょ?」とハリソンがいった。

ぼくは教卓からずり落ちそうになった。「ど、どこでその名前を聞いたんだ?」

「いまはみんなそういってますよ」とハリソンはいった。「大統領がゆうべの演説でそういってたから」

ぼくはラボで延々ひとりきりですごしていたせいで、大統領が演説するということさえ知らなかった。しかも、なんたることか、アストロファージという言葉は、ストラットにいわれてそのいい前日に、ぼくがつくったものだ。そのあいだに彼女から大統領へ、そしてメディアへと伝わったことになる。

ワオ。

「オーケイ、そう、アストロファージだ。そしてアストロファージは太陽の表面、ないしはその近くで育っている。まだはっきりしていないんだ」

「それで、なにが問題なんですか?」とマイケルがたずねた。「海の藻は、ぼくたちには害にならないのに、どうして太陽の藻は害になるんですか?」

ぼくは彼を指さしていった。「いい質問だ。じつはアストロファージは太陽のエネルギーを大量に吸収しはじめているんだ。いや、それほどの量ではない。ほんの何パーセントかだ。しかし、それはつまり地球に届く太陽光が少なくなるということなんだ。それで深刻な問題が生じる可能性があるんだ」

「少し寒くなるんでしょう？　気温が一度か二度、下がるとか？」アビーがいった。「それが大きな問題？」

「みんな、気候変動のことは知ってるよな？　CO_2の排出が環境にいろいろな問題を引き起こしていること」

「パパはそれはほんとうじゃないといってます」とタマラがいった。

「いや、ほんとうなんだよ」とぼくはいった。「とにかく。いまある環境問題はぜんぶ気候変動が原因だろう？　すべて、世界の平均気温が一・五度上がったせいで起きてしまったことだ。そうなんだ。たった一・五度だぞ」

「そのアストロファージとかいうのは地球の気温をどれくらい変えてしまうんですか？」とルーサーが質問した。

ぼくは立ち上がり、生徒たちのまえをゆっくりと歩いた。「それはわからない。しかし、もし藻とおなじくらいのスピードで増えるとすると地球の気温は一〇度から一五度下がるかもしれないと気候学の専門家はいっている」

「そうだとすると、どうなっちゃうんですか？」とルーサーがたずねた。

「ひどいことになるだろうな。かなりひどい。たくさんの動物が――あらゆる種の動物が――住んでいるところが寒くなりすぎて死んでしまう。海水の温度も下がるから、食物連鎖が総崩れになるかもしれない。そうなると、寒さに耐えられる生物も、餌になるものがみんな死んでしまうから、いずれ飢えて死ぬことになる」

生徒たちは畏怖の念に打たれた顔でぼくを見つめていた。親たちはどうして子どもに説明してやらなかったんだ？　たぶん自分たちも理解できていなかったからだろう。

そうでなくても、生徒たちの親が子どもにもっとも基本的なことさえ教えていないからという理由で親をひっぱたきたくなるたびに五セント硬貨を貯めていたら……うーん……いまごろはソックスに詰めて親たちをぶん殴れるくらい貯まっていたにちがいない。

「動物たちも死んでしまうんですか？」アビーがいかにも不安そうな顔でたずねた。

アビーは馬術競技をやっていて、いつも祖父の酪農場で馬に乗っていた。子どもにとって人間の苦しみは抽象的概念としてしかとらえられないことが多い。しかし、動物の苦しみとなると事情はまったくちがう。

「ああ、残念だが多くの家畜が死ぬことになる。しかも、それではすまない。陸地では作物が実らなくなる。ぼくらの食べものが減ってしまう。そうなると社会の秩序が乱れて――」ぼくはそこで言葉を切った。相手は子どもだ。どうしてここまで話してしまったのだろう？

「どれくらい――」アビーが話しだした。彼女が言葉に詰まるのを見るのははじめてだった。「あとどれくらいで、そうなるんですか？」

「気候学者は三〇年以内にそうなると考えている」とぼくは答えた。

生徒たちの緊張は、あっさり解けた。

「三〇年？」トランが笑いながらいった。「永遠だな！」

「それほど長くはない……」とぼくはいった。だが、一二、三歳の子どもにしてみたら、三〇年は一〇〇万年とおなじなのかもしれない。

「石の分類の課題、ぼく、トレーシーのチームに入れますか？」とマイケルがたずねた。

三〇年。ぼくは生徒たちの小さな顔を見わたした。三〇年後、かれらは四〇代前半。過酷な現実に直面することになる。けっして生半可なことではない。この子たちは牧歌的な時代に育ち、やがて黙示録的な悪夢のなかに放りこまれることになる。

かれらは六回めの大量絶滅を経験する世代なのだ。

みぞおちが痛くなった。ぼくは子どもたちでいっぱいの教室を見わたしていた。楽しそうな子どもたち。このうちの何人かが実際に飢えて死ぬ確率は高い。

「ええ……」ぼくは言葉に詰まった。「ちょっと用事があるので、石の課題のことは忘れてくれ」

「ええ?」ルーサーがいった。

「うーん……自習にします。あとは自習。ほかの授業の宿題をやる。席から離れずに、静かに、ベルが鳴るまで自習」

あとはなにもいわずに、ぼくは教室を出た。身体がぶるぶる震えて、廊下でしゃがみこみそうになってしまった。近くの噴水式の水飲み場へいって、噴水の上に顔を突き出した。そして深呼吸して、いくらか落ち着きを取りもどし、小走りで駐車場に向かった。

ぼくは車を飛ばした。猛スピードで突っ走った。赤信号を無視した。歩行者は立ちすくんでいた。それまでそんなことをしたことは一度もなかったが、その日はちがった。その日は……なんだったのか、いまだにわからない。

ぼくはタイヤを軋ませてラボの駐車場に入り、変な角度に駐車して車を離れた。

複合ビルの入り口には合衆国陸軍の兵士が二人、立っていた。ぼくがそこで仕事をしていた二日間とまったくおなじだ。ぼくは猛然と二人の横を通りすぎた。

「止めたほうがいいんじゃないか?」とひとりがもう片方にいう声が聞こえた。相手がなんと答えたのかは、どうでもよかった。

ぼくはドスンドスンと観察室に踏みこんでいった。いうまでもなくストラットはそこにいてタブレットをにらんでいた。彼女が顔を上げた。その顔には、ちらっとだが純粋な驚きが見えた。

「グレース博士？　いったいなんの御用かしら？」

彼女のうしろ、窓の向こうに、密閉スーツを着た四人の人間がラボで作業しているのが見えた。

「あれは、誰なんです？」と、ぼくは窓のほうを指さしてたずねた。「ぼくのラボでなにをしているんです？」

「お世辞にも穏やかとはいえない口調ね――」とストラットがいった。

「ああ、そうですか」

「それに、ここはあなたのラボじゃない。わたしのラボよ。あの技術者たちはアストロファージを集めているの」

「集めてどうするんです？」

彼女はタブレットを脇に抱えた。「あなたの夢が実現するのよ。いまアストロファージを小分けにして世界各国の三〇カ所のラボに送ろうとしているところ。欧州原子核研究機構《CERN》からＣＩＡの生物兵器研究部まで、あらゆるところにね」

「ＣＩＡに生物兵器研究部なんて――？」といいかけて、やめた。「いや、いいです。ぼくはもっとこの仕事にかかわりたいんです」

彼女は首をふった。「あなたの役割はもう終わったわ。わたしたちは無水生物だと思っていた。しかしそうではないとわかった。あなたが証明してくれた。で、あなたの胸を突き破ってエイリアンが出てくるようなこともなかったから、モルモット実験の段階も終わったと考えられる。したがって、あなたの仕事もおしまい」

「いいえ、まだ終わっていません。知るべきことはまだ山ほどある」

「もちろんよ」と彼女はいった。「そしていま、三〇のラボが作業に取りかかろうと手ぐすね引いて待ち構えている」

ぼくは一歩まえに出た。「アストロファージをいくらか、ここに残してください。もう少し調べさせてください」

彼女も一歩まえに出た。「だめです」

「どうして？」

「あなたの記録によると、試料には生きたアストロファージが一七四個、含まれていた。そしてきのう、あなたがひとつ殺したから、一七三個になってしまった」

彼女は脇に抱えたタブレットを指さした。「三〇のラボは――みんな大きな国立規模のもので――それぞれ五、六個ずつ受け取ることになっている。たったそれだけ。それほど稀少なものなのよ。あの一七三個の細胞はいま現在、地球上でもっとも重要なものなの。人類が生きのびられるかどうかは、これからの分析にかかっているのよ」

彼女は言葉を切って、もう少し穏やかな口調でつづけた。「わかるわ。あなたは生涯をかけて生命にとって水は必須ではないことを証明しようとしてきた。ところが、なんたることか、あなたはまぎれもない地球外生命体を発見して、それが水を必要とするとわかってしまった。きついわよね。ここは、きっぱり忘れて、もとの暮らしにもどって。ここから先はわたしがやるから」

「でもぼくは異星の生命体の理論モデルづくりにキャリアを捧げてきた微生物学者ですよ。ほかの人はまず持っていない知識とスキルを持ち合わせた有能な人材です」

「グレース博士、あなたの傷ついたエゴをなぐさめるために試料をここに残すような贅沢は許されないのよ」

「エゴ?!　エゴのためなんかじゃない！　子どもたちのためなんだ！」

「子どもはいないでしょう」

「いますよ！　何十人も。毎日、ぼくの授業を受けにきてます。もしぼくらがこの問題を解決できなければ、あの子たちはみんな最後には『マッド・マックス』の悪夢の世界にいきつくことになるんです。だから、いまいましいアストロファージをぼくにください！」

彼女は一歩下がって、口をすぼめた。横を向いて、じっくり考えていた。そして、ぼくのほうを向いてこういった。「三個。アストロファージ、三個、あなたにあげましょう」

ぼくは全身の筋肉の緊張を解いた。「オーケイ」少し息を吸う。それほど緊張していたとは、自分でも気づいていなかった。「オーケイ。三個。それでやってみます」

彼女はタブレットに入力した。「このラボは引きつづき開けておくわ。すべてあなたのものよ。二、三時間後にまたきて。それまでには、かれらを引き上げさせるから」

ぼくはすでに半分、防護服に身体を入れていた。「このまま仕事に復帰します。かれらに邪魔しないようにいってください」

彼女はぼくをにらみつけたが、それ以上なにもいわなかった。


子どもたちのために、やらねばならない。

つまり……かれらはぼくの子どもではない。しかし、ぼくの子どもなんだ。

目のまえに並ぶスクリーンを見る。考えなければ。

記憶は飛び飛びだ。信頼してよさそうだが、完全ではない。すべてを思い出す神がかった瞬間を待つのではなく、いまなにが導き出せるか、考えなければ。

地球が困ったことになっている。太陽がアストロファージに感染している。ぼくは宇宙船に乗って、べつの太陽系にきている。この船をつくるのは容易なことではなかったし、クルーはみんな国籍がちがっていた。これは恒星間ミッション——ぼくらのテクノロジーでは不可能なはずのことだ。オーケイ。人類はこのミッションに多くの時間と努力をつぎこんだ。そしてそれを可能にしたミッシング・リンクはアストロファージだった。

筋の通る答えはひとつしかない——アストロファージ問題の解決策がここにある、ということだ。あるいは、その可能性があるということか。莫大な資源をつぎこむ価値のある有望ななにか。

さらなる情報をもとめてスクリーンをくまなく見ていく。ほとんどが、宇宙船にありそうなものだ。生命維持、ナビゲーション、といったたぐい。あるスクリーンには〝カブトムシ《ビートルズ》〟とあり、つぎのには——。

待てよ、ビートルズ？

オーケイ、これがなにとどう関係しているのかわからないが、この船にカブトムシがいるのかどうか調べる必要がある。こういうことこそ知っておかなくては。

スクリーンは四分割されていて、それぞれにおなじようなものが表示されている。小さな略図と文字情報。略図はどれも球根状の楕円形で、頭部が尖っていて、後部が台形になっている。顔を右に傾けて目を細くして見ればカブトムシに見えなくもない。それぞれのカブトムシの上に名前が表示されている——〝ジョン〟、〝ポール〟、〝ジョージ〟、そして〝リンゴ〟。

はいはい、なるほど。声を上げて笑いはしないが、納得だ。

気の向くままにひとつ、ジョンを選んで、じっくり見てみる。

ジョンは昆虫ではない。まちがいなく宇宙船だ。後部の台形のところに〝スピン・ドライヴ〟と書いてあるし、球根状の部分には〝燃料〟と書いてある。小さな頭部には〝コンピュータ〟、そして〝無線〟とある。

もっと細かく見ていく。〝燃料〟の情報欄には、**アストロファージ：１２０ＫＧ——温度：９６・**

415℃、と表示されている。〝コンピュータ〟の情報欄には、**最終メモリチェック：3日前。5TB正常に作動中。**〝無線〟の情報欄には、**状態：100%**、とだけ書いてある。

これは無人探査機だ。なにか小さいやつだろうと思う。燃料の総量が一二〇キログラム。たいした量ではない。だがチビのアストロファージは少しでもかなりの働きをする。科学機器類の名前はひとつも書かれていない。なにも載せていない無人機とはどういうことだ？

待てよ……肝心なのは五TB《テラバイト》のストレージだとしたら？

やっと見えてきた。

「ああ。まいったな」

ぼくは宇宙にいる。べつの星系にいる。ここまでくるのにアストロファージをどれくらい使ったのか知るよしもないが、たぶん相当な量だろう。宇宙船をべつの星に送りこむには途方もない量の燃料が必要なはずだ。その宇宙船をべつの星に送りこんで、帰ってこさせるとしたら、その一〇倍の燃料が必要だろう。

〝アストロファージ〟のパネルをチェックして、記憶をよみがえらせる。

残量：20862KG
消費率：6・043G／S

前に見たときは、消費率は六・〇四五グラム毎秒だった。つまり、少し下がっているわけだ。燃料の量も減っている。基本的に、燃料が消費されれば船の総質量は小さくなるから、コンスタントに加速しつづけるために毎秒必要な燃料は少なくなる。オーケイ。ちゃんと理屈は通っている。

〈ヘイル・メアリー〉の質量がどれくらいなのか見当もつかないが、毎秒、数グラムの燃料消費で一

・五Ｇの加速を維持して船を押していけるとしたら……アストロファージはとんでもないしろものだ。なんにせよ、消費率がどのくらいの時間でどの程度変わるのか、正確なところはわからない（いや計算できないことはないが、ややこしい）。だからいまは毎秒、約六グラムとしておこう。それでいつまでもつのだろう？

ジャンプスーツを着ていて正解だ。こまごましたものが入るポケットがいくつもついている。まだ計算機は見つかっていないので、紙とペンで計算する。その結果、燃料は約四〇日でなくなると出た。

あの星がなんという星なのか知らないが、太陽ではない。そして一・五Ｇの加速でたった四〇日で地球までもどれるような星は存在しない。ここから地球まで、たぶん何年もかかるだろう――だからぼくは昏睡状態だったのかもしれない。おもしろい。

とにかく、これが意味するところはひとつ――〈ヘイル・メアリー〉は家へは帰らない。これは片道切符の旅だ。そしてこのカブトムシたちは情報を地球へ送り返すためのものにちがいない。

数光年先まで電波が届くほど強力な無線送信機がここにあるはずもないし、そもそもそんなものがつくれるのかどうかさえわからない。だからその代わりに、それぞれ五テラバイトの情報を託せる〝カブトムシ〟宇宙船があるのだ。かれらは地球へ飛んで帰って情報を発信するのだろう。四機あるのは冗長性を担保するためだ。おそらくぼくは発見した事実のコピーを四機それぞれに託して、地球に帰還させることを期待されているのだろう。少なくとも一機が無事、帰還できれば、地球は救われる。

これは帰るあてのない特攻ミッションだ。ジョン、ポール、ジョージ、リンゴは家に帰るが、ぼくの長く曲がりくねった道《ロング・アンド・ワインディング・ロード》はここで終わる。ぼくはすべて承知のうえで志願したのだろう。しかしぼくの健忘症で穴ぼこだらけの脳にとっては初耳の話だ。ぼくはここで死ぬことになる。ここで、ひとりで死んでいくのだ。

第5章

ぼくはアストロファージをじっとにらみつけた。「おまえたちはどうして金星にいくんだ？」顕微鏡画像が、大きな壁掛けモニターに映し出されていた。小さな三個の細胞は、それぞれ直径一フィートほどに拡大されている。ぼくはかれらの動機の手がかりを探したが、ラリーもカーリーもモーも（ラリー、カーリー、モーは『三ばか大将』）なにも答えてくれなかった。

ぼくはかれらに名前をつけた。当然だ。教師というのはそういうものだ。

「金星のなにがそんなに特別なんだ？　そもそもどうやってそれを見つけたんだ？」ぼくは腕を組んだ。アストロファージにボディ・ランゲージが理解できるとしたら、ぼくが時間を無為にすごしているわけではないとわかったはずだ。「どうやって金星にいくか、きちんと計画をつくりあげるにはNASAのすごく賢い人間が何十人、何百人も必要なんだぞ。それを、おまえたち脳も持たない単細胞生物がやっている」

ストラットが、ぼくをラボにひとりきりにしてくれてから二日たった。陸軍の兵士たちはまだ入り口に立っている。ひとりはスティーヴという名前の男で、愛想がいい。もうひとりはまったく口をきかない。

ぼくはべたつく髪に指を走らせた（その朝はシャワーをさぼっていたので）。とりあえず、防護服を着る必要はなくなっていた。ナイロビの科学者たちが、アストロファージ一個を地球の空気にさらして、どうなるかようすを観察したら、なんの影響も受けなかった。というわけで、かれらのおかげで世界中の全ラボが安堵の溜息を洩らし、アルゴンを満たした部屋での作業に終止符を打った。

ぼくはデスクの紙の山に目をやった。科学界は非常に非科学的なやり方で暴走状態に突入していた。綿密な査読を経て論文を発表する日々は過去のものになってしまった。アストロファージ研究は、研究者が発見したことを検証もせずにすぐ投稿する、無規制、自由参加の場になっていた。そのため誤解やまちがいも生じたが、とにかく正当なやり方で物事を進めていく時間がなかったのだ。

ストラットはほとんどのことに関して、ぼくをトップグループの一員扱いしてくれていた。だが、すべてに関してではなかった。それはまちがいない。彼女がほかにどんな突拍子もないことをしているのかは知るよしもなかったが、どうやら彼女の権威はどこででも通用するようだった。

ベルギーの研究チームがアストロファージが磁場に反応することを証明したが、いつもということではなくほんのときたまだけで、ほかのときはどんな強力な磁場も無視しているということだった。それでもベルギー・チームはアストロファージを磁場内に置き、磁場の向きを変えることでアストロファージの動きを（まったく首尾一貫してはいなかったが）操ることができた。これは有益な情報なのか？　わからない。この時点では、世界はただデータを集めているだけだった。

あるパラグアイの研究者は、アリがアストロファージから数センチ以内に近づくと方角がわからなくなってしまうことを示した。これは有益な情報なのか？　オーケイ、たぶんこれはなんの役にも立たないだろう。しかしおもしろい情報ではあった。

もっとも注目に値したのは、オーストラリアのパースのグループがアストロファージをひとつ犠牲にして、内部の細胞小器官を詳細に分析した研究だった。その結果、ＤＮＡとミトコンドリアが見つかった。こんな状況でなければ、これは今世紀もっとも重要な大発見になっていたはずだ。異星の生命体——まごうかたなきエイリアン——がDNAとミトコンドリアを持っていた！

そして……ブツブツ、ブツブツ……水も……。

要するに——アストロファージの内部は地球の単細胞生物の内部とたいして変わらないということだ。ATPやRNA転写、その他、非常に馴染み深いものを利用している。一部の研究者はこれは地球で発生したのではないかと推測した。また、この特別な分子の組み合わせこそ、生命発生の唯一の道で、アストロファージは地球とは関係なく独自に進化したのだと仮定する研究者たちもいた。さらには、少数派だが、生命はそもそも地球で進化したのではなく、アストロファージと地球生命には共通の祖先がいるのではないかと考える人々もいた。

「なあ」とぼくはアストロファージに話しかけた。「もしきみたちがぼくの惑星の全生命の存在を脅かすようなことをしていなければ、きみたちはほんとうにすごいといいたいところだ。きみたちは謎だらけだもんな」

ぼくはテーブルによりかかった。「きみたちはミトコンドリアを持っている。オーケイ、つまりきみたちはぼくらとおなじようにエネルギーを蓄えるのにATPを使っているということだ。だが、きみたちが動きまわるのに使っている光は、ATPで蓄えられる量よりずううっと多くのエネルギーを必要とするものだ。ということは、きみたちにはなにかべつのエネルギー貯蔵経路があるということになる。なにかぼくらにはわからないものが」

スクリーン上のアストロファージがひとつ、すっと少しだけ左に動いた。よくあることだ。ときどき、なんの理由もなく、かれらは小刻みに動く。

「なんで動くんだ？　どうして動く？　その気まぐれなピクピクする動きで、いったいどうやって太陽から金星まで移動しているんだ？　そもそも、どうして金星にいくんだ?!」

アストロファージの内部のことについては大勢の研究者が作業を進めていた。どうしてピクピク動くのか解明しようとしたり、DNAを分析したり。価値ある研究だ。ぼくは基本的な生活環（ライフサイクル）が知りかった。それがぼくの目標だった。

単細胞生物は、なんの理由もなくどえらい量のエネルギーを蓄えて宇宙空間を飛んでいったりはしない。金星にはアストロファージが必要とするなにかがあるはず。そうでなければ太陽にとどまっているはずだ。そしてまた、太陽にもアストロファージが必要とするなにかがある。そうでなければ金星にとどまっているはず。

太陽のほうはわかりやすい——そこにエネルギーがあるからだ。おなじ理由で、植物は葉を生やす。生命体になるつもりなら、あの甘い、甘いエネルギーを獲得しなければならない。完全に理屈が通っている。では、金星のほうは？

ぼくはペンを持っていじりまわしながら考えた。

「インド宇宙研究機関によると、きみたちは光速の〇・九二倍の速度が出せるそうだな」ぼくはかれらを指さした。「ぼくらがそこまでわかるとは思っていなかっただろう、うん？　速度を割り出せるなんて、思っていなかったよな？　かれらはきみたちがその速度を出すときに発する光のドップラー偏移の分析結果を利用したんだ。なのでかれらは、きみたちが両方向に移動していることも突き止めた——金星へ、そして金星から、両方向へ、きみたちは移動している」

ぼくは眉をひそめた。「しかし、その速度で大気にぶち当たったら死んでしまうはずだ。なのにどうして死なないんだ？」

ぼくは拳でおでこをトンと叩いた。「それはきみたちがどんな熱量も自在に操れるからだ。そうとも。だから大気に突入してもまったく熱くならない。オーケイ、だが、少なくとも速度は落とさなければならないはずだ。だとするときみたちは金星の大気の上層部にいるはず。そして……どうするんだ？　回れ右して太陽に帰るのか？　どうして？」

ぼくはしっかり一〇分間、スクリーンを見つめて思案にふけった。

「よし。それはもういい。ときに、きみたちはどうやって金星を見つけるのか、それが知りたい」

ぼくはホームセンターへいって、２×４材と厚さ四分の三インチのベニヤ板に電動工具、その他もろもろ必要になりそうなものを買いこんだ。兵士のスティーヴは買ってきた品物をなかに運びこむのを手伝ってくれた。愛想なしのほうは、なにもしてくれなかった。

それから六時間かけて、ぼくはなかに棚がついた光を通さないクローゼットのような小室をつくった。ぼくひとりが出入りできるだけの大きさだ。棚には顕微鏡を置いた。〝ドア〟はベニヤ板で、ネジ止めで取り外せるようにした。

ベニヤ板に小さな穴を開けて電気コードとビデオのラインを通し、穴から光が入らないよう隙間をパテでふさいだ。そして顕微鏡の上に赤外線《IR》カメラをセットして、小室を密閉した。

ラボ内のモニターには赤外線カメラで撮っている映像が映しだされていた。つまり周波数偏移をとらえるわけだ。非常に低いエネルギー帯のＩＲは赤く映り、高エネルギー帯になるほどオレンジ、黄色、と虹の七色の順番に沿った色になっていく。アストロファージの細胞は、予想どおり、小さな赤い点として映っていた。つねに九六・四一五℃だから、七・八ミクロン程度の周波数のＩＲを放っていることになる――ぼくはこれをカメラでとらえられる最低限度の数値としてセットしておいた。赤い点として映っているということは設定がうまくいっているという証拠だ。

しかしぼくとしては暗赤色は眼中になかった。見たいのは明るい黄色の閃光だった。それこそが、アストロファージが動きまわるときに吐き出すペトロヴァ周波数なのだ。アストロファージがほんのわずかでも動けば、はっきり黄色い閃光が見えるはず。

ところが、まるでだめだった。なにも起こらなかった。まったくなにひとつ。いつもは数秒ごとに、少なくともどれかひとつがピクッと動いていたのに。まったくなんの動きもなかった。

「なるほど」とぼくはいった。「きみたち、チビッ子どもはすっかりおとなしくなってしまったというわけか、うん?」

光。かれらのナビゲーション・システムがどんなものであれ、基本は光だ。ぼくはそう考えていた。宇宙空間でほかになにが使えるというんだ? 音はない。匂いもない。光、重力、電磁気のうちのどれかのはずだ。この三つのなかで光はいちばん感知しやすい。少なくとも、進化がかかわっているかぎりは。

つぎなる実験のために、ぼくは小さな白のLEDとボタン型電池をテープで留めた。もちろん、最初は逆向きに留めたのでLEDは光らなかった。これは電子工学ではほぼ定番の決まり事である——LEDは、最初は絶対にまちがった向きに留めてしまう。まあ、とにかく正しい向きに直すと、LEDはちゃんと光った。この新案特許の装置を小室の内側の壁にテープで留めつける。位置は、試料スライドのアストロファージに光が直接あたるように注意して決めた。そしてまた小室を密閉。

さて、アストロファージの視点からいうと、真っ暗でなにもないなかに、ぽつんとひとつ白く光る点があることになる。人が宇宙空間にいて、太陽に背を向けた状態で金星を見たら、こんな感じになるはずだ。

かれらはぴくりとも動かなかった。動く気配はまったくない。

「ふん」とぼくはいった。

まっとうに考えれば、うまくいかなくて不思議はなかった。もし太陽のそばにいて、太陽に背を向けて、見えるかぎりでいちばん明るい光の点を探したら、まず目につくのは金星ではなく水星だろう。水星は金星より小さいがずっと近くにあるから、より多くの光が目に入る。

「どうして金星なんだ?」とぼくは感慨をこめてつぶやいた。しかしそのとき、もっといい質問が浮かんだ。「きみたちはどうやって金星を確認しているんだ?」

なぜかれらはランダムな動きをするのか？　ぼくの理論はこうだ――まったくの偶然で、数秒ごとに、アストロファージは金星を見つけたと思う、だからそっちの方向へさっと動く、ところがその瞬間はすぐに過ぎ去ってしまうので、動くのをやめる。

鍵は光の周波数のはずだ。チビどもは暗闇ではまったく動かない。だが光の強さだけが問題なのではない。もしそうならLEDのほうへ動いていたはずだ。光の周波数が関係しているにちがいない。

惑星は、ただ光を反射しているだけではない。光を放射してもいる。すべてのものは光を放射しているのだ。そして物体の温度が、放射される光の周波数を規定する。惑星も例外ではない。だからたぶんアストロファージは金星のIRシグネチャーを探していたのだろう。水星ほど明るくはないが、はっきりわかる――〝色〟がちがうのだ。

軽くググって金星の平均温度は四六二℃だとわかった。

引き出しには顕微鏡の替え電球だのなんだのが詰まっている。ぼくは一個取り出して、それを可変電源につないだ。白熱電球はフィラメントを熱して可視光を放射させる。その状態になるのは二五〇〇℃前後。そこまで劇的な高温は必要なかった。この実験に必要なのはたったの四六二℃だ。ぼくはIRカメラで見ながら電球を通る電気を調整し、必要な光の周波数になるまでつづけた。

そしてこの珍妙な装置をまるごと小室に入れ、モニターに映っているチビどもを見ながら人工金星のスイッチを入れた。

なにも起きなかった。チビの愛想なしどもはまったく動かなかった。

「いったいどうしろっていうんだ？」とぼくは詰め寄った。

ぼくはゴーグルをはずして床に投げつけ、指でテーブルをトントン叩いた。「もしぼくが天文学者で、誰かに光の点を見せられたら、それが金星かどうか、どうすればわかるんだ？」

自分の問いに自分で答える。「IRシグネチャーを見る！　だがアストロファージはちがうことをしている。オーケイ、誰かがぼくに光の点を見せて、その点の温度を確認するのにＩＲを使ってはいけないという。さあ、それが金星かどうか見きわめるには、ほかにどんな方法がある？」

　分光法。二酸化炭素を探す。

　あるアイディアが浮かんで、ぼくはキュッと片眉を上げた。

　光が気体の分子に当たると、電子が活発に動く。そしてやがて落ち着くとエネルギーを光として再放射する。しかしそのとき放射される光子の周波数は、当該の分子独自のものになる。天文学者は何十年も前から、遥か彼方にどんな気体があるのか知るのに、これを利用してきた。これが分光法だ。

　金星の大気は地球の気圧の九〇倍で、組成のほとんどは二酸化炭素が占めている。だから金星のCO_2の分光シグネチャーは圧倒的に強いはずだ。水星には二酸化炭素はまったくないから、いちばん近い競争相手は地球ということになる。しかし金星と比べたら地球のCO_2シグネチャーはきわめて弱い。アストロファージは金星を見つけるのに発光スペクトルを利用しているのではないだろうか？

　あたらしいプラン！

　ラボには無尽蔵と思えるほど大量の光学フィルターがあった。周波数を選択すれば、それ用のフィルターがある。ぼくは二酸化炭素の分光シグネチャーを調べた――ピーク波長は四・二六ミクロンと一八・三一ミクロン。

　ぼくはそれに該当するフィルターを見つけ出して、それ用の小さな箱をつくり、そのなかに白の豆電球を入れた。これで二酸化炭素の分光シグネチャーを放射する箱の完成だ。

　それを小室に入れてモニターを注視する。ラリーとカーリーとモーは、それまでと変わらず、スライドの上で気ままにすごしていた。ぼくはライトボックスのスイッチを入れて、かれらの反応を見守った。

　アストロファージがいなくなった。光のほうへくねくね進んでいったわけではない。いなくなってしまったのだ。完全に消えてしまった。

「うーん……」

もちろんカメラの映像は記録していた。巻き戻して、ひとコマずつ見ていく。二つのコマのあいだで、かれらはふっと消えてしまっていた。

「うん！」

よいニュース――アストロファージは二酸化炭素の分光シグネチャーに引き寄せられた！

悪いニュース――ぼくの三個のなにものにも代えがたい直径一〇ミクロンのアストロファージがどこかへ飛び立ってしまった――たぶん光速に近いスピードで――そしてどこへいってしまったのか、ぼくには皆目、見当がつかない。

「くっそおおお」


深夜。どこもかしこも真っ暗だ。陸軍兵士はシフト交代でぼくが知らない二人に代わっていた。スティーヴがいてくれれば、と思わずにはいられなかった。

ぼくはラボの窓すべてをアルミホイルとダクトテープでふさいだ。出入り口の隙間には絶縁テープを貼った。読出し表示が出ている機器、なんにせよＬＥＤが光っている機器はひとつ残らず電源を切った。腕時計も針に蛍光塗料が使われているので引き出しにしまった。

そして完全な暗闇に目を慣らす。想像ではない、なにかの形がひとつでも見えたら、光が洩れている箇所を捜し出してテープでふさいだ。そしてついに、なにひとつ見えない漆黒の闇のレベルに到達した。目を閉じても開けても、なんの変わりもないレベルだ。

つぎなるステップは、新案のＩＲゴーグルだ。

ラボにはさまざまなものがそろっていたが、赤外線ゴーグルはなかった。陸軍兵士のスティーヴになんとか手に入れてくれないかと頼むことも考えた。ストラットに連絡すれば、ペルーの大統領みずからに届けさせるといってくれたかもしれない。だが、このほうが手っ取り早かった。

〝ゴーグル〟といっても、ただＩＲカメラの液晶ディスプレイ《LCD》にテープをぐるぐる貼り付けただけのものだ。ぼくはそれを顔に押し当てて、さらにテープを追加した。そしてさらに、もっと、もっと、もっと。ばかみたいに見えたのはまちがいない。だが、ほかにどうしようもなかった。

ぼくはＩＲカメラを起動させて、ラボのなかを見まわした。熱のシグネチャーが山ほどあった。壁は昼間の日射の余熱でまだ温かかったし、電気機器類はみんな真っ赤だし、ぼくの身体はビーコンさながらに光っていた。ぼくは周波数をもっと高温のものを見る帯域に調整した。具体的には九〇℃以上のものが見えるように。

ぼくはそろりそろりと即席の顕微鏡小室に入り、CO_2スペクトル放射に使ったライトボックスを見た。

アストロファージは直径わずか一〇ミクロンだ。そんな小さなものがカメラで（それをいえば自分の目で）見えるわけがない。だが、わがおチビのエイリアンどもはとても熱い。ずっと熱いままだ。だからもし動いていなければ、過去六時間にわたってゆっくりゆっくりとまわりのものを温めていたはずだ。それが頼みの綱だった。

うまくいった。ぼくはすぐに、プラスチックの光学フィルターの一枚の上に丸く光るものがあるのを見つけた。

「ああ、よかった――」と思わず言葉が洩れた。

とてもかすかだが、たしかにあった。直径三ミリほどで外側へいくにつれてかすかに、低温に、なっている。おチビは何時間もプラスチックを温めていたのだ。二枚の四角いプラスチックを端から端までスキャンすると、すぐに二個めが見つかった。

実験は思いのほかうまくいった。かれらは金星だと思うものを見つけて一直線に飛んでいったのだ。そして光学フィルターにぶち当たり、それ以上先へはいけなかった。きっとぼくが光を消すまで、フィルターを押しつづけていたのだろう。

とにかく、アストロファージが三個ぜんぶあると確認できさえすれば、フィルターを袋に入れて、あとはどんなに時間がかかろうと顕微鏡とピペットでチビどもをつかまえればいい。

そして、いた。三個めのアストロファージだ。

「やつら、みんなここにいる！」ぼくはポケットから試料袋を出し、きわめて慎重にライトボックスからフィルターをはずした。そのときだった。四つめのアストロファージが目に入った。

そいつは……ただそこにいた。四個めの細胞。ほかの三個といっしょに大まかなクラスターを形成していた。フィルターの上で。

「まさか……」

ぼくはかれらを一週間ずっと見つめつづけてきた。ひとつ見逃していたなんて、そんなはずはない。考えられるのはひとつだけ——アストロファージのどれかひとつが二つに分かれた。ぼくは偶然、アストロファージを繁殖させたのだ。

ぼくは四つめの光の点をたっぷり一分間、見つめて、いま起きたことの重大さを嚙みしめた。アストロファージを繁殖させられるということは、研究材料がいくらでも手に入るということだ。殺してもいい、突き刺してもいい、引きちぎってもいい、なにをしてもいいのだ。これはゲーム・チェンジャーだ。

「やあ、シェンプ（シェンプ・ハワードは一時期、三ばか大将の一員だった）」とぼくはいった。

つづく二日間、ぼくはこのあたらしい反応の研究に没頭した。家にも帰らず、ラボで寝た。陸軍兵士スティーヴが朝食を持ってきてくれた。すばらしい男だ。

この発見を科学界と分かち合うべきなのはわかっていたが、念には念を入れておきたかった。論文審査では最後までたどりつけないかもしれないが、とりあえず自己査定はできる。なにもしないよりはましだ。

まず気になったこと——CO_2のスペクトル放射が四・二六ミクロンと一八・三一ミクロンという点。アストロファージの直径はわずか一〇ミクロンだから、それより大きな周波数の光に反応することはできない。いったいどうやって一八・三一ミクロンの波長を見ることができるのか?

最初の実験を一八・三一ミクロンのフィルターだけでくりかえしてみると、予想外の結果が得られた。おかしなことが起きたのだ。

まず、二個のアストロファージがビュッとフィルターに飛んでいった。光を見て、すぐさま突進したのだ。だが、どうやって? アストロファージがそれほど大きな波長に反応することは不可能なはずだ。いや……まちがいない、まちがいなく不可能だ!

光はおもしろい。波長で、なにと反応できるかできないかが決まる。波長より小さいものはその光子にとっては機能的には存在しないことになる。だから電子レンジの窓には網目があるのだ。網目の隙間は小さすぎてマイクロ波は通れない。だが可視光の波長はもっとずっと短いから自由に通り抜けることができる。だから、なかの食品が調理されるのをのぞきこんでいても、あなたの顔は溶けないのである。

アストロファージは一八・三一ミクロンより小さいのに、なぜかその周波数の光を吸収できる。どうやって吸収しているんだ?

だが、それ以上に奇妙なことも起きていた。そう、二個はフィルターめがけて飛んでいったが、あとの二個は動かなかった。まるで気にしていないようだった。スライドの上でじっとしていた。かれらは大きな波長には反応しないということなのか？

そこで、さらに実験してみることにした。四・二六ミクロンの光を当ててみたのだ。結果はおなじだった。前とおなじ二個がフィルターめがけて突進し、あとの二個は知らん顔だった。

ここで、ピンときた。一〇〇パーセント確実とまではいいきれなかったが、まずまちがいなくアストロファージの全ライフサイクルを突き止めたという気がした。ジグソーパズルのピースがピタッとはまるように、突然、閃いた。

動くのを拒否した二個は、もう金星へはいきたくなかったのだ。かれらは太陽にもどりたかった。どうしてか？　それは、片方が二つに分かれて、もう一方をつくりだしたばかりだったから。

アストロファージは太陽の表面にたむろして熱経由でエネルギーを集める。そしてそれを、誰も知らない謎の方法で内部に蓄える。充分に蓄えたら、それを使って宇宙空間を飛ぶ。赤外線を推進剤として金星に移動し、繁殖するのだ。繁殖のために長い距離を移動する種は多い。アストロファージはちがうといえる理由はあるだろうか？

オージーのチームはすでにアストロファージの内部は地球生物のそれとたいしてちがわないという結論を出していた。DNAやミトコンドリア、その他細胞内で見つかったおもしろいものをつくるのに必須の複雑なタンパク質をつくるためには炭素と酸素が必要だ。太陽には水素は豊富にある。しかしほかの元素は存在しない。だからアストロファージはいちばん近い二酸化炭素の供給源に移動するのだ。

――それが金星。

アストロファージは、まず磁力線に沿って太陽の北極からまっすぐ進む。そうしなければならないのだ。さもないと太陽からの光が強すぎて金星を見つけられないから。そして北極からまっすぐ上昇するということは、アストロファージにしてみれば金星の軌道すべてが視界に入るということになる

――一部が太陽によって隠されてしまうようなことはない。

ああ、だからアストロファージは磁力線にたいする反応が一貫しないのだ。磁力線を気にするのは旅の最初のほんのいっときだけで、それ以外のときはなんの関心もないのだから。

そのあとかれらは金星の大量の二酸化炭素スペクトル・シグネチャーを探す。いや、〝探す〟というのはちがう。たぶんもっと単純な、四・二六ミクロンと一八・三一ミクロンの波長の光によって引き起こされる刺激－反応的なものだろう。しかしとにかく、一度、金星を〝見たら〟、まっすぐに突き進む。その経路は太陽の北極からまっすぐ上にいって、急激に金星のほうへカーヴを切っていく――つまりペトロヴァ・ラインだ。

われらが英雄アストロファージは金星の大気上層に到達すると、必要なCO_2を集め、ついに繁殖することができる。そのあとは親子ともども太陽にもどり、あらたなサイクルがはじまる。

じつにシンプルだ。エネルギーを獲得し、材料を獲得し、複製をつくる。地球の全生物がやっていることとおなじだ。

そしてそれがわがおチビのおとぼけ野郎二名が光に向かって歩いていかなかった理由だ。

では、アストロファージはどうやって太陽を見つけるのか？　ぼくの推測――ものすごく明るいものを見つけて、そっちのほうへ進んでいく。

ぼくはモーとシェンプ（太陽捜索者）をラリーとカーリー（金星捜索者）から分離した。ラリーとカーリーをべつのスライドにのせて、光が入らない試料容器に入れたうえで、モーとシェンプを使った実験の準備。こんどは暗い小室のなかに白熱電球を入れて点灯した。モーとシェンプは電球に向かって一直線、と思ったら、そうはならなかった。ピクリとも動かなかった。明るさが不足していたのかもしれない。

ぼくはダウンタウンの写真店にいって（サンフランシスコには写真マニアが大勢いる）、とにかくいちばん大きくて明るくて強力なフラッシュを購入し、もういちど実験してみた。

モーとシェンプは食いついた！

ぼくは椅子にすわりこんで息をついた。そうせざるをえなかった。ひと眠りしなければならない——もう三六時間、寝ていなかった。ずっと興奮状態で寝てなどいられなかったのだ。ぼくはフォンを出してストラットに電話した。最初の呼び出し音が鳴り終わらないうちに、彼女の声が返ってきた。

「グレース博士」と彼女はいった。「なにか見つかりました？」

「ええ」とぼくはいった。「アストロファージの繁殖方法、そしてそこにいたる過程が判明しました」

一秒間の沈黙。「アストロファージの繁殖に成功したということ？」

「はい」

「非破壊的に？」と彼女はたずねた。

「ぼくのところには細胞が三個ありました。それがいまは四個になっています。みんな元気です」

また一秒間の沈黙。「そのままそこにいて」

彼女は電話を切った。

「ふん」ぼくはフォンを白衣のポケットに入れた。「こっちにくる気だな」

そのとき陸軍兵士スティーヴがラボに飛びこんできた。「グレース博士?!」

「え、ああ……ええ？」

「わたしといっしょにきてください」

「オーケイ」とぼくはいった。「アストロファージ試料だけ片付けてから——」

「そのへんはこれからくる実験助手がぜんぶやりますから、いますぐ同行してください」

「オ、オーケイ……」

それからの一二時間は……ユニークなものだった。

スティーヴはぼくを車に乗せて高校のアメフトのフィールドに連れていった。そこには海兵隊のヘリが着陸していた。海兵隊員はなにもいわずにぼくをヘリに押しこみ、離陸した。ぼくは下を見ないようにしていた。

ヘリで連れていかれた先はサンフランシスコの北、六〇マイルほどのところにあるトラヴィス空軍基地だった。海兵隊が空軍基地に着陸するのはよくあることなのか？　軍のことはよく知らないが、ちょっとおかしい気がした。それに車で二時間も走れば着くところへいくのに海兵隊を送りこむというのもちょっとやりすぎだと思うが、まあいい。

ヘリが着陸した滑走路にはジープが待っていて、その横に空軍の人間がひとり立っていた。たしかに自己紹介してくれたのだが、名前は覚えていない。

彼はぼくをジープに乗せて滑走路を走り、待機しているジェット機のところまで連れていった。いや、旅客機ではない。リアジェット（米国のビジネスジェット）とかその手のものでもない。戦闘機だ。種類はわからない。軍関係のことにはうといので。

案内役はぼくをせかせて梯子を上らせ、パイロットのうしろのシートにすわらせた。そして錠剤を一粒と紙コップに入った水をよこした。「これを飲んで」

「なんですか？」

「このすばらしい清潔なコックピットにゲロをぶちまけるのを防ぐためのものです」

「オーケイ」

ぼくは錠剤を飲んだ。

「それと睡眠をうながす効果もあります」

「え？」

彼はいってしまい、グラウンド・クルーが梯子を引っ張って遠ざかっていった。パイロットはぼくにはいっさい話しかけてこなかった。一〇分後、ぼくらは猛スピードで離陸した。あんな加速を経験したのは生まれて初めてだった。錠剤はちゃんと役目を果たしてくれた。もし飲んでいなかったら、まちがいなくゲロをぶちまけていたにちがいない。

「どこにいくんですか？」とぼくはヘッドセットを通してたずねた。

「申し訳ありません。あなたと話すことは禁じられています」

「じゃあ、退屈な旅になりそうだな」

「いつもそうですよ」と彼はいった。

いつ眠ってしまったのか覚えていないが、離陸してまもなくだったと思う。マッド・サイエンティスト並みに三六時間、実験に没頭していたうえに、なんだかわからないが錠剤に入っていた成分の力もあって、途方もないジェットエンジンの騒音にすっぽり囲まれているにもかかわらず、ぼくはあっというまに夢の国に入っていった。

ガクンと揺さぶられて目を覚ますと、あたりは真っ暗だった。どこかに着陸したのだ。

「ハワイへようこそ」とパイロットがいった。

「ハワイ？　どうしてハワイに？」

「その情報については承知しておりません」

戦闘機がゆっくりと滑走して副滑走路だかなんだかへ移動すると、グラウンド・クルーが梯子を持ってきた。その梯子を半分も下りないうちに、「グレース博士ですね？　こちらへどうぞ」という声が聞こえた。

声の主は米国海軍の制服を着た男だった。

「ここはどこなんですか？」とぼくはきつい口調でたずねた。

「真珠湾海軍基地です」と将校は答えた。「しかし、長居はできません。わたしについてきてください」

「それはもう。ついていきますよ」

かれらはぼくをべつのおしゃべり禁止のパイロットが操縦するべつの戦闘機に乗せた。ただひとつちがっていたのは、こんどは空軍ではなく海軍の戦闘機ということだけだった。

ぼくらは長いこと飛んだ。何時間たったのか、いつのまにかわからなくなってしまった。覚えていたところで意味はない。いったい何時間飛んだのかわからないまま、ぼくらはついに、冗談抜きで、正真正銘の航空母艦に着艦した。

そして気がついてみると、ぼくはまぬけ面で飛行甲板に立っていた。イヤーマフとコートを渡されてヘリパッドへとせかされ、たどりつくとそこには海軍のヘリが待機していた。

「この移動……終わるのかな？　まさか……永遠につづく、とか？」とぼくはたずねた。

かれらが質問を無視してぼくをストラップで固定すると、ヘリはすぐさま離陸した。こんどのフライトはそれほど長くなくて、せいぜい一時間ほどだった。

「おもしろいことになりますよ」とパイロットがいった。フライト中に彼が口にしたのはこのひとことだけだった。

ヘリが下降して車輪が出てきた。眼下にはまたべつの航空母艦がいる。目を細めてよくよく見ると、なにかがちがう。なんだろう……ああ、わかった。大きな中国国旗がはためいているのだ。

「あれは中国の空母?!」とぼくはたずねた。

「イエス、サー」

「ぼくらは、というか米国海軍のヘリが中国の空母に降りる?」

「イエス、サー」

「なるほど」

空母のヘリパッドに着艦すると、中国海軍の兵士たちが興味津々という顔でぼくらを見つめていた。このヘリの飛行後点検はなさそうだ。パイロットが窓から兵士たちをにらむと、向こうもにらみ返してきた。

ぼくが降りるやいなや、ヘリは飛び立っていった。ぼくは中国の手にゆだねられてしまったわけだ。海軍の兵士がひとりまえに出てきて、ついてくるようにと合図した。誰か英語を話す人間がいるとは思わなかったが、だいたいのことはわかる。彼はぼくを先導して塔のような構造物のドアをくぐり、なかに入った。くねくねと通路をたどり、階段の吹き抜けを通りすぎ、なんのためのものなのかすらわからない部屋また部屋のまえを通って進むあいだ、ぼくはずっと中国人の水兵たちの好奇の眼差しにさらされていた。

ついに案内役の兵士が漢字が書かれたドアのまえで止まり、ドアを開けて、なかへと手で示した。ぼくがなかに入ると、ドアがバンッと勢いよく閉まった。案内はそこで終了だった。

将校用の会議室なのかなと思った。大きなテーブルを一五人の人間が囲んでいる状況から、とりあえずそう思ったわけだ。全員がぼくを見ていた。白人、黒人、アジア人。白衣を着ている人間もいた。ほかはスーツ姿だ。

ストラットは、当然ながら、テーブルの上座にすわっていた。「グレース博士、旅はいかがでした?」

「旅ですか?」とぼくはいった。「なんの前触れもなしにとんでもないところまで引っ張ってこられて――」

ストラットが片手を上げた。「ただの挨拶よ、グレース博士。あなたの旅の話はどうでもいいので」彼女は立ち上がって、全員に話しかけた。「みなさん、こちらは合衆国のライランド・グレース博士。アストロファージの繁殖方法を突き止めた方です」

テーブルまわりから驚きの声が上がった。と思うと、ひとりの男が弾かれたように立ち上がって、きついドイツ語なまりのアクセントでしゃべりだした。「たしかなのですか？　ストラット、ヴァルム・ハーベン・ジー――？」

「ヌア・エングリッシュ」とストラットが遮った。

「なぜわれわれはいま急にこれを知らされるのか？」とドイツ人が詰め寄った。

「まず、確認したかったからです。グレース博士がここへ向かっているあいだに、実験助手に彼のラボを片付けさせました。そうしたら生きたアストロファージが四つ、回収されたんです。わたしは彼に三つしか渡していませんでした」

白衣姿の年配の男が、落ち着いた穏やかな声で日本語でなにかいうと、隣のチャコールグレーのスーツを着た若い日本人が通訳した。「松家《まつか》博士が、できれば詳細な経過をお教え願えないかとおっしゃっています」

ストラットが一歩脇へ寄って、彼女の椅子を手で示した。「博士、どうぞおすわりになって、詳しいお話を」

「待ってください」とぼくはいった。「この方々はどなたなんです？　ぼくはどうして中国の空母にいるんですか？　スカイプって聞いたことありますか?!」

「これはプロジェクト・ヘイル・メアリーの先鋒をつとめるべく、わたしが招集したトップレベルの科学者および政治担当者の国際機関です」

「プロジェクト・ヘイル・メアリー？」

「説明すると長くなります。いまはここにいる全員が、あなたのアストロファージに関する発見の話を一刻も早く聞きたいと思っているの。ですから、まずはそれからはじめましょう」

ぼくはのろのろと部屋の奥のまんなかまで進んで、おずおずといちばん上座の椅子にすわった。全員の視線がぼくに注がれている。

そこで、ぼくは話をした。木製小室での実験の顚末をすべて話した。ひとつひとつのアストロファージになにをしたか、ぜんぶになにをしたか、すべて説明した。ぼくが出した結論も説明した――アストロファージのライフサイクルについての仮説、どういう理由で、どう展開するのか、すべて話した。招集された科学者や政治屋から二、三、質問があったが、ほとんどは黙って聞きながらメモをとっているだけだった。数人は、横に通訳がいて、話のあいだじゅうずっと小声でささやく通訳の声に耳を傾けていた。

「というわけで……ええ」とぼくはいった。「これでほぼすべてお話ししました。まあ――まだ厳密な試験はできていませんが、非常に単純なことだと思います」

さっきのドイツ人が手を上げた。「アストロファージを大規模に繁殖させることは可能でしょうか？」

全員がほんの少し、前傾姿勢になった。これはあきらかに非常に重要な質問で、誰もが考えていることのようだった。室内の緊張感がいっきに高まって、ぼくは困惑した。

ストラットでさえ、いつになく興味津々という顔をしている。「で？」と彼女がいった。「ヴォイト大臣の質問に答えてください」

「もちろんです」とぼくはいった。「だって……それはそうでしょう？」

「方法は？」とストラットがたずねた。

「そうですねえ、肘状に屈曲した大きなセラミックのパイプをつくって、二酸化炭素を詰める。そして片方の端をできるだけ高温にして明るい照明をつけ、そのまわりに磁気コイルを巻いて太陽の磁場をシミュレートする。パイプの反対側の端には赤外線放射器をつけて、波長四・二六ミクロンと一八・三一ミクロンの赤外線を放射する。パイプのなかはできるだけ真っ暗にしておく。それでいけると思いますよ」

「どう〝いける〟のかしら？」とストラットがいった。

ぼくは肩をすくめた。「アストロファージは〝太陽〟の側でエネルギーを集めて、繁殖の準備ができたら磁場に沿ってパイプの肘の部分までいく。するともう一方の端に赤外線が見えるので、そこへ向かって突進する。赤外線を見て、二酸化炭素にさらされると繁殖する。そして親細胞と娘細胞は太陽側へもどっていく。単純な話です」

政治屋らしき男が手を上げて話しはじめた。アフリカ系のなまりがある。「その方法でどれくらいのアストロファージができるのでしょうか？　時間はどれくらいかかりますか？」

「倍加時間によるでしょうね」とぼくはいった。「藻類やバクテリアとおなじです。どの程度なのかはわかりませんが、太陽が暗くなっていることを考えれば、かなりのスピードだろうと思います」

ずっと電話で話していた白衣姿の女が、電話を切ってきつい中国語なまりでいった。「当方の科学者たちが、あなたの結果の再現に成功したそうです」

ヴォイト大臣が彼女をにらみつけていった。「彼の手法をどうやって知ったんだ？　彼はたったいま話したばかりなのに！」

「スパイがいたんでしょうね、おそらく」とストラットがいった。

ドイツの大臣は怒りを爆発させた。「よくもわれわれを出し抜くようなまねを――」

「お静かに」とストラットがいった。「もう終わった話です。ミズ・シー、追加情報があれば話していただけますか？」

「はい。倍加時間は、最適条件下であれば、わずか八日と考えられます」

「ということは?」アフリカの外交官がいった。「どれくらいつくれることになるんです?」

「そうですね」ぼくはフォンの計算機アプリを起動させて、いくつかボタンをタップした。「いまあるアストロファージ一五〇個ではじめて、一年間、繁殖させつづけると、一年後には約一七万三〇〇〇キログラムになりますね」

「それで、そのアストロファージのエネルギー密度は最大なのでしょうか? すぐに繁殖できる状態と考えていいのでしょうか?」

「つまり、あなたがお望みなのは……〝栄養満点の〟アストロファージということでしょうか?」

「そのとおり」と彼はいった。「まさにその表現がぴったりです。われわれに必要なのは、最大限のエネルギーを抱えこんだアストロファージなのです」

「ああ……それはなんとかなると思いますよ」とぼくはいった。「まず欲しい数だけアストロファージをつくって、それを大量の熱エネルギーにさらす。ただし二酸化炭素のスペクトル線は見せないようにしておく。そうすればかれらはエネルギーを集めて、どこかCO_2を得られる場所を見つけるまで、じっとそこにとどまっているでしょうから」

「栄養満点のアストロファージが二〇〇万キログラム必要だとすると?」外交官がいった。

「八日で倍になるわけですから」とぼくはいった。「二〇〇万キロにするにはあと四回くらい倍加させればいい。ですから、プラス一カ月程度でしょうか」

ひとりの女性がテーブルに身を乗り出した。両手の指先を合わせて尖塔の形をつくっている。「どうやらチャンスはありそうですね」とアメリカなまりで彼女はいった。

「万に一つのチャンスですがね」とヴォイトがいった。

「希望はあります」と日本人の通訳がいった——松家博士の意見を伝えたのだろう。

「われわれだけで話し合う必要がありますね」とストラットがいった。「どこかで休んでいて。外にいる水兵が寝台に案内してくれるから」

「しかし、プロジェクト・ヘイル・メアリーのことを聞かせてもらわないと！」

「ああ、いずれね。かならず」


ぼくは一四時間、寝た。

航空母艦というのは、いろいろな意味で驚くべきしろものだが、五つ星のホテルではない。中国人は将校用寝室の清潔で快適な寝台をあてがってくれた。なんの不満もなかった。なにしろ疲れていたから飛行甲板でも寝られたとは思うが。

目が覚めると、額に違和感があった。触ってみるとポストイットが貼ってあった。ぼくが寝ているあいだに誰かがぼくの額にポストイットを貼ったのだ。はがして読んでみると——

寝床の下のダッフルバッグに清潔な衣類と洗面用具あり。きれいになったら水兵にこのメモを見せること——请帯我去甲板7的官员会议室
——ストラット

「まったく癪《しゃく》に障るやつだ……」とぼくは口のなかでもぐもぐつぶやいた。

ぼくがよろけながら寝床から出ると、二、三人の将校がちらっと見たが、あとはなんの関心も示さなかった。寝台の下のダッフルバッグには、メモにあるとおり着替えと歯磨きセットと石鹼が入っていた。寝室内を見まわすと、ロッカールームにつながるドアがあった。

ぼくはトイレ（もしくは〝船首《ヘッド》〟と呼ぶべきか、ここは船の上なんだから）を使ってから、ほかの連中三人といっしょにシャワーを浴びた。身体を拭いて、ストラットが置いていったジャンプスーツを着る。真っ黄色で、背中に漢字、左足の脇に太い赤のストライプが一本、入っている。たぶん、誰が見てもぼくは外国籍の民間人で、立ち入り禁止の場所があるとわかるように、ということなのだろう。

通りかかった水兵をつかまえてメモを見せると、うなずいて、ついてくるよう合図した。彼のあとについて迷路のような曲がりくねった、どこもかしこもおなじような通路を進むと、着いたところは前の日に通された部屋だった。

入っていくとストラットと彼女の……チームメイト？　が何人かいた。前日の一団の部分集合。ヴォイト大臣と中国人科学者——たしかシーという名前だったと思う——そしてロシア軍の制服姿の男、の三人だけだ。ロシア人は前の日もその場にいたが、なにも発言しなかった。全員、深く集中しているようすで、テーブルには紙が散らばっている。ときおり、ブツブツとやりとりしているものの互いの関係性はわからなかったが、ストラットはしっかり上座にすわっていた。

入っていくと、彼女が顔を上げた。

「ああ、グレース博士。すっきりしたようですね」彼女は自分の左側を指さした。「サイドキャビネットに食事が」

たしかにあった！　ライス、蒸しパン、揚げパン、蛇口のついたコーヒー沸かし器。ぼくはキャビネットに突進した。死ぬほど腹が減っていた。

山盛りの皿とコーヒーを持って、ぼくは会議テーブルについた。

「それで」とぼくはライスをほおばりながらいった。「どうして中国の空母に乗っているのか教えてもらわなくちゃ」

「わたしは空母が必要だった。そうしたら中国が一隻くれた。というか、わたしに貸してくれたのよ」

ぼくは音をたててコーヒーをすすった。「そういう話で驚いていた時期もありました。でもね……ええ……もう驚きませんよ」

「民間の航空機では時間がかかりすぎるし、遅延しやすい」と彼女はいった。「軍の航空機はどんなスケジュールでも飛ばしたければ飛ばせる。しかも超音速で。わたしとしては一刻も早く、世界中から専門家をひとつの部屋に集めたかったのよ」

「ミズ・ストラットはことのほか説得がお上手だ」とヴォイト大臣がいった。

ぼくはさらにライスをかきこんだ。「そんな全権を彼女にゆだねた人物を糾弾しなくては」とぼくはいった。

ヴォイトはくすくすと笑った。「じつはわたしもひと役買っていてね。わたしはドイツの外務大臣。貴国の国務長官にあたる役職だ」

ぼくは口をもぐもぐさせるのをやめた。「ワオ」それだけいうのがやっとだった。口のなかのものをごくりと飲みこむ。「そんなえらい方にお目にかかるのは初めてです」

「それはちがうな」と彼はストラットを指さした。

ストラットはわたしのまえに一枚のプリントを置いた。「これがプロジェクト・ヘイル・メアリーを立ちあげた理由よ」

「見せるのですか？」とヴォイトがいった。「秘密情報の取り扱い許可も与えずに――」

ストラットはわたしの肩に手を置いた。「ライランド・グレース博士、プロジェクト・ヘイル・メアリーに関する全情報の最高機密を取り扱う許可を与えます」

「いや、そういうことではなくて」とヴォイトがいった。「経歴の確認とかいろいろと――」

「時間がないので」とストラットはいった。「そんなことをしている時間はありません。だからあなたはわたしを責任者にした。スピード第一」

彼女はぼくのほうに向き直ってプリントをトントンとタップした。「これは世界中のアマチュア天文愛好家から寄せられた数字。非常に重要なことを示しているの」

そのプリントにはずらっと数字の列が並んでいた。ぼくは列のタイトルに目を留めた――〝アルファ・ケンタウリ〟、〝シリウス〟、〝ルイテン726‐8〟、等々。

「恒星？」とぼくはいった。「すべて、ぼくらがいる局部恒星系の恒星ですね。いや、待ってください――アマチュアといいましたよね？ ドイツの外務大臣に指示を出せるくらいなら、どうしてプロの天文学者に参加してもらわないんですか？」

「してもらってますよ」とストラットはいった。「でもこれは過去数年間にわたって集められた過去データなの。プロの天文学者は近くの恒星は研究していないの。かれらはずっと遠くのものを見ているのよ。近くの恒星のデータを記録しているのはアマチュアなの。マニアックなオタクみたいなものね。裏庭で趣味に熱中する道楽者。何万ドルもする道具を持っている人もいるのよ」

ぼくはプリントを手に取った。「オーケイ、それでぼくはなにを見ているわけですか？」

「光度の記録。何千ものアマチュア発信のデータセットを標準化して、既知の天候、可視性条件を加味して補正したもの。スパコンも使ったのよ。大事なのは――暗くなっているのはわたしたちの太陽だけではないということ」

「ほんとうですか？」とぼくはいった。「おお――！ 大納得ですよ！ アストロファージは光速の〇・九二倍の速度で移動できる。もし休眠状態になることができて充分に長い期間生きられるなら、近くの星に感染できる。胞子によって繁殖するんだ！ カビみたいに！ そして星から星へひろがっていく」

「わたしたちもそう考えているわ」とストラットがいった。

「このデータは何十年分もあるの。信頼性は高いとはいいきれないけれど、傾向はたしかに見て取れる。NSAが逆算して――」

「待ってください。NSA？　アメリカ国家安全保障局？」

「あそこには世界屈指のスパコンが何台かあるの。アストロファージがどうやって銀河系内を動きまわるのか、あらゆるシナリオと繁殖モデルを検証してくれるスパコンと技術者が必要だったのよ。話をもどします――この近場の星たちは何十年も前から暗くなりはじめていたの。しかも暗くなる度合いは指数関数的に大きくなってきている――わたしたちの太陽のようにね」

彼女はわたしにもう一枚プリントをさしだした。そこには線でつながれた点が描かれていた。それぞれの点の上に星の名前が書いてある。「光の速度があるから、どの程度暗くなっているかの観測結果は星までの距離やらなんやらを考慮して調整しなくてはならないけれど、星から星への〝感染〟にははっきりしたパターンがあって、どの星がいつ感染したか、どの星から感染したか、わかっているのよ。わたしたちの太陽はWISE０８５５－０７１４という星から感染したの。この星はシリウスから感染して、シリウスはイプシロン・エリダニから感染。そこから先はたどれないの」

ぼくはプリントの図をじっくり眺めた。「はあ。WISE０８５５－０７１４からはウォルフ３５９とラランド２１１８５とロス１２８にも感染していますね」

「ええ。どの星も近くの星すべてに感染させている。データから判断して、アストロファージの最大感染範囲は八光年以内。その範囲内にある星は最終的にはひとつ残らず感染してしまうでしょうね」

ぼくはデータを見た。「どうして八光年なんでしょう？　どうしてそれ以上でもそれ以下でもないんでしょうか？」

「いちばん考えられるのは、アストロファージは星なしではあまり長く生きられない、その寿命のうちに航行できる距離が八光年というのがわたしたちの見解」

「進化の視点からいっても、それはいえそうですね」とぼくはいった。「星は、たいていの場合、八光年以内にべつの星が存在していますから、アストロファージは胞子をつくれるうちに八光年、移動できるように進化しなければならなかった」

「おそらくね」とストラットがいった。

「こういう星が暗くなっていることに誰も気がつかなかったんですか？」とぼくはいった。

「光度が一〇パーセントくらい落ちると、そこからはもう暗くならないの。理由は不明。肉眼ではわからないわ。でも――」

「太陽の光度が一〇パーセント落ちたら、ぼくらはみんな死んでしまう」

「十中八九ね」

シーがテーブルに身を乗り出した。じつに適切な動きだった。「ミズ・ストラットはいちばん大切なことをまだ話していないんですよ」

ロシア人がうなずいた。彼が少しでも動くのを見るのは、これが初めてだった。

シーが先をつづけた。「タウ・セチ（くじら座タウ星）はご存じ？」

「それはまあ」とぼくはいった。「つまり――星だということは知っています。地球からの距離は約一二光年だったかな」

「一一・九光年」とシーがいった。「すばらしい。たいていの人はそこまで知らないわ」

「中学校で科学を教えていますから」とぼくはいった。「そういうことも出てくるんですよ」

シーとロシア人がいかにも驚いたというふうに視線を交わした。そして二人そろってストラットを見た。

ストラットは二人をじっと見つめて、顔をそむけさせた。「彼はそれだけの人物ではありませんよ」

シーは落ち着きをとりもどした（といっても、そもそもそれほどうろたえていたわけではない）。

「エヘン。とにかく、タウ・セチは感染してしまった星の集団のまっただなかにあるの。じつをいえば、中心近くに」

「オーケイ」とぼくはいった。「タウ・セチにはなにか特別なものがあるということですね？」

「感染していないのよ」とシーはいった。「まわりの星はぜんぶ感染しているのに。八光年以内にしっかり感染している星が二つあるのに、タウ・セチは感染していないの」

「どうして？」

ストラットがプリントをごちゃごちゃ動かしながらいった。「それを知りたいの。だから宇宙船をつくって、そこに送りこむことにしたのよ」

ぼくはフンと鼻を鳴らした。「恒星間宇宙船を〝つくる〟なんて、むりな話ですよ。そんな技術はないんですから。それらしき技術すらないんですよ」

ロシア人が初めて口を開いた。「じつはねえ、きみ、あるんだよ」

ストラットがロシア人を手で制して話しはじめた。「コモロフ博士は――」

「ディミトリと呼んでください」と彼がいった。

「ディミトリは、ロシア連邦のアストロファージ研究を率いている方よ」

「会えてうれしいよ」と彼はいった。「実際に恒星間航行ができると報告できるのはじつにしあわせなことだ」

「いや、できませんよ」とぼくはいった。「秘密裏に異星の宇宙船でも持っているのでないかぎりは」

「ある意味、そうなんだよ」と彼はいった。「われわれは異星の宇宙船を多数、所有している。その名はアストロファージだ。わかるかね？　うちのグループはアストロファージがエネルギーをどうやりくりしているのか研究してきた。非常に興味深いよ」

その瞬間、この部屋でなにが進行中なのか、ぼくはすべて忘れてしまった。「ああ、どうかお願いです、熱がどこへいくのかわかったといってください。アストロファージが熱エネルギーでなにをしているのか、ぼくにはさっぱりわからないんです！」

「それは解明できたよ」とディミトリはいった。「レーザーでね。じつに輝かしい実験だった」

「それ、しゃれですよね？」

「そうとも！」

「うまい！」

二人で笑い合っていると、ストラットがにらみつけてきた。

ディミトリが咳払いした。「あー……そうなんだ。アストロファージの細胞一個に一点に集束させた一キロワットのレーザー光をあててみたのだが、やはり温度は上がらなかった。ところが二五分後、光が跳ね返されるようになった。われらがチビのアストロファージは満腹になった。たらふく食べたのでね。消費した光エネルギーは一・五メガジュールだった。それ以上は欲しがらなかった。しかし、それだけでもたいしたエネルギー量だ！　それをいったいどこに貯めているのか？」

ぼくはテーブルに大きく、大きすぎるほど大きく、身を乗り出していた。そうせずにはいられなかった。「どこです?!」

「われわれは実験前後で、アストロファージ細胞の重さを計った。当然のことだ」

「当然です」

「アストロファージ細胞はいま一七ナノグラム重くなっている。どういうことかわかるだろう、うん？」

「まさか、そんなはずはない。その重さは空気かなにかとの反応で得たものにちがいありません」

「いいや、実験時、細胞は真空中にあった。当然のことだ」

「なんてことだ」頭がくらくらした。「一七ナノグラム……掛ける九掛ける一〇の一六乗は……一・五メガジュール！」

ぼくはドサッと椅子にすわりこんだ。「まさか……いやあ……ワオ！」

「わたしもまさにそう感じたよ、ああ」

質量変換。かの偉大なるアルベルト・アインシュタインはかつていった――$E = mc^2$。質量には途方もないエネルギーが秘められている。現代の核プラントはウラニウムたった一キロに蓄えられているエネルギーで、都市まるごとひとつの一年分の電力を供給することができる。そう。そういうこと。原子炉ひとつが一年で生みだす全電力は、一キロの質量でまかなわれているのだ。

アストロファージは、あきらかに、これを双方向でやっている。熱エネルギーを取りこんで質量に変える。エネルギーを取りもどしたいときには質量をエネルギーに変換する――ペトロヴァ・ラインという形の光に。そしてそのエネルギーを宇宙空間を旅する推進力として使う。だからアストロファージは完璧なエネルギー貯蔵媒体であるだけでなく、完璧な宇宙船エンジンでもあるのだ。

数十億年ほうっておくと、進化は突拍子もなく効果的なものを生みだす。

ぼくは頭をごしごしこすった。「こんなの、どうかしてますよ。いや、いい意味で。内部で反物質をつくっていると思われますか？　そういうようなことありますかね？」

「それはわからない。しかし、まちがいなく質量は増えている。そして光を推進力として使ったあとは、放出されたエネルギーに相当する質量が失われている」

「それは……！　ディミトリ、ゆっくり話がしたいなあ。どうです――ちょっとつきあってもらえませんか？　ビール、おごりますよ。ウォッカでも、なんでもいい。この船にだって将校クラブくらいはあるはずだ、でしょう？」

「喜んでおつきあいしよう」

「親交を深めるのはけっこうよ」とストラットがいった。「でも、あなたにはバーにたどりつく前に片付けてもらわなければならない仕事が山ほどあるの」

「ぼくですか？　なにをしなくちゃならないんです？」

「アストロファージ繁殖器の設計および製作」

ぼくは目をパチクリさせた。そして立ち上がった。「アストロファージ推進の宇宙船をつくろうとしているんですね！」

全員がうなずいた。

「すごいなあ！　最高に効率のいいロケット燃料だ！　どれくらい必要に——ああ。二〇〇万キログラムでしたよね？　だからそれだけつくるのにどれくらいかかるかと質問したんですね？」

「ええ」とシーがいった。「一〇〇万キログラムの宇宙船でタウ・セチまでいくには、アストロファージが二〇〇万キログラム必要なの。そしてあなたのおかげで、アストロファージを意のままに活性化して、推進力を生ませる方法がわかった」

ぼくはまた椅子に腰をおろしてフォンを取り出し、計算機アプリを起動させた。「これはそうだなあ……相当なエネルギーが必要になるでしょうね。世界中のエネルギーを合わせても足りないくらいの。一〇の二三乗ジュールくらいかな。地球最大の原子炉でつくれるのが約八ギガワット。それを二〇〇万年稼働させてやっと追いつく数字です」

「エネルギーをどうするかについては、いろいろアイディアが出ているの」とストラットがいった。

「あなたの仕事は繁殖器をつくること。小さいものからはじめて、プロトタイプを完成させる」

「オーケイ、了解です」とぼくはいった。「でも〝世界の軍隊〟グランドツアーは正直、好みではなかったので、家に帰るときは旅客機にしてもらえませんか？　エコノミーで充分です」

「ここがあなたの家よ」とストラットはいった。「格納庫は空っぽなの。必要なものを教えて――スタッフも含めてね――すぐに用意させるから」

ぼくは会議室にいるほかの面々を見た。シー、ヴォイト、そしてディミトリ、全員がうなずいていた。そうだ、これはほんとうのことなんだ。ストラットは冗談をいっているわけではない。

「どうしてです?」とぼくはストラットに詰め寄った。「どうしてふつうにできないんですか?! 速く移動したいから軍を使う、まあ、いいですよ、でもどうして空軍基地とか、まともな人間が考えるようなかたちにしないんですか?!」

「それはね、アストロファージの繁殖が進んだら、大量のアストロファージを使って実験することになるからよ。もし、たとえ二キログラムでもあやまって活性化させてしまったら、史上最大の核爆弾が爆発するより大きな爆発が起きることになってしまうのでね」

「ツァーリ・ボンバ」とディミトリがいった。「わが国がつくったものだ。五〇メガトン。ドカーン」

ストラットが先をつづけた。「だからどこの都市も壊滅させるようなことにならないように、大海原のまんなかを選んだわけ」

「ああ」とぼくはいった。

「そしてアストロファージが増えれば増えるほど、どんどん外洋へ出ていく。とにかく。格納庫甲板へいって。いまこうして話しているあいだにも、宿泊設備とオフィスをつくらせているから。好きなのを選んで、これはぼくの、と宣言しておくといいわ」

「いまやこれがわれわれの暮らしなんだ」とディミトリがいった。「歓迎するよ」

第6章

オーケイ、死ぬのなら、その死を意味のあるものにしよう。アストロファージを阻止するためになにができるか考えよう。そして出た答えを地球に送ろう。それから……死ぬ。ここには楽に死ねる方法がいくらでもある——薬の過剰摂取から、酸素を少しずつ減らしていって眠りに落ちて死ぬという方法まで。

考えるのは楽しい。

美味なるチューブ入り〝第4日・第2食〟を食べる。ビーフ味だと思う。だんだんしっかりしたものになってきている。実際、少し固形物も入っている。いま嚙んでいるのは小さく刻んだニンジンだと思う。歯ごたえがちがうと、気分が変わっていい。

「もっと水!」とぼくはいう。

乳母ボット(と呼ぶようになっている)はすぐにプラスチックのコップをぼくの手から取って、水が入ったものに取り替えてくれる。おかしなものだ。三日前には天井に取り付けられたアームはぼくを悩ませるメカ・モンスターだったのに、いまは……ただそこにあるだけのもの。暮らしの一部だ。

共同寝室は考え事をするのにいい場所だということがわかった。とりあえず、もう亡骸はなくなっているし。ラボにはどこにもリラックスできる場所がない。コントロール・ルームにはいい椅子があるが、狭いし、そこらじゅうで光が点滅している。だが共同寝室には寝心地のいいベッドがあって、そこに寝転がってつぎはなにをしようか考えることができる。プラス、食べものが出てくるのはここだけだ。

この二日間でだいぶいろいろ思い出した。どうやらプロジェクト・ヘイル・メアリーは成功したようだ。なにしろぼくがここに、べつの星系にいるのだから。たぶんタウ・セチに。ぼくが太陽とまちがえたのも不思議はない。タウ・セチは恒星としては太陽と非常によく似ている。スペクトル、色、その他もろもろがおなじなのだ。

それに、自分がどうしてここにいるのかもわかった！　「おい、世界の終わりがきそうなんだ。なんとかしてくれよ」みたいな漠然としたものではない。はっきり特定されている——なぜタウ・セチはアストロファージに感染していないのか、原因を見つける、それが使命だ。

いうは易くおこなうは難し。この先、もっといろいろ思い出せるといいのだが。

無数の疑問が頭をよぎる。なかでも重要なものは——

1　少しでも早くアストロファージ情報を手に入れるには、この太陽系全域をどう探索すればいいのか？

2　ぼくはなにをすればいいのか？　アストロファージ燃料を少しタウ・セチに投入して、どうなるか見ればいいのか？

3　なにはともあれ、この宇宙船をどう操縦するのか？

4　有益な情報が手に入ったら、どうやって地球に伝えるのか？　ビートルズはそのためのものだと思うが、データをどうアップロードすればいいのか？　どうやって地球に向かわせるのか？　どうやって発進させるのか？

5　なぜ、このぼくが全人類のなかからミッションの一員に選ばれたのか？　アストロファージのことをいろいろ解明したのはたしかだが、だからなんだというんだ？　ぼくは研究者だ。宇宙飛行士ではない。ヴェルナー・フォン・ブラウン（米ロケット開発を主導した工学者）を宇宙に送り出すのとはわけがちがう。もっと適任者がいたはずだ。

手近なところからはじめるとしよう。まずは、この宇宙船の能力と操縦法を把握しなければならない。クルーは昏睡状態だった。精神的に混乱する可能性があることはわかっていたはず。ならばきっとどこかにマニュアルがある。

「フライト・マニュアル」と大きな声でいう。

「本船の情報はコントロール・ルームにあります」と乳母ボットがいう。

「どこに？」

「本船の情報はコントロール・ルームにあります」

「じゃなくて。本船の情報はコントロール・ルームのどこにあるんだ？」

「本船の情報はコントロール・ルームにあります」

「なんかむかつくなあ」

　コントロール・ルームに上がってスクリーンをひとつひとつじっくり眺める。どのエリアがなにを伝えようとしているのか頭のなかで目録をつくるのに一時間費やし、それぞれどんな機能があるのか考えた。ほんとうに見つけたいのは〝情報〟とか〝人類を救いたい？　もっと知りたければ、このボタンを押そう！〟というたぐいの表示だ。

　が、そううまくはいかない。何時間もスクリーンをつつきつづけたが、なにも見つからなかった。クルーが船の使い方も思い出せないほど脳味噌ドロドロ状態だったら、もはや科学者として使いものにならない、という判断で、こんな設定になっているのかもしれない。

ひとつわかったのは、どのスクリーンでも、すべての機器の表示パネルが見られるということ。交換可能なのだ。スクリーンの左上の部分をタップするとメニューが出てくる。そこから好きなパネルを選べばいいだけ。

これは助かる。目のまえのスクリーンをカスタマイズできるのだ。しかも操縦席の正面のスクリーンがいちばん大きい。

そこで、より触覚重視型のアプローチに切り替えることにする――ボタンを押しまくるのだ！

願わくば〝本船爆破〟というボタンはありませんように。ストラットはそんなことが起きないよう策を講じているはずだ。

ストラット。彼女はいまなにをしているのか？　たぶんどこかのコントロール・ルームで法王にコーヒーでも淹れさせているのだろう。ほんとうに傲慢なやつだった（やつだ？）。しかし、くそっ、彼女がこの船の建造の責任者でよかった。こうして船内にいるとよくわかる。彼女の細部へのこだわり、完璧を追求する姿勢が周囲にあふれていて安心感がある。

それはともかく、メイン・スクリーンに〝科学機器類〟というパネルを出す。さっき、かなり長いこと上質の時をすごしたのとおなじパネルだ――いまはタウ・セチの映像が出ている。左上の隅に〝太陽観測望遠鏡〟と表示されている。さっきは気がつかなかった。スクリーンの左側にはアイコンが並んでいる。ほかの装備類だろう。適当にひとつ押してみる。

タウ・セチが消えた。左上の隅の表示が〝船外収集ユニット〟に変わる。スクリーンにはなんの変哲もない長方形の線図が出ている。あちこちに〝角度変更〟、〝船首側開く〟、〝船尾側開く〟といった操作ができるマークがついている。オーケイ。覚えた。その情報でなにができるのかわからないが。

また適当にべつのボタンを押す。

こんどは〝ペトロヴァ・スコープ〟だ。が、スクリーンは真っ黒でエラー・メッセージが出ている

――スピン・ドライヴ稼働中はペトロヴァ・スコープは使用不可。

「ふむ」

オーケイ、ペトロヴァ・スコープってなんだ？　いちばん可能性が高いのは――アストロファージが放射する赤外線だけを見るための望遠鏡および／あるいはカメラ。ペトロヴァ波長でペトロヴァ・ラインを探すからペトロヴァ・スコープ。そしてぼくらはどんな言葉のまえにも〝ペトロヴァ〟をつけなくていい状況にしなくてはならないのだ。

どうしてスピン・ドライヴ稼働中は使えないのだろう？

スピン・ドライヴがどう機能するのか、なぜスピン・ドライヴという名前なのかは知らないが、船尾にあってアストロファージを燃料として使うことはわかっている。つまりこれはぼくのエンジンだ。栄養満点のアストロファージを活性化させて、推進力として使うのだろう。

ああ……だとすると、いま船のうしろからはとんでもない量の赤外線が出ていることになる。そう……戦艦程度のものなら蒸発させてしまうほどの赤外線が。計算しないとたしかなことはいえないが――計算せずにはいられない、いますぐ計算したい。

エンジンは毎秒六グラムのアストロファージを消費する。アストロファージはエネルギーを質量として貯蔵している。だから基本的に、スピン・ドライヴは毎秒六グラムの質量を純粋なエネルギーに変換して後部に吐き出すことになる。まあ、それをやっているのはアストロファージだが、とりあえずそういうことだ。

右側にある小型スクリーンに〝ユーティリティ〟パネルを呼び出す。馴染みのあるアプリがいくつも並んでいて、すぐ使えるようになっている。そのひとつが計算機だ。それを使って六グラムの質量変換エネルギーを計算すると……おお。五四〇兆ジュール。船はそれだけのエネルギーを毎秒、放射

している。電気エネルギーでいえば五四〇兆ワットだ。もうぼくの理解を超えている。太陽の表面も遠くおよばないほどだ。そう……太陽の表面にいるほうが、フル・スラスト時の〈ヘイル・メアリー〉のうしろに立っているより受けるエネルギーは小さいのだ。

船はいま減速している。そのはずだ。計画では船はタウ・セチ星系内で停止することになっている。だからたぶんタウ・セチから離れた地点に向かって減速している最中のはずだ——光速に近いスピードでかなり長い時間、旅したあとで。

オーケイ、というわけで、ぼくがコツコツ働いているあいだ、その光エネルギーは塵の粒子やイオンその他、ぼくとタウ・セチとのあいだにあるものすべてを打ちすえることになる。光エネルギーは哀れな粒子たちを容赦なく蒸発させてしまう。その結果、船のうしろには赤外線がまき散らされる。エンジンから出るものに比べればたいしたことはないが、赤外線の特定の周波数をごくわずかな量でもとらえられるよう精密に調整されたペトロヴァ・スコープにとっては目がくらむようなまばゆさだ。だからエンジンがオンのときはペトロヴァ・スコープは使わない。

しかし、だ。タウ・セチにペトロヴァ・ラインがあるのかどうか、ぼくはどうしても知りたい。

理論的には、アストロファージに感染した星にはかならずペトロヴァ・ラインがあるはずだ、そうだろう？　チビどもは繁殖するのに二酸化炭素が必要だ。しかしこの星からは二酸化炭素は得られない（中心核までいけばあるだろうが、アストロファージがそれだけの高温でも生きていられるのかどうかはわからない）。

もしペトロヴァ・ラインが見えたら、それはタウ・セチには、活発なアストロファージが、それもどういうわけかほかとはちがって数が制御できているアストロファージの集団がいるということを意味している。そしてそのラインは二酸化炭素がある惑星までつづいているはずだ。もしかしたら、その惑星の大気にはアストロファージの行動を妨害する化学物質が含まれているのかもしれない。奇怪な磁場があってアストロファージのナビゲーション能力を狂わせているのかもしれない。あるいはその惑星にはいくつも衛星があってアストロファージがぶつかってしまうのかもしれない。

単に、タウ・セチには二酸化炭素を持つ惑星がないだけということもありうる。もしそうなら最悪だ。この旅はまったくの無駄骨で、地球の命運は尽きたということになるのだから。

一日中でも考えていられるが、データがないから、まったくの推測のみだ。ペトロヴァ・スコープなしでは、データも取れない。少なくともぼくが欲しいデータは手に入らない。

気持ちを切り替えて〝ナビゲーション〟のスクリーンを見る。これに手を出していいものだろうか？　つまり――ぼくはこの船の飛ばし方を知らない。船は知っているが、ぼくは知らない。もしへんなボタンを押したら、ぼくは宇宙で死ぬことになる。

いや、実際にはそれよりまずいことになる。ぼくは――スクリーンの情報によると――毎秒七五九五キロメートルの速度でタウ・セチに向かって飛んでいる。ワオ！　二日前には一万一〇〇〇キロだった。コンスタントに一・五Gで加速しているとこうなる。あるいは〝減速〟といってもいい。物理学的にはおなじことなのだから。肝心なのはタウ・セチにたいして速度を落としているということだ。

スクリーンに、〝コース〟とだけ表示されたボタンがある。これをタップするのは妥当な判断だ、そうだろう？　いや、どうだろう。ほんとうはコンピュータがこの旅はここまでと判断するのを待つべきだ。しかし、待ちきれない。

ボタンをタップする。スクリーンが切り替わってタウ・セチ星系が表示される。まんなかにタウ・セチがあって、ギリシャ文字のタウが記されている。

おお――……〈ヘイル・メアリー〉のクレストにあった小文字のtはこれだ。〝タウ・セチ〟のタウ。オーケイ。

とにかく、タウ・セチのまわりに四つの惑星の軌道が白い細い線で描かれた楕円で示されている。

惑星自体の位置はエラーバーがついた円で表示されている。太陽系外惑星についてはそれほど正確な情報は得られていないのだ。科学機器類の操作方法がわかれば、この四つの惑星の位置に関するもっとましな情報が手に入るだろう。ぼくは地球の天文学者より一二光年、タウ・セチに近いところにいるのだから。

一本の黄色い線がスクリーンの外からほぼまっすぐに星系に入ってきて、三番めと四番めの惑星のあいだあたりでタウ・セチに向かって曲がり、そのまま円を描いている。その線上の、四つの惑星からだいぶ離れたところに黄色い三角形がある。あきらかに、これがぼくだ。そして黄色い線はぼくのコース。図の上部には——

エンジン燃焼停止までの時間：0005：20：39：06

最後の数字が一秒ごとに減っていく。オーケイ、これで二つのことがわかった。ひとつは、エンジン燃焼停止まで五日（六日近く）あるということ。もうひとつは、日数を示す数字が四桁になっていること。これは、この旅が少なくとも一〇〇〇日以上つづいていることを意味している。三年以上。まあ、一二光年離れたところまでいく旅なのだから、ぼくにとってもそれなりに長い時間がかかるはずだ。

おお、そうとも。相対性理論だ。

どれくらい時間がかかったのか、ぼくには見当もつかない。というか、ぼくにとってどれくらいの時間が経過したのか見当がつかない。光速に近い速度で移動していると、人は時間の遅れを経験することになる。ぼくが地球を出発してから経験した時間よりも長い時間が地球上では経過しているのだ。

相対性理論は奇妙なものだ。

ここでいちばん重要なのは時間。不幸なことに、ぼくが眠っているあいだに地球では少なくとも一三年が経過してしまっている。そして、ぼくがたとえいますぐアストロファージ問題の解決法を発見したとしても、その情報が地球に届くのに一三年かかる。つまり地球のアストロファージ禍は最低でも二六年つづくことになる。なんとか対処法を編み出していてくれることを祈るしかない。あるいは、とりあえず状況を改善する方法が見つかっているとか。だって、少なくとも二六年間は生きのびられると思っていなければ、そもそも〈ヘイル・メアリー〉を送り出していない、そうだろう？

いずれにしても、この旅は（ぼくの視点からすると）少なくとも三年かかっているわけだ。だからぼくらは昏睡状態になっていたのだろうか？　その期間、起きた状態だとなにか問題があるということだったのか？

涙の最初の一滴が頬を伝って初めて、ぼくは涙ぐんでいたことに気づいた。ぼくらを昏睡状態にするというその判断が親しい友人二人を死に追いやったのだ。二人は逝ってしまった。どちらとの思い出もかけらほども残ってはいないが、喪失感はとてつもなく大きい。ぼくもすぐにかれらの仲間入りをする。家に帰れるあてはない。ぼくもここで死ぬ。でもかれらとはちがって、ぼくはひとりで死んでいくのだ。

涙をぬぐって、ほかのことを考えようと努める。人類という種の命運がかかっているのだ。

地図にあったコースからして、船はぼくを自動的にタウ・セチの第三惑星と第四惑星のあいだの安定した軌道にのせてくれるのだろう。あえて推測するなら、距離はおそらく一天文単位《au》。太陽から地球までの距離。タウ・セチからも安全で居心地のよい距離。一周するのに約一年かかるゆっくりした軌道速度。タウ・セチは太陽より小さいのでたぶん質量も小さいだろうから、もう少し遅いかもしれない。質量が小さいということは重力も小さいということだから、所定の距離での軌道速度は遅くなるのだ。

オーケイ、エンジン燃焼停止まであと五日。ジタバタしないでじっと待とう。そしてエンジンが止まったら、ペトロヴァ・スコープを起動させてなにが見えるか確認する。それまでにこの船のことをできるかぎり知っておこう。

いまは、なんでもいい、ヤオとイリュヒナのことを考える以外のことをしよう。

正式には、空母の艦名は〈中国人民解放軍海軍・甘粛《ガンスー》〉だった。にもかかわらず、みんなその名で呼ぶのをやめて、〈ストラットのタンク〉と呼びはじめていた。水兵たちは異議を唱えたが、その名は定着した。ぼくらはけっして陸地に近づきすぎないようにしながら、南シナ海周辺をさまよっていた。

ぼくは科学以外なにもせず、一週間、至福の時をすごした。ミーティングなし。気になる雑音いっさいなし。ひたすら実験とエンジニアリングに明け暮れる日々。仕事に没頭するのがどれほど楽しいことか、ぼくは久しく忘れていた。

最初の繁殖器プロトタイプでの実験は、ふたたび成功をおさめていた。見た目はパッとしない——簡単にいえば、長さ三〇フィートの金属パイプに不細工なコントロール機器をいくつか、あちこちに溶接しただけのものだ。しかし、これがしっかり仕事をしてくれた。一時間あたり数マイクログラムのアストロファージを生みだすだけだが、コンセプトにまちがいはなかった。

ぼくは一二人のスタッフをあてがわれていた——世界中からやってきたエンジニアたちだ。もっとも優秀なのはモンゴル人の兄弟だった。あるときストラットに呼び出されたぼくは、あとを二人にまかせて会議室に向かった。

いってみると、会議室には彼女ひとりしかいなかった。テーブルにはいつものようにプリントや図表が散乱していた。壁にはびっしりとグラフや図式——あたらしいのもあれば、古いのもあった。ストラットは長いテーブルのいちばん端にすわっていた。かたわらにはオランダのジンのボトルとロックグラス。彼女が飲んでいるのを見るのは初めてだった。

「なにか用ですか？」とぼくはいった。

彼女が顔を上げた。目の下がたるんでいる。寝ていないのだ。「ええ。すわって」

ぼくは彼女の隣の椅子にすわった。「だいぶお疲れみたいですね。なにがあったんです？」

「決断しなくちゃいけないの。むずかしい決断を」

「ぼくになにかできることは？」

彼女はジンをすすめてくれた。ぼくが首をふると、彼女は自分のグラスになみなみと注いだ。

「〈ヘイル・メアリー〉のクルー・コンパートメントはすごく狭いものになる予定なの——一二五立方メートルくらいしかないのよ」

ぼくはつんと顔を上げた。「宇宙船としては広いほうじゃありませんか？」

彼女は小刻みに手をふった。「ソユーズとかオリオンのようなカプセルに比べたらね。でも宇宙ステーションとしては狭い。国際宇宙ステーションのクルー・コンパートメントの一〇分の一程度しかないのよ」

「オーケイ」とぼくはいった。「それで、なにが問題なんですか？」

「問題は」——彼女はマニラフォルダーをつまみ上げて、ぼくのまえに落とした——「クルーが殺し合いをすること」

「はあ？」ぼくはフォルダーを開いた。中身はかなりの分量のタイプ打ちの書類だった。いや、実際はタイプ打ちの書類をスキャンしたものだ。一部は英語で、一部はロシア語。「これは何なんですか？」

「宇宙開発競争の時代に、ソ連が一時、火星に照準を定めていたことがあったの。火星に人を送りこめば、アメリカの月着陸がちっぽけに見えると考えたわけ」

ぼくはフォルダーを閉じた。キリル文字は、ぼくにはなんの意味も持たない。だが、たぶんストラットは読めるのだろう。彼女はどんな言語が使われていようと、ちゃんとわかっているようだ。

彼女が両手に顎をのせた。「一九七〇年代のテクノロジーで火星にいくということは、ホーマン遷移軌道を使うということ、それはつまりクルーが八カ月以上、船内ですごさなければならないことを意味しているわけ。そこでソ連は何人かの人間を狭苦しい孤立した環境に置くとどうなるか、実験した」

「それで？」

「七一日後、なかにいる男たちは毎日、殴り合いのけんかをするようになった。そして九四日め、実験は中止された。被験者のひとりがガラスの破片でほかの被験者を刺し殺そうとしたからよ」

「ミッションのクルーは何人になる予定なんですか？」

「現在の計画では三人」

「オーケイ」とぼくはいった。「それで三人の宇宙飛行士を一二五立方メートルのコンパートメントに入れて四年間の旅に送り出したらなにが起きるか、悩んでいるわけですね？」

「うまくやっていけるかどうかだけの問題じゃないの。クルーは全員、自分たちが数年以内に死ぬとわかっている状態で旅をする。そして船内の数少ない部屋が全世界という環境で、残された短い人生をすごす。精神科医と話したんだけれど、圧倒的な抑鬱状態になることが予想されるといっていたわ。自殺のリスクが高いそうよ」

「ええ、そんな心理状態になるでしょうね」とぼくはいった。「でも、ほかにどうしようもないでしょう？」

彼女はホチキスで留めたプリントの束をつまみ上げて、ぼくのほうにすべらせてよこした。手に取ってタイトルを読むと――〝霊長類動物および人間の長期昏睡状態患者と重大後遺症にかんする研究――スリスク、ほか〟

「オーケイ。なにが書いてあるんです？」

「タイの倒産した会社がやっていた研究よ」彼女はグラスをゆすってジンに渦を巻かせている。「ガンの患者を昏睡状態に陥らせて、化学療法を施すというアイディア。患者は化学療法を受けるけれど、その間、眠っているから痛みに苦しまなくてすむ。そしてガンが寛解したら、あるいはもう手の施しようがなくてホスピスへ、ということになったら、患者を目覚めさせる。どちらにしても患者はあまり苦痛を味わわなくてすむ」

「それは……すばらしいアイディアですね」とぼくはいった。

彼女はうなずいた。「そうなるはずだったのよ、致死性が高くなければね。人間の身体は長期の昏睡状態に耐えるようにはできていないということがわかったの。化学療法は何カ月もかかるし、そのあと追加で何ラウンドかというケースも多い。霊長類の動物を使って医学的に昏睡状態に陥らせる方法をいろいろ実験してみたけれど、実験動物は昏睡状態にあるうちに死んでしまうか、昏睡状態から目覚めても脳をやられているか、どちらかだったの」

「じゃあ、どうしていまこの話をしているんですか？」

「それはかれらがさらに研究を重ねたからよ――こんどは過去の人間の昏睡状態患者のデータについての研究。比較的ダメージを受けずに長期昏睡状態から脱した患者に着目して、なにか共通点はないか探したの。そして見つけた」

旧ソ連の宇宙機関の書類はぼくには謎の塊だったが、科学論文なら昔からぼくの得意分野だ。ぼくはプリントをどんどんめくって、発見結果にたどりついた。「遺伝子マーカー？」とぼくはいった。

「そう」と彼女はいった。「人間に、〝昏睡耐性〟、といういい方をしているんだけれど、それを与える遺伝子群が見つかったのよ。かつてはその配列はジャンクDNAと考えられていたんだけれど、じつはなにか未知の理由で進化して、一部の人間の遺伝コードにだけいまだに潜んでいるものだったわけ」

「その遺伝子群が昏睡耐性をもたらすのはたしかなんですか？」とぼくはいった。「関係しているだけでなく、ほんとうに耐性をもたらすんですか？」

「ええ、それはまちがいないわ。その遺伝子群は下等な霊長類でも発見されているのよ。なんにしろ、系統樹をかなり遡ることができるの。わたしたちの先祖の冬眠する水生動物にまで遡れるんじゃないかという説もあるのよ。とにかく、その遺伝子群を持つ霊長類の動物で実験したら、みんななんの副作用もなく長期昏睡状態をのりきったの。一匹残らずぜんぶが」

「オーケイ。この話の落ち着く先は察しがつきます」ぼくは論文をテーブルに置いた。「志願者全員のDNAを調べて、その昏睡耐性遺伝子を持っている者だけを採用する。そして旅のあいだ、クルーを昏睡状態にしておく。そうすればクルーは四年間、お互いにピリピリすることもないし、死について深く考えこむこともない」

彼女はぼくに向かってグラスを掲げた。「そのほうがいいのよ。クルーが昏睡状態なら食事の問題もずっと簡単になる。粉末の栄養バランスのとれたものをドロドロにして胃に直接、送りこめばいいんだから。何種類もの食事を一〇〇〇キロも用意しなくていい。粉末と自己完結型の水再生システムがあればいいんだから」

ぼくはにっこり微笑んだ。「夢が現実になるという感じじゃないですか。SF小説の人工冬眠みたいだ。なのにどうして酒を飲んでいらついてるんです？」

「二つ、落とし穴があるのよ」と彼女はいった。「まず、昏睡患者の面倒を見る完全に自動化された監視兼活動システムを開発しなければならない。もしそれが壊れたら、全員死んでしまう。しかも、ただバイタルを監視したり点滴で適切な薬を投与したりするだけではだめなの。物理的に動いて、患者の身体をきれいにしたり、褥瘡のケアをしたり、いろいろな点滴や探針の挿入部周辺の炎症や感染症といった二次的な問題を診断して対処する必要もある。とにかくいろいろあるのよ」

「オーケイ。でもそれは世界各国の医療界がなんとかしてくれそうな気がしますけどね」とぼくはいった。「お得意のストラット・マジックを使って、ガンガンやらせればいいじゃないですか」

彼女はまたひと口、ジンをすすった。「メインはそれじゃないのよ。メインの問題はね――その一連の遺伝子群を持っている人間は平均して七〇〇〇人にひとりしかいないということなの」

ぼくは椅子に深くすわりなおした。「うわあ」

「そうなのよ。最適任者を送るというわけにはいかなくなりそうなの。七〇〇〇人にひとりのなかの最適任者を送ることになるの」

「平均すれば三五〇〇人にひとりです」

彼女はぐるりと目を回してみせた。

「それでも」とぼくはいった。「世界の人口の七〇〇〇分の一は一〇〇万人ですよ。そういうふうに考えましょう。一〇〇万人のなかから候補者を探すんです。必要なのはたったの三人だ」

「六人よ」と彼女がいった。「メイン・クルーとバックアップ・クルー。打ち上げの前日に誰かが車にはねられてミッションがおじゃんなんてわけにはいかないから」

「オーケイ、じゃあ六人」

「ええ。宇宙飛行士として適任で、タウ・セチでアストロファージがどうなっているか解明できるだけの科学的技量の持ち主で、帰るあてのない特攻任務に喜んで参加してくれる人が六人」

「一〇〇万人のなかから、ですよ」とぼくはいった。「一〇〇万人」

彼女は口をつぐんで、またひと口すすった。

ぼくはオホンと咳払いした。「つまり、可能なかぎり最適任の候補者を選んで、かれらが互いに殺し合う危険性を取るか、人材的には一段落ちるクルーの面倒を自動的に見てくれる未開発の医療テクノロジーに賭けるか、どちらかということです」

「まあね。どちらにしても途方もないリスクを冒すことになる。これほどむずかしい決断を迫られたのは初めてよ」

「ならば、もう決断できていてなによりです」とぼくはいった。

彼女が片眉を上げた。「はあ?」

「だってそうでしょう」とぼくはいった。「あなたはもう決断している。それを誰かにいって欲しかっただけですよ。クルーを起こしたままで送りだしたら、もう精神面のリスクはどうにもできない。でも自動昏睡ベッド・テクノロジーを完成させるまで、まだ何年か余裕があるんですから」

彼女は少し顔をしかめたが、なにもいわなかった。

ぼくは少し穏やかな声でいった。「それにね、ぼくらはもうその人たちに死んでくれと頼んでいるんですよ。さらに四年間、精神的苦痛に耐えてくれなんていうべきじゃない。科学も道徳もおなじ答えを提示している。そして、そのことはもうあなたもわかっている」

彼女は、あるかなきかにうなずいた。そしてグラスのジンをいっきに飲み干した。「はい。もういってよし」彼女はラップトップを引き寄せてキーを叩きはじめた。

ぼくはなにもいわずに会議室を出た。彼女には彼女の仕事があるし、ぼくにはぼくの仕事がある。

いろいろとスムーズに思い出せるようになってきている。なんでも思い出せるわけではないが、思い出したときの唐突感はなくなっている。なんというか……「ああ、そうそう、それ知ってる。前から知ってたよ」という感じだ。

たぶんぼくは昏睡耐性者のひとりなのだろう。そう考えれば、ぼくよりずっと適任の候補者の代わりにぼくがここに送りこまれた説明がつく。

しかし、ヤオとイリュヒナもおなじ遺伝子群を持っていたはずなのに、だめだった。医療ロボットが完璧ではなかったのかもしれない。きっと医療ロボットでは対応できない状況が生じたのだろう。

ぼくは首をふって二人の記憶を払いのけた。

その後数日間は忍耐力を鍛える日々だった。気を紛らわせるために船のことをさらに学んでいった。まず、ラボにあるすべてのものをカタログ化した。最初に見つけたもののひとつにタッチスクリーン・コンピュータがある。センターテーブルの引き出しのなかに入っていた。この発見はまさに僥倖。研究関連の画面情報がいろいろ入っているのだ。コントロール・ルームのパネルとはまったくちがう。あっちは船のことか船の装備のことばかりだ。

数学や科学のアプリもある——ほとんどが、ぼくがよく使っていた既製のものだ。しかしほんとうのお宝はライブラリーだ！

おそらくだが、このパネルは過去に書かれたあらゆる科学のテキスト、題材を問わず発表されたあらゆる論文、その他もろもろを呼び出せるようだ。なかには〝議会図書館〟というディレクトリがあって、これまでにアメリカ合衆国内で著作権を取得したあらゆる書物のデジタル・カタログになっているようなのだが、残念ながら〈ヘイル・メアリー〉号に関するものは見当たらない。

そしてレファレンスマニュアル。やたら大量のレファレンスマニュアル。データの上にデータ、そのあいだにもデータ。たぶんソリッドステートドライヴは軽いから情報をケチることはないと考えたのだろう。チッ、たんにＲＯＭ焼きしておくだけでよかったのに。

というわけで、およそ役に立つとは思えないことに関する参考資料が山ほど用意されている。だが、もし健康なヤギの平均的な直腸温度を知りたいと思えば、ちゃんとわかるのはすごい（一〇三・四°F／三九・七℃だって）！

パネルで遊んでいるうちに、つぎなる発見にたどりついた――ビートルズでどうやって地球に報告するかわかったのだ。

ビートルズを使うにちがいないとは思っていたが、やっと詳細がつかめた。船に搭載されている途方もないストレージアレイに加えて、パネルには四つの比較的小さい外付けドライヴ――ジョン、ポール、ジョージ、リンゴ――が装備されていたのだ。それぞれ五テラバイトと表示されている。ひとつのビートルのデータ量と考えて、まずまちがいないだろう。

では、そのときがきたらどうやって発進させるか？　その答えを見つけるために、コントロール・ルームに向かう。

ビートルズの発進コマンドを見つけるのに〝ビートルズ〟パネルのUIを数層、掘り下げなければならなかったが、とにかく見つけることはできた。ぼくにわかるかぎりの範囲でいうと、それはただの〝発進〟と記されたボタンのようだ。たぶん、恒星の位置をもとに自分で方向を定めて、一路、地球に向かうようになっているのだろう。〈ヘイル・メアリー〉もおなじ方法でここにきたのだから、ビートルズもそうなのだろう。コースの選択にヒューマン・エラーを織りこむのはナンセンスだ。

ここにいるあいだに〝科学機器類〟スクリーンも探りを入れておく。サブウィンドウの最初のほうは太陽望遠鏡、ペトロヴァ・スコープ、そして可視スペクトル、赤外線スペクトル、その他さまざまな帯域で見られる望遠鏡に当てられている。

可視光望遠鏡で遊んでみる。けっこうおもしろい。星が見える。つまり、ほかにはなにもないということだ。ぼくのいるところからだと、タウ・セチの惑星でさえちっぽけな点にすぎないだろう。だがそれでも閉鎖された小世界の外を見られるのはうれしい。

船外活動《EVA》専用のスクリーンも見つけた。まあ、あって当然のものだろう。EVAスーツそのもののコントロールができるようになっている。EVA中、スーツ関係のことはここにいるオペレーターが管理できるから、スーツ内の人間は細々したことに対処しなくてすむ。そしてもうひとつ、この船の船体には複雑なテザリング・システムが設置されているらしい。つまりテザーのフックをつぎつぎにかけていける経路がいくつもあるのだ。EVAをかなり重要なものと考えているらしい。おそらく、ここのアストロファージを収集するためだろう。

いくらかでもあるとすればだが。

タウ・セチにペトロヴァ・ラインがあれば、アストロファージがあるということだから、収集することはできる。その場合、いくらかでも手に入れることが第一段階。つぎにラボに持っていって地球のものとちがいがあるかどうか調べる。悪性度が低い系統なのかもしれない。

そのあと二日間は、基本的に、つぎになにが起きるのか案じながらすごした。ああ、つぎになにが起きるのかはわかっている——それでもとにかく心配なのだ。

コントロール・ルームでじりじりしながら残りの秒数が減っていくのを見つめる。

「ゼロGになるんだ」と自分にいいきかせる。「落ちるわけじゃない。なにも危険なことはない。船の加速は止まる。だが、それでいいんだ」

ローラーコースターやウォータースライドは好きではない。あの落ちる感覚は心底ぞっとする。そしてあと何秒かで、ぼくはあれとまったくおなじ感覚を味わうことになる。なぜなら、ぼくが感じている〝重力〟がいっきになくなるからだ。

刻々と残りの秒数が刻まれていく。「四……三……二……」

「さあ、くるぞ」とぼくはいった。

「一……ゼロ」

スケジュールどおりにエンジンが停止する。これまでずっと感じていた一・五Gが消える。重力がなくなる。

ぼくはパニックに陥った。どんなに覚悟していてもだめだったろう。まぎれもないパニック状態だ。悲鳴を上げて、腕をふりまわす。必死で胎児のように丸まった姿勢をとる——気分が楽になるし、コントロール装置やスクリーンにぶつからずにすむ。

ぶるぶる震えながら、コントロール・ルームのなかをふわふわ漂う。椅子に身体を縛りつけておけばよかったのに、思いつかなかった。大ばか者め。

「ぼくは落ちていない！」と叫ぶ。「落ちてなんかいない！　ここはただの宇宙空間だ！　なんの問題もない！」

問題はある。胃が喉のところまで上がってきている気がする。吐きそうだ。ゼロGで吐くのはまずい。袋がない。決定的に準備不足だった。原初的恐怖心は理屈で押さえこめると思っていたなんて愚かだった。

ジャンプスーツの前を少し開けて、頭を突っこむ。かろうじて間に合った。スーツのなかに〝第9日・第3食〟をぜんぶもどした。そのあとは襟の部分をぎゅっと胸に押しつけたままにする。気持ちが悪いが、封じこめには成功している。コントロール・ルームじゅうにまき散らして窒息の危険にさらされるよりはましだ。

「ああ、まったく……」と哀れっぽい声を出す。「まったく……こんな……」

こんなことでいいのか？　この先、完全な役立たずになってしまうつもりか？　ぼくがゼロGに対処できないせいで人類が死滅していいのか？

よくない。

歯を食いしばる。拳を固める。ケツの穴を締める。身体中の締められるところはぜんぶ締める。コントロールできるという気になってくる。断固としてなにもしないことが対応策になっている。しばらくすると、恐怖心が薄れはじめた。人間の脳はすごい。人はほとんどなんにでも対応できるのだ。ぼくはもう適応しはじめている。

恐怖が少し薄れると、それがフィードバック効果を生む。これでもうさっきほど怖くはなくなると自覚すると、恐怖はさらにすみやかに薄れていく。するとまもなくパニックは下火になって不安に変わり、それも薄まってふつうの懸念程度のものになった。

コントロール・ルームを見まわしてみると、なにもかもがおかしい。なにも変わっていないのだが、上下がない。まだ胃がおかしい。また吐くかもしれないと思ってジャンプスーツの襟をつかむが、その必要はなかった。ぐっと我慢した。

胸とジャンプスーツとのあいだで生温かい嘔吐物がガボガボいっているのは不快きわまりない。着替えなければ。

ラボに通じるハッチめざして進むべく、隔壁を蹴る。下へ漂ってラボに入る。部屋中に雑多なデブリが漂っている。カタログ化したときにテーブルに出しっぱなしにしていたからだ。それがぜんぶ生命維持通気口から出ている空気の流れにふわりと乗って気ままに宙をさまよっている。

「大ばか者め」とつぶやく。当然そうなることはわかっていたはずだ。

さらに寝室へと進む。やはりここも、いろいろなものがそこらじゅうに浮かんでいる。倉庫エリアの収納容器になにが入っているのか見ようと思って、ほとんどの容器を開けていた。その容器と中身が宙を右往左往している。

「身体をきれいにしてくれ!」とアームにいってみる。

アームはなにもしてくれない。

ジャンプスーツを脱ぎ、身体についた汚物をぬぐう。二、三日前にスポンジ・バス・ゾーンを見つけていた――壁に収納されているただのシンクとスポンジだ。シャワールームはたぶんないだろう。とにかくスポンジで身体をきれいにする。

汚れ物はどうすればいいのかわからない。

「洗濯物？」といってみる。

アームが二本、下りてきて汚れたジャンプスーツをぼくの手から取っていく。天井のパネルが開き、アームが汚れ物をなかに入れる。そこがいっぱいになったらどうするんだ？　見当もつかない。

ふわふわ浮かぶ漂流物のなかから換えのジャンプスーツを見つけて、着る。ゼロGで服を着るのはおもしろい。むずかしいとはいわないが、勝手がちがう。なんとか新品のジャンプスーツを着終えたが、少しきつい。ネーム・パッチを見ると、〝姚〟と書いてある。ヤオのジャンプスーツだ。まあ、きつすぎるというほどではないし、自分のを探して寝室中、跳ねまわって一日潰したくはない。あとで整理することにしよう。

いまは、外がどうなっているのか見たくてうずうずしている。だって、そうだろう！　ぼくはべつの星系を探索する初の人間だ！　実際、ここにいるんだ！

ハッチめがけて跳びあがる……で、失敗。天井にぶつかってしまった。ぎりぎり両手を上げて、とりあえず顔は守る。天井から跳ね返って床に逆もどり。

「イテッ」とつぶやく。もう一度、今度はもう少しゆっくりやってみる。そして成功。そのままラボを抜けてコントロール・ルームに入る。無重力だと、動きまわるのはたしかに楽だ。まだ胸がむかむかするが、認めざるを得ない――これはすごくおもしろい。

操縦席に身体を引き寄せて、漂っていかないようにストラップを締める。

〝ナビゲーション〟スクリーンには、**一次運行完了**。〝スピン・ドライヴ〟スクリーンには、**推力：**

0、と出ている。だがいちばん重要なのは〝ペトロヴァ・スコープ〟スクリーンに、**準備完了**、と出ていることだ。

探み手をしてスクリーンに手をのばす。ユーザーインターフェースはすごくシンプルだ。隅に、〝可視光〟と〝ペトロヴァ〟の二つの状態を切り替えられるトグルスイッチのアイコンがある。いまは〝可視光〟になっている。そしてスクリーンには船から見た可視光の光景がひろがっている。ふつうのカメラで見ている感じだ。スクリーンをつついてすぐに、ズームインやズームアウト、回転などができることがわかった。

見えているのは遠くの星々だけ。タウ・セチが見えるまでカメラをパンするのがよさそうだ。指を左へ、左へ、左へとスワイプさせる……漠然とタウ・セチを探す。座標系がないのでしかたがない。左へ二、三回スワイプしては、下へ一回スワイプする。じっくりと、あらゆるアングルをカバーするためだ。ついにタウ・セチが見つかったが、ようすがおかしい。

この前、太陽望遠鏡で見たときは、ほかの星とおなじように見えていた。それがいまは真っ黒い円で、まわりにぼんやりした光のリングがある。理由はすぐにわかった。

ペトロヴァ・スコープは非常に感度のいい機器だ。どれほどかすかなペトロヴァ波長でもとらえられるように調整されている。恒星はあらゆる波長のえげつないほど大量の光を放つ。これはもう双眼鏡で太陽を見るようなものだ。ペトロヴァ・スコープはその光から身を守らねばならない。たぶんセンサーと恒星とのあいだにつねに物理的に金属板が置かれた状態になっているのだろう。つまりぼくはその金属板の裏を見ているわけだ。

よくできている。

トグルスイッチに手をのばす。いよいよだ。もしここにペトロヴァ・ラインがなかったら、お手上げだ。いや、なにか探り当てようと努力はする。だがやはり途方に暮れてしまいそうだ。

トグルスイッチをはじく。

星々が消える。タウ・セチを取り巻く淡いリングはそのまま残っている。これは予想通りだ。リングはタウ・セチのコロナで大量の光を放射しているだろうから、その一部はペトロヴァ波長のはず。それを求めて必死で画像をくまなく見ていく。最初は見つからなかったが、ついに見えた。タウ・セチの左下の部分から美しい暗赤色のアーチが出ている。

思わず、パンッと手を叩く。「よし！」

この形はまちがいようがない。ペトロヴァ・ラインだ！　タウ・セチにもペトロヴァ・ラインがある！　椅子のなかで身体を揺すって小躍りする。ゼロGではなかなかむずかしいが、全力を尽くす。さあ、道が開けてきたぞ！

山ほど実験をしなくては。どこから手をつければいいかすらわからない。まずはラインがどこへ向かっているか見るのが妥当だろう。惑星のどれかなのはわかりきっているが、どの惑星なのか、そしてなにか興味深い事実はないか？　それから、ここのアストロファージのサンプルを手に入れて、地球のものとおなじかどうか見てみなくては。それはペトロヴァ・ラインのなかを飛んで、EVAで船体についたものをこそげとればいいだろう。

やりたい実験をリストアップするだけのために一週間かけたいくらいだ！

スクリーンでなにかがピカッと光った。一瞬の光の瞬き。

「なんだ？　これも手がかりになるのか？」

また光った。カメラをパンしてその部分にズームインする。ペトロヴァ・ラインからもタウ・セチからも、およそかけ離れた場所だ。惑星か小惑星からの反射か？

そういうことがあっても不思議はない。非常に光を反射しやすい小惑星ならタウ・セチの光を跳ね返して、それがペトロヴァ・スコープで見えるということはありうるが、それが断続的に起きるということは、たぶんいびつな形で回転していて――。

閃光がしっかりした光源になった。いわば……〝オン〟の状態。光りっぱなしだ。

スクリーンをのぞきこむ。「なんだ……なにが起きているんだ？……」

光源が明るくなっていく。瞬間的にではない。時間をかけて徐々に。一分間、見守る。明るくなる速さが増しているようだ。

こっちへ近づいてくる物体か？

ふっと即席の仮説が浮かぶ――アストロファージが、なぜかほかのアストロファージに引き寄せられているとか？　かれらの小集団がこの船のエンジンの炎を見た、それがかれらが使っているのとおなじ波長なのでこっちに向かってきた、ということかもしれない。そうやって大移住集団を見つけているのか？　とすれば、これは、ぼくが二酸化炭素のある惑星に導いてくれると考えてこっちをめざして進んでくるアストロファージの凝集塊なのか？

理論としてはおもしろい。が、確証はなにひとつない。

じりじり進んでくる光はどんどん明るく、明るく、明るくなって、ふいに消えた。

「はぁ」数分待っても光はもどってこない。

「ふむ……」この変則的な出来事は頭のなかにメモしておこう。だがさしあたってできることはなにもない。なんにせよ、もう消えてしまったわけだし。

ペトロヴァ・ラインにもどろう。最初にやりたいのはラインがどの惑星に向かっているのか突き止めることだ。船の航行方法もなんとかしなければならないだろうが、それはまたべつの課題ということで。

カメラをパンしてペトロヴァ・ラインにもどる。なにかがおかしい。半分……なくなっている。

タウ・セチから出ているのは数分前といっしょだが、宇宙空間の一見したところなんの変哲もない場所でぷつりと途切れている。

「どうなってるんだ？」

もしかして、ぼくがかれらの移住パターンを乱してしまったのか？　いや、もしそんな単純なことだったら、〈ヘイル・メアリー〉がぼくらの太陽系内をぶらついているあいだにわかっていたんじゃないのか？

途切れた箇所にズームインしてみる。ただの直線だ。まるで誰かがエグザクトナイフ（米国のブランド・ナイフ）でペトロヴァ・ラインをスパッと切って、破片を投げ捨ててしまったかのようだ。

移住するアストロファージの巨大なラインがあっさり消えるわけがない。もっと簡単に説明がつく——カメラのレンズになにかついているのだ。デブリのかけらかなにかがベタッと貼りついたとか。もしかしたら興奮しすぎたアストロファージの塊かもしれない。そうだったら最高だ。サンプルがすぐに手に入る！

可視光で見たら、なにが起きているのか、もう少しよくわかるかもしれない。トグル・ボタンを押す。

すると、見えた。

なにか物体があって、そのせいでペトロヴァ・ラインが見えなくなっているのだ。その物体はこの船のすぐ隣にある。距離は数百メートル程度か。大雑把にいって三角形で、船体に沿って切妻のような突出物がついている。

そう。船体、だ。小惑星ではない——輪郭がなめらかすぎる。まっすぐすぎる。この物体はつくられたものだ。組み立てられたもの。建造されたもの。自然にはできない形のもの。

これは宇宙船だ。

べつの宇宙船。

この星系には、この船だけではなく、べつの船がいる。あの光の点滅——あれは船のエンジンだったのだ。アストロファージを燃料とするエンジンの。〈ヘイル・メアリー〉とおなじエンジンの。だがそのデザイン、形状は——ぼくが見たことのある宇宙船とはまったくちがう。全体が広いたいらな面で構成されている——圧力容器をつくるには最悪の方法だ。正気の人間なら誰もあんな形の宇宙船はつくらない。

とにかく地球の住人なら誰も。

そいつを見つめて、二度、三度、瞬きする。ゴクリと唾を飲む。

これは……これは異星の宇宙船だ。異星人がつくった船だ。宇宙船をつくれるほどの知性を持つ異星人が。

人類は孤独ではない。ぼくはたったいま、われらが隣人と遭遇したのだ。

「うっそだろう！」

第7章

さまざまな考えがいっきに押し寄せてきた——われわれは孤独ではない。これは異星人だ。あの船は奇妙だ。どうしてあんな工学が通用するんだ？　かれらはここに住んでいるのか？　これはかれらの星なのか？　ぼくは異星人のテリトリーに迷いこんで惑星間事件を引き起こしつつあるのか？

「息をしろ」と自分にいいきかせる。

オーケイ、一度にひとつずつだ。これが地球からきたべつの船だとしたら？　ぼくが覚えていないやつだとしたら？　いいたくはないが、自分の名前を思い出すのに二、三日かかったんだから。もしかしたらデザインのちがう複数の船が送り出されたのかもしれない。冗長性を増すためとか、少なくとも一隻が成功してくれる可能性を高めるためといった理由で。ひょっとしたらあの船は〈アラーを讃えよ〉とか〈ビシュヌの祝福〉とかいう名前かもしれない。

コントロール・ルームをぐるりと見まわす。ありとあらゆるもののコントロール画面やスクリーンが並んでいるが、無線用のものはない。〝EVA〟のパネルには無線操作関係のものがあるが、これはどう考えても外に出ているクルーと話すためだけのものだ。

もし複数の船を送り出すなら、船同士で話ができる無線システムは必須のはず。

それに、あの船は……非常識もいいところだ。

〝ナビゲーション〟のスクリーンをぐるっとチェックして、〝レーダー〟のパネルを発見。前にも目にしていたが、そのときはほとんど気に留めていなかった。たぶん近くにある小惑星などの物体を把握して衝突しないようにするためのものだろう。

　二、三度まごついたが、なんとか起動させた。とたんに、もう一隻の船をとらえて警報が鳴り響く。耳が痛くなるような甲高い音だ。

「どうどう、どうどう！」と声をかけ、あわててパネルをスキャンして〝接近警報ミュート〟と書かれたボタンを見つける。それを押すと、警報音が止まった。

　スクリーンのほかの項目を見てみる。大量のデータがあるが、ぜんぶ〝ブリップ（レーダースクリーンにあらわれた光点）A〟というウィンドウのなかだ。もし複数のコンタクトがあるなら複数のウィンドウがあるはずだ。よくはわからないが。ウィンドウに出ているのはただの数値だけで、『スタートレック』のアイソメトリック・スキャンのような便利なものはない。

〝速度〟はゼロ。向こうはぼくの船の速度にぴったり合わせている。偶然のはずがない。

〝距離〟は二一七メートル。向こうの船のいちばん近い部分との距離ということだろう。それとも平均値か。いや、いちばん近い部分にちがいない。このシステムは衝突を避けるためのものなのだから。衝突ということになると——一太陽系の大きさと比べたら二一七メートルはとんでもなく近い距離だ。これが偶然のはずがない。あの船は、ぼくがここにいるから、意図してここにいるのだ。

　ほかの数値もある。〝角度幅〟は三五・四四度。オーケイ、これは基礎的な数学で扱えそうだ。メインスクリーンの〝ユーティリティ〟パネルを立ち上げて計算機アプリを開く。二一七メートル先にあるものが視界の三五・四四度を占めている。レーダーが三六〇度をカバーできるものとして（できないとしたら、相当クズなレーダーだ）……計算機にいくつか数字を打ちこみ、アークタンジエント計算すると——

船の長さは一三九メートル。大雑把な数字だが。

べつのスクリーンに〝アストロファージ〟パネルを立ち上げる。そこにある小さなマップによると〈ヘイル・メアリー〉は全長四七メートルちょうど。つまり、うん。異星の宇宙船はぼくの船の三倍の大きさだ。地球がそれほど大きなものを送り出すことはありえない。

それに形。なんだあの形は？　ペトロヴァ・スコープ（いまはただのカメラとして機能している）に意識をもどす。

船の中央部分はダイヤモンド形――菱形だ。というか、たぶん八面体だろう。三角形の面が八つあるように見える。その部分だけでぼくの船とおなじくらいの大きさがある。

ダイヤモンドは三本の太い棒（それ以外なんといったらいいのかわからない）で幅の広い台形の基部に接続している。船尾という感じがする。そしてダイヤモンドの正面には細い軸棒（この言葉がいま浮かんだ）があり、そこに船の軸と平行に四つのたいらなパネルが取り付けられている。ソーラーパネルか？　軸棒は前方のピラミッド形のノーズコーンまでのびている。ノーズピラミッドといったほうがいいかな。

船体はどの部分を見てもまったいらだ。〝軸棒〟でさえたいらな面でできている。

なぜそんなことをする？　たいらなパネルなんてひどい思いつきだ。誰がつくったか知らないが、誰だって船には空気のようなものが必要なはずだろう？　巨大なまったいらのパネルなんて考えるだに恐ろしい。

もしかしたらぼくが見ているのは本格的な宇宙船ではなく、ただの探査機なのかもしれない。船内には空気などないのかもしれない。なぜなら船内に生物がいないから。ぼくが見ているのは異星の船ではなく、異星の人工物なのかもしれない。

それでも人類史上もっともエキサイティングな瞬間だ。

とにかくそいつはアストロファージを燃料にしている。さっき見たのは安定したペトロヴァ周波数の輝きだった。かれらがぼくらとおなじ推進テクノロジーを持っているのは興味深い。だが、もしアストロファージが最良のエネルギー蓄積媒体なのだとしたら驚くには当たらない。ヨーロッパの船がアジアの船と初めて遭遇したとき、双方におなじ帆があるのを見ても誰も驚きはしなかった。

しかし、〝なぜ〟だ。どうしてもそこが気になる。ぼくのエンジンからは大量の赤外線が出ている。船尾はタウ・セチの方向を向いていた。つまりぼくはかれらに向かって五四〇兆ワットの光を放っていたわけだ。そのときかれらがどこにいたかにもよるが、ひょっとしたらタウ・セチより明るく輝いていたかもしれない。少なくともペトロヴァ周波数にかんしてはそうだろう。

つまりかれらはペトロヴァ周波数を見ることができるということだ。ぼくもできる。

〝スピン・ドライヴ〟コンソール画面をフリップしつづけて、〝マニュアル・コントロール〟を発見。それを選択するとポンと警告ダイアログが開いた——**マニュアル・コントロールは緊急時のみ推奨されます。マニュアル・コントロール・モードにしますか？**

「はい」をタップする。

またべつのダイアログが開く。

再確認——マニュアル・コントロール・モードにするには、〝は・い〟と入力してください。

うーんと唸って、は・い、と入力する。

ついに〝マニュアル・コントロール〟スクリーンになる。ちょっと怖い。複雑だからではない。あまりにも単純だからだ。

〝ドライヴ1〟、〝ドライヴ2〟、〝ドライヴ3〟とラベリングされた三つのスライダーがあって、どれもいまはゼロの位置になっている。それぞれのスライダーのいちばん上は〝10^7N〟。Nは力の単位の〝ニュートン〟にちがいない。三つのドライヴを最大限、駆動させたら三〇〇〇万ニュートンの力が得られるということだろう。ジャンボジェットのエンジンが離陸時に生みだす推力の約六〇倍。

科学の教師は雑学の宝庫だ。

これ以外にもっと小さなスライダーもあって、〝ヨー〟と〝ピッチ〟と〝ロール〟にグループ分けされている。方向を調整するための小さいスピン・ドライヴが船腹に取り付けられているのだろう。このパネルをやたらにいじるのがどれほどまずいことか、ようくわかった。ひとつへまをしたら、船が回転してバラバラになってしまうだろう。

だがつくった連中もとりあえずそのことは考えたようだ。スクリーンのまんなかに〝全回転ゼロ〟というボタンがある。上出来、上出来。

またペトロヴァ・スコープをチェックする。〝ブリップA〟は動いていない。この船の左舷側、やや前方にいる。

ペトロヴァ・スコープをペトロヴァ周波数モードにもどすと、スクリーンがほとんど真っ黒になった。さっきとおなじで、背景に〝ブリップA〟で遮られたペトロヴァ・ラインが見える。

「なにかいえることはあるかな……」とつぶやく。〝スピン・ドライヴ2〟は船の中央部分にある。その推力は船の中心軸に沿ったものだから、角度変化は生じないものと思いたい。やってみよう。

〇・一％のパワーにセットして一秒後、ゼロにもどす。

ひとつのエンジンの推力の一〇〇〇分の一の力を一秒間、オンにしただけで船が少し動いた。〝レーダー〟パネルにある〝ブリップA〟に対する〝速度〟の値は〇・〇八六m/sと出ている。そんなわずかな推力で、ぼくの船は毎秒八センチメートルの速度で動いている。

だが、それはどうでもいい。肝心なのは向こうの船のことだ。

ペトロヴァ・スコープの画像をじっと見つめる。汗の粒が額から離れてふわふわ漂っていく。心臓が口から飛び出しそうだ。

と、向こうの船の船尾がペトロヴァ周波数で一秒間、光った。ぼくがやったのとまったくおなじだ。

「ワオ!」

ドライヴのオン、オフをくりかえしてみる——三回短く噴射、長く一回噴射、最後に一回短く噴射。べつにメッセージがあるわけではない。相手がどうするか見たいだけだ。

こんどはさっきより反応が早かった。何秒かのうちに、向こうの船もおなじパターンをくりかえした。

息を呑む。微笑む。そしてたじろぐ。それからまた微笑む。なかなか受け止めきれない。

探査機にしては反応が早すぎる。もしリモートコントロールかなにかになっているのだとしたら、コントロールしている存在は少なくとも数光分以上、離れたところにいるはずだ——が、そんな存在がいられるような場所はこのあたりにはない。

あの船内には知的生命体がいる。ぼくは正真正銘の異星人から二〇〇メートルのところにいる!

いや、その……この船を動かしているのは異星の生命体だ。しかしこのあたらしいやつは知性を持っている!

ああなんてことだ! やった! ファースト・コンタクトだ! ぼくだ! ぼくがはじめて異星人と遭遇した人間なんだ!

〝ブリップA〟(さしあたり、向こうの船をそう呼ぶことにしておく)がまたエンジンを短く噴射した。パターンを覚えようとじっと見つめるが、弱めの光が一度出ただけで終わってしまう。信号を送っているわけではない。船を動かしているのだ。

〝レーダー〟パネルをチェックする。やはり〝ブリップA〟は〈ヘイル・メアリー〉に横付けするかたちになっている。距離は二一七メートル。

〝科学的機器類〟パネルをスライドしてふつうの望遠カメラを呼び出す。ペトロヴァ・スコープの普通光カメラはメイン・スコープ用に対象物に方向を合わせるためだけのものだ。望遠鏡のほうがずっと解像度が高いし鮮明だ。そんなことにいまごろ気がつくなんて、興奮しすぎて物事を冷静に考えられなくなっていたのだろう。

メインの望遠鏡を通して見る画像は非常にクリアだ。鮮明さを少しもそこなわずにズームイン、ズームアウトできるということは、とんでもなく解像度が高いのだろう。〝ブリップA〟がものすごくよく見える。

船体はグレーと黄褐色がまだらになっている。パターンはランダムでなめらかで、たとえていえば二色の塗料を混ぜはじめて、ろくに混ざらないうちにやめてしまったような感じだ。

スクリーンの隅でなにかが動いた。不規則な形の物体が船体上の走路を滑走している。船体と直角をなす軸棒の先端から五本の関節のある〝アーム〟が出ていて、それぞれのアームの先端にはクランプ状の〝ハンド〟がついている。

いまになってはじめて気がついたのだが、船体全体に走路が網目状に走っている。

あれはロボットだ。船内から操作しているのだ。とりあえず、そうだろうと思う。緑色の小人には見えないし、もちろんEVAスーツを着た異星人にも見えない。

といっても、どっちも確たるイメージがあるわけではないが。

うん、あれは船体に取り付けられたロボットにちがいない。地球の宇宙ステーションにもこういうのがある。スーツに着替えずに船外のことをやるにはもってこいだ。

ロボットが船体沿いに進んでいって〈ヘイル・メアリー〉にいちばん近い地点で止まった。小さなクランプ状のハンドのひとつがシリンダーのような物体を持っている。どの程度の大きさなのかよくわからないが、船と比べるとロボットはかなり小さい。ぼくとおなじくらい、いやぼくより小さいのではないかという気がするが、大雑把な当て推量にすぎない。

ロボットが止まってぼくの船のほうにハンドをのばし、シリンダーをそっと宙に放つ。

シリンダーはゆっくりとこっちに向かってくる。わずかに縦方向に回転している。完璧とはいえないが、かなりスムーズに放たれたということだ。

〝レーダー〟パネルをチェックする。〝ブリップA〟の速度はゼロ。そしていまは〝ブリップB〟のスクリーンも出ている。〝ブリップA〟よりずっと小さいシリンダーが毎秒八・六センチメートルの速度で接近していることを示している。

おもしろい。さっきぼくが、やあと挨拶するためにエンジンを短く噴射して〈ヘイル・メアリー〉を動かしたときの速度と完全に一致している。偶然のはずがない。向こうはぼくにシリンダーを受け取ってほしいと思っている。そしてぼくが扱いやすいとわかっている速度で届けようとしている。

「ずいぶんよく考えているんだな……」

賢い異星人だ。

この時点では友好的な目的と考えるしかない。なにしろ、やあと挨拶するために進路をはずれて、こちらに合わせてくれているのだから。もし敵意を持っているとしたら、どうする？　死ぬ。死ぬしかない。ぼくは科学者で、バック・ロジャース（人工冬眠で五〇〇年後に目覚めたという設定のSF映画・TVドラマの主人公）ではないのだから。

まあ、そうだな、スピン・ドライヴを向こうの船に向けて全力で噴射するという手はある。そうすれば——何者か知らないが向こうは蒸発してしまうだろう。しかしいまは、その線で考えを進めていくつもりはない。

ささっと計算するとシリンダーは四〇分強でこっちに届くことになりそうだ。それだけあればEV

Aスーツを着て船外に出て、異星人のクオーターバックからのタッチダウンパスを人類で初めて受けるための位置取りができる。

エアロックについては、同僚クルーを宇宙葬に付したときにいろいろと学んだし——。

イリュヒナがいたら、この瞬間を迎えて大喜びしていただろう。興奮してキャビンじゅうを文字通り跳ねまわっていたにちがいない。ヤオはストイックに冷静さを保っていただろうが、ぼくらが見ていないと思った瞬間、大きな笑みを弾けさせていたにちがいない。

涙で視界がぼやける。重力がないので、目が涙でコーティングされてしまう。水中でものを見ようとするようなものだ。涙をぬぐってコントロール・ルームの奥へ弾き飛ばす。涙は奥の壁に当たって飛び散る。こんなことをしている時間はない。異星人のあれをキャッチしなければならないのだから。

座席のベルトをはずしてエアロックへ漂っていく。頭のなかではいろいろなアイディアやら疑問やらが渦巻いている。そしてぼくは、あちこち、突拍子もない根拠薄弱な結論に飛びつく。ひょっとしたら、この知的異星人種属がアストロファージをつくりだしたのかもしれない。ひょっとしたら、宇宙船の燃料を〝育てる〟という特定の目標を掲げて遺伝子操作で生み出したのかも。太陽のエネルギーを活かした究極のかたちだ。ひょっとしたら、地球になにが起こっているか、向こうに説明したら、解決策を教えてくれるかもしれない。

でなければ、この船に乗りこんできてぼくの脳に卵を産み付けるとか。それはない、とは誰もいえない。

エアロックの内部ドアを開けてEVAスーツを引っ張り出す。ところで、どうやってこいつを着るのか、ぼくは知っているのか？　安全な使い方を知っているのか？

オーラン‐MKS2EVAスーツの蛹《クリサリス》ロックを解除して後部ハッチを開ける。ベルトのスイッチをはじいてメイン・パワーをオンにする。すぐにスーツが起動して、胸部に取り付けられたステータス・パネルに、**全システム作動可能**という表示が出る——どういうことだ？　ぜんぶ知っている。

ぼくらクルーはこれを使って徹底的に訓練をくりかえしたのだろう。物理学的なことを知っているのとおなじように、これのことも知っている。たしかに頭のなかにあるのに、学んだ記憶がないのだ。ロシア製のスーツは一体型の耐圧容器だ。アメリカ製のモデルは上と下を着てからヘルメットとグローブ用の複雑な部品をあれこれ装着するが、オーラン・シリーズは基本的に背中にハッチがある上下一体型——ワンジー——だ。なかに入ってハッチを閉めれば、それで完了。昆虫の脱皮の逆という感じだ。

背中を開けて身体をよじりながらスーツに入る。この場合ゼロGはじつにありがたい。スーツと格闘しなくてすむ。ほぼいつもどおりだ。ふしぎな感覚だ。このスーツを着た記憶はないのに、前に着たときより楽に着られたという気がしている。やはり昏睡状態で脳にダメージを受けているのだろう。いまのところ、ぼくはそこそこうまく機能している。前進あるのみだ。

手足をそれぞれの穴に入れる。オーランに入るとジャンプスーツが気になる。本来は特別な下着を着ることになっているのだ。どんなものか、見た目もわかっているが、たんに温度調節と生体モニタリングをするためだけのものにすぎない。倉庫で探している時間もない。シリンダーとデートの約束があるんだから。

スーツに入ると、開いている背中のふたを壁に押しつけて閉めるために、エアロックの壁を両足でしっかりと押す。ふたが壁から数インチ（センチというべきかもしれない。なんだかんだいって、これはロシア製なのだから）の位置にくると、胸に取り付けられたステータス・パネルの光がグリーンに変わる。分厚いグローブをした手でパネルの〝自動密閉〟ボタンを押す。

スーツがカチッカチッと大きな音をたてて開口部を徐々に閉じていく。最後のガツンという音とともに外部シールが定位置に固定される。ステータス・パネルにグリーンの文字が表示される。生命維持は七時間可能と出ている。内部の気圧は四〇〇ヘクトパスカル——地球の海面での気圧の約四〇パーセント。宇宙服ではこれがふつうだ。

全プロセスにかかった時間はわずか五分。これで外へ出る準備完了だ。

おもしろい。減圧をする必要がなかった。地球の宇宙ステーションでは、宇宙飛行士はＥＶＡスーツに必要な低気圧にゆっくりと順応するためにエアロックで何時間かすごしてからでないと船外に出ていけない。ぼくはその問題とは無縁。これはつまり〈ヘイル・メアリー〉の船内全体が一気圧の四〇パーセント程度に保たれているということだろう。

よく考えてある。地球を周回する宇宙ステーションが一気圧に保たれている理由はただひとつ、宇宙飛行士が急遽、任務を中断して地球に帰還しなくてはならなくなった場合に備えてのことだ。しかし〈ヘイル・メアリー〉のクルーは……どこへいくというんだ？　終始、低気圧にしていたほうがいいに決まっている。船体の負担は軽くなるし、ＥＶＡも素早くできるのだから。

深く息を吸いこんで吐き出す。背中側のどこかからやわらかいヒューという音が聞こえてきて、背中と肩あたりに冷たい空気が流れはじめる。エアコンだ。気持ちがいい。

手がかりになるハンドルをつかんで、くるりと回る。エアロックの内部ドアを引っ張って閉め、第一レバーを回してサイクル・シークエンスを開始する。ポンプが始動する。思ったよりうるさい。オートバイのアイドリングのような音だ。レバーはつかんだままにしておく。元の位置に押しもどせば、サイクル・シークエンスがキャンセルされて、加圧される。万が一、スーツのパネルにチラッとでも赤い光が見えたら、頭がスピンするくらいの勢いでレバーを押しもどしてやる。

一分後、ポンプの音が小さくなってくる。どんどん小さくなる。実際にはこれまでどおりうるさいはずだ。しかし部屋から空気が抜けていっているので、騒音がぼくに届く経路が床のベルクロ・パッドに触れているぼくの足しかなくなっているのだ。

ついにポンプが止まった。ぼくは完全な静寂のなかにいる。聞こえるのはスーツのなかのファンの音だけだ。エアロックのコントロール装置に内部の気圧ゼロと表示され、黄色のライトがグリーンに変わる。外部ドアを開ける準備がととのった。

クランクを握って、ふとためらう。

「なにをしているんだ?」とぼくはいう。

ほんとうにこれでいいのか? ぼくはあのシリンダーをどうしても手に入れたい一心で、なんのプランもなしに突き進もうとしている。これは命を賭ける価値のあることなのか?

イエス。疑う余地なし。

オーケイ。だが地球のすべての人たちの命を賭ける価値のあることなのか? もしぼくがへまをして船外で死んでしまったら、プロジェクト・ヘイル・メアリーは水泡に帰してしまうんだぞ。

ううむ。

イエス。それでもやはり価値はある。向こうがどんな異星人なのか、なにを望んでいるのか、なにをいうつもりなのか、なにもわからない。しかしかれらは情報を持っているはずだ。どんな情報でも、たとえ知りたくないような情報でも、ないよりはましだ。

クランクを回してドアを開ける。その先には宇宙空間の空虚な漆黒がひろがっている。ドア越しにタウ・セチが輝いている。頭を突き出して肉眼でタウ・セチを見る。この距離だと、地球から見た太陽より少し暗い程度だ。

命綱《テザー》がしっかり装着できているかどうかダブルチェックして、宇宙空間へ踏み出す。

われながらうまいと思う。

相当、訓練したのだろう。たぶん中性浮力タンクとかそういうところで。だがまるで第二の天性のように自然にできている。

エアロックから出て、テザーの一本を外側の船体にあるレールにしっかり留めつける。テザーはかならず二本。そして少なくとも一本はかならず留めつけておく。そうすれば船からふわふわ離れていってしまうようなことは絶対にない。オーラン－MKS2はたぶん既製のEVAスーツのなかで最高のものだと思うが、NASAの船外活動ユニット《EMU》のようなセルフレスキュー用推進装置《SAFER》がついているわけではない。SAFERがあれば、万が一、漂っていってしまってもとりあえず船にもどれるだけの最小限の推進力は得られるのだ。

そういう情報が一瞬のうちに頭のなかにあふれてきた。ぼくは宇宙服に相当の時間をつぎこみ、相当いろいろ考えたらしい。もしかしてEVAスペシャリストだったのか？　わからない。

サンバイザーを跳ね上げて、〝ブリップA〟のほうにじっと目を凝らす。じかに見ることでなにかわかることがあるといいのだが、ものすごく遠い。〈ヘイル・メアリー〉の望遠鏡のほうがずっとよく見えた。それでも異星の宇宙船をじかに見つめるというのは……すばらしい。

シリンダーがキラリと光るのが見えた。ゆっくりと回転しているシリンダーのたいらな両端が、ときおりタウ光を反射して光るのだ。

ところで、〝タウ光〟という言葉はありだとぼくは思っている。タウ・セチが放つ光。これは〝太陽光〟ではない。タウ・セチは太陽ではない。だから……タウ光。

シリンダーがこっちの船に到着するまで、まだたっぷり二〇分はある。しばらく観察して、どのへんに当たるか考えてみる。船内のレーダー・ステーションに同僚クルーがいたらどんなにいいか。同僚クルーがひとりでもいてくれたら、どんなにいいか。

五分後、シリンダーがはっきり見えてきた。船のほぼ中央に向かっている。異星人が狙いをつけるには格好の位置だ。

船体の上を進んでいく。〈ヘイル・メアリー〉はやたらでかい。ぼくのささやかな領土である加圧エリアは全長の半分程度しかない。うしろ半分は朝顔形にひろがっていて、端は前半分の三倍くらいの幅になっている。その部分のほとんどはいまは空っぽだ、と思う。前はアストロファージが目一杯入っていて、それを使ってここまでの片道旅行をつづけてきたわけだから。

船体にはレールが縦横に走り、EVAのテザリング用のラッチが並んでいる。テザーを留めつけながらレールをたどって船の中央めざして進んでいく。

分厚いリングを乗り越えなければならない。船のクルー・コンパートメント区画をぐるりと取り巻くリングで、厚さがたっぷり二フィートはある。なんなのかわからないが、相当な重量だろう。宇宙船の設計では質量は命だから、重要なものなのはまちがいない。あとで考えてみよう。

一度に船体のラッチひとつずつ、ラッチからラッチへと進んでいく。そして船のほぼ中央部分にたどりつく。シリンダーがじわじわ近づいてくる。シリンダーの動きに合わせて立ち位置を少し修正する。耐えられないほど長いこと待った末に、シリンダーが手の届く位置までやってきた。

まだ待つ。がっつく必要はない。タイミングが早すぎてつかみそこねたら、シリンダーがコースをはずれて宇宙空間に漂っていってしまうかもしれない。とりもどす方法はない。異星人のまえでドジなことはしたくない。

というのも、かれらはいま現在、ぼくのことをじっと見ているにちがいないからだ。手足が何本あるか数えたり、大きさに注目したり、どこから食べようか考えたり、いろいろしているにちがいない。

シリンダーが徐々に近づいてくる。まだ手を出さない。速度は時速一マイル以下。お世辞にも弾丸パスとはいえない。

かなり近寄ってきたので大きさも見当がつく。ぜんぜん大きくない。形も大きさもコーヒー豆の缶に近い。くすんだグレーで、それより少し濃いグレーの斑点がランダムに入っている。〝ブリップA〟の船体と似ている。おなじ斑点模様の色ちがいだ。これがスタイリッシュなのかもしれない。ランダムな斑点が今シーズンのトレンドです、とかなんとか。

シリンダーが腕のなかに漂ってきたので、両手でつかむ。

思ったより軽い。中空なのだろう。これは容器だ。なかに、ぼくに見せたいなにかが入っているのだろう。

シリンダーを片腕で抱え、片手でテザーをあやつる。エアロックへと急ぐ。ばかなことをしていると思う。急がなければならない理由はないし、文字通り自分の命を危険にさらす行為だ。ひとつ手をすべらせたら、宇宙空間に飛び出していってしまう可能性だってなくはない。だが、それでも待ちきれない。

船内にもどってエアロックの手順サイクルをクリアし、獲得賞品を手にコントロール・ルームへと漂っていく。シリンダーをどんな試験にかけようか考えながら、オーラン・スーツを開ける。りっぱなラボが待っている！

とたんに異臭が鼻をつく。喘ぎ、咳きこむ。このシリンダーはひどい！

いや、シリンダーがひどいわけではない。しかし匂いがひどいのだ。まともに息ができないくらいひどい。が、覚えのある化学臭だ。なんだ？　ネコのオシッコか？

アンモニア。アンモニアだ。

「オーケイ」喘ぎ声でいう。「オーケイ。考えるんだ」

本能はスーツを閉じろといっている。だがそれではすでにスーツのなかに入ってしまったアンモニアを小さな空間に閉じこめることになってしまう。それよりはシリンダーの空気を船の大空間に出してしまったほうがいい。

アンモニアは有毒ではない——とりあえず少量なら。それにまだ呼吸できているということは少量ということだ。もしそうでなかったら、肺が腐食火傷《やけど》を起こして、ぼくはいまごろ意識不明になるか死ぬかしているはずだ。

が、実際にはただ臭いだけ。悪臭ならなんとかできる。

シリンダーをコントロール・ルームのまんなかに浮かべておいて、スーツの背中から外に出る。もう不意打ちではないので、アンモニアとはうまくつきあえる。狭い部屋でウインデックス（米国のガラスクリーナー）を使ったのとたいして変わらない。不快だが危険ではない。

シリンダーをつかむ——と、めちゃくちゃ熱い！

ギャッと叫んで両手を引っこめる。手をフウフウ吹いて、火傷していないかどうかたしかめる。そこまでひどくはなかった。料理用ストーブの上面ほどではない。でも熱かった。

素手でつかもうとしたのはばかだった。論理に欠陥があった。さっきはふつうにつかんでいたから、こんども大丈夫だと思っていた。ところが、さっきは手を守ってくれる分厚いグローブをしていたのだ。

「きみは悪役異星人のシリンダーだったのか」とシリンダーに話しかける。「きみにはタイムアウトが必要だ」

袖口を引っ張って手を袖のなかに入れる。防護策を講じた拳でシリンダーをつついてエアロックに入れる。そしてドアを閉める。

しばらくほうっておこう。そのうち周囲の空気の温度にまで下がるだろう。冷えているあいだに船内をあちこちさまよわれては困る。その点、エアロックには熱で損傷するようなものはないと思う。

しかし、どれくらい熱かった？

そう、ぼくはほんの一瞬、（愚かにも）両手で触れた。反応時間が速かったのか、火傷はしなかった。ということはたぶん摂氏一〇〇度以下だろう。

両手を何回か閉じたり開いたりしてみる。もう痛くはないが、痛みの記憶はまだ残っている。

「あの熱はどこからきているんだ?」とつぶやく。

シリンダーはゆうに四〇分は宇宙空間にあった。それだけの時間、黒体放射で熱を放射していたはずだ。冷たくなることはあっても熱くなることはない。ぼくはタウ・セチから一auのところにいて、タウ・セチの光度は太陽の半分。だからタウ光がシリンダーをそこまで熱したとは思えない。黒体放射で冷える以上に熱することなどありえない。

となると、内部にヒーターがあるか、放出されたときにとんでもなく高温だったかのどちらかだ。どちらなのか、まもなくわかるだろう。たいして重くなかったから素材はたぶん薄い。内部に熱源がなければ、ここの空気で急激に冷やされるはずだ。

部屋にはまだアンモニアの匂いが残っている。オエッ。

下のラボへ漂っていく。なにから手をつければいいのかわからない。やりたいことだらけだ。シリンダーの素材を特定することから始めればいいのか? 〝ブリップA〟のクルーにとっては無害なものでもぼくにとっては恐ろしく有害で、どちらもそのことを知らないという可能性もある。

放射線をチェックしたほうがいいかもしれない。

ラボのテーブルまで漂い下りて片手をついて身体を安定させる。ゼロGでの振る舞いがうまくなってきている。宇宙飛行士のドキュメンタリーで、うまくこなせる人もいるし、だいぶ苦労する人もいるといっていた記憶がある。どうやらぼくは幸運な部類に入っているようだ。

〝幸運〟という言葉は深く考えずに使っただけだ。ぼくは帰るあてのない特攻ミッションでここにいる。だから……うん。

ラボはミステリーだ。少し前から不可解な存在になっている。ラボはあきらかに重力があることを前提としたつくりになっている。テーブルがあり椅子があり、試験管立てやらなにやらがある。無重力の環境ならありそうだと思うようなものがひとつもない。壁にベルクロがないし、コンピュータのスクリーンは全角度対応になっていないし。空間の有効利用もできていない。なにもかもが〝床〟があることを前提にしている。

船は問題なく加速できる。かなり長い期間でも大丈夫だ。おそらくは数年間、ぼくは一・五Gの環境にいたのだから。しかしラボの重力を保つためにエンジンをオンにしたままでぐるぐる円を描いて飛びつづけるなんてことは想定されていないはずだ、そうだろう?

ラボの機器類をひとつひとつ見ながら、頭をリラックスさせる。記憶のどこかに答えがある。コツは、知りたいことを考えつつ、あまり考えすぎないようにすることだ。眠りに落ちるコツと似ている。あまり集中しすぎると、うまくいかない。

最高価格の機器類が山ほどある。それを順番に眺めながら、心を漂わせる……。

第8章

ジュネーヴに着く頃には、きょうが何月何日なのか、さっぱりわからなくなっていた。

アストロファージ繁殖器のコンピュータ・モデルは現実世界での生産力確保につながっていなかった。それまでのところ、なんとか繁殖させたアストロファージの総量は六グラム。けっきょくのところ空母の反応炉では、それ以上反応をスピードアップさせるだけの熱を供給することができなかったのだ。ストラットは反応速度を維持できる熱源を確保すると匂わせてはいたものの、まだなんの手も打たれてはいなかった。

豪勢なプライベート・ジェットがゲートで停止しても、ぼくはまだパソコンのキーを叩きまくっていた。ストラットにそっとつつかれてやっと手を止めるありさまだった。

三時間後、ぼくらは会議室で待っていた。

いつも会議室。最近のぼくの暮らしは会議室のコレクション状態だ。とりあえずここは上等の部類といえる。しゃれた木のパネルにスタイリッシュなマホガニーのテーブル。たいしたものだ。

ストラットもぼくもひとこともしゃべっていなかった。ぼくは熱伝導率係数にかかりきりで、彼女はなんだか知らないがラップトップのキーを叩きまくっている。ぼくらはこうして仲良く長い長い時間をすごしていた。

ついにきびしい顔つきの女性が部屋に入ってきて、ストラットの正面にすわった。

「お会いする機会をつくっていただいて、ありがとうございます、ミズ・ストラット」とノルウェーなまりで彼女がいった。

「感謝していただくいわれはありませんよ、ロッケン博士」とストラットは応じた。「わたしは意に反してここにいるのですから」

ぼくはラップトップから顔を上げた。「そうなんですか？　あなたが設定したのかと思っていたのに」

彼女はノルウェー人の目を見たままだ。「六カ国の首脳からそうしろといっせいに電話でうるさくいわれたので、設定したまでよ。最後にわたしが折れたということ」

「それで、あなたは？」とロッケンがぼくにたずねた。

「ライランド・グレースです」

彼女がのけぞった。「あのライランド・グレース？　『水基盤仮説の分析と進化モデル期待論の再検討』の著者の？」

「ええ。なにか問題でも？」

ストラットが半笑いでぼくを見た。「あなた、有名ね」

「悪名高いんですよ」とロッケンがいった。「あの子どもじみた論文は全科学界を侮辱したんですよ。この人に仕事をさせているんですか？　ばかげてる。彼の異星生命体にかんする仮説はすべてまちがっていたと証明されたんですよ」

ぼくは顔をしかめた。「ちょっと。ぼくが主張したのは、生命の進化にかならずしも水は必要ではないということです。水を使う生命体が見つかったからといって、ぼくがまちがっているということにはなりませんよ」

「まちがっていますとも。互いに無関係に進化した生命体が二つとも水を必要としていて——」

「無関係に?!」ぼくはフンと鼻を鳴らした。「気はたしかですか？　ミトコンドリアほど複雑なものが二度もおなじ道筋で進化したと本気で思っているんですか？　これはどう考えてもパンスペルミア説に沿ったものですよ」

彼女はまるでうるさい虫でも払うように、ぼくの言葉を手をふって払いのけた。「アストロファージのミトコンドリアは地球のミトコンドリアとはまったくのべつものです。この二つはあきらかにまったく別個に進化したものです」

「九八パーセントおなじなんですよ！」

「エヘン」とストラットがいった。「あなた方がなにをいい争っているのか、よくわかりませんけど、そろそろ——」

ぼくはロッケンを指さした。「この愚か者はアストロファージが独立して進化したと思っているんです。でもアストロファージと地球の生命体とはあきらかに関係があるんです！」

「それはすばらしいわね、でも——」

ロッケンがバンッとテーブルを叩いた。「共通の祖先がどうやって星間空間を越えたというのかしら？」

「アストロファージとおなじ方法で越えたんですよ！」

ロッケンが立ち上がって、ぼくのほうに身を乗り出してきた。「ではどうしてこれまでずっと星間空間生命体と出会わなかったのかしら？」

ぼくも立ち上がって、彼女のほうに身を乗り出した。「さあね。偶然なんじゃないですか」

「ミトコンドリアのちがいはどう説明するの？」

「四〇億年におよぶ分岐進化」

「ストップ」ストラットが冷静な声でいった。「これはなんなのかしら……科学関係のいがみ合い？ わたしたちはそんなことのためにここにいるわけではありません、グレース博士、ロッケン博士、おすわりください」

ぼくはドスンと腰をおろして腕を組んだ。ロッケンもすわった。

ストラットはペンをもてあそんでいる。「ロッケン博士、わたしをつつけと各国政府をつついてきましたよね。何度も何度も。明けても暮れても。あなたがプロジェクト・ヘイル・メアリーに参加したがっていることは承知していますが、それを国際的な大問題にするつもりはありません。大きなプロジェクトには政治工作や王国建設ごっこがつきものですが、そんなことをしている時間はないんです」

「わたしだって好きこのんでこの場にいるわけじゃありません」とロッケンがいった。「あなた同様、わたしもあれやこれや不都合を乗り越えてここにいるんです。それというのも、〈ヘイル・メアリー〉の設計の致命的欠陥を指摘するにはこの方法しかなかったからなんです」

ストラットが溜息をついた。「われわれは広く一般からの意見をもとめて、あの仮設計図を世に送り出したんです。ジュネーヴへの出頭命令をもとめたわけではありません」

「ではこれを〝一般からの意見〟に入れてください」

「メールですむことですよね」

「あなたに削除されてしまうかもしれませんから。ストラットさん、わたしのいうことをよく聞きなさい。重要なことなんですから」

ストラットはさらに数回ペンをくるくると回した。「まあ、わたしはここにいるわけですから。先をどうぞ」

ロッケンは咳払いして話しはじめた。「もしわたしがまちがっていたら、訂正していただいていいけれど、〈ヘイル・メアリー〉の絶対的用途はラボラトリーですよね。タウ・セチに送りこんで、なぜあの星が——あの星だけが——アストロファージにたいして免疫があるのか、その理由を突き止めるためのラボ」

「そのとおりです」

ロッケンがうなずいた。「では、船内のラボがもっとも重要な部分だということも認めますね？」

「ええ」とストラットはいった。「ラボのないミッションなど無意味です」

「だとしたら、深刻な問題が生じていることになります」ロッケンがバッグから数枚の書類を取り出した。「あなた方が船に乗せたいというラボの機器類のリストです。スペクトロメーター、DNAシークエンサー、顕微鏡、化学実験用ガラス機器類——」

「リストのことは承知しています」ストラットがいった。「承認したのはわたしですから」

ロッケンが書類をテーブルに落とした。「これらの機器のほとんどはゼロGでは機能しません」

ストラットはぐるりと目を回してみせた。「もちろん、そのことは考慮しましたよ。こうして話しているあいだにも世界中のメーカーがこの機器類のゼロGバージョンの開発に取り組んでいます」

ロッケンが首をふった。「電子顕微鏡やガスクロマトグラフ、その他このリストにある品々の研究開発にどれくらいかかったかご存じかしら？　失敗に失敗を重ねて科学的に進歩させること一世紀。あなたはそのゼロGバージョンの開発が初回でいきなり成功するものと仮定したいわけね？」

「人工重力でも発明していただけるなら話はべつですけど、さもなければほかに道はありませんから」

「人工重力はすでに発明されています」とロッケンは断言した。「だいぶ前に」

ストラットがチラッとぼくを見た。不意を突かれたという顔だ。

「遠心機のことだと思いますけど」とぼくはいった。

「それはわかってるわ」とストラットはいった。「あなたはどう思う？」

「これまで考えたことはなかったなあ。たぶん……うまくいくんじゃないかと……」

ストラットが首をふった。「いいえ。うまくいかないわ。なにもかもシンプルにしなくちゃならないの。極力シンプルに。巨大で頑丈な宇宙船、最小限の可動パーツ。複雑になればなるほど、故障する可能性が増えてリスクが大きくなる」

「リスクを冒す価値はあります」とロッケンがいった。

「そもそも遠心力が生まれるようにするには、〈ヘイル・メアリー〉と釣り合う重量を追加しなければならない」ストラットはくちびるをすぼめた。「残念ながらアストロファージをつくるためのエネルギー供給は、かろうじて現在の質量用のものをつくるだけで精一杯。倍にするのは不可能です」

「ちょっと。必要な燃料をつくれるだけのエネルギーがあるんですか？　いつそうなったんです——？」とぼくはいった。

「重量をプラスする必要はありません」とロッケンがいった。そしてバッグからまたべつの書類を取り出して、バンッとテーブルに置いた。「現在のデザインを採用するのなら、クルー・コンパートメントと燃料タンクとのあいだで真っ二つにすれば、遠心力を生むのに格好の質量比になります」

ストラットが図をじっと見つめた。「燃料はぜんぶおなじ側に入れることになるのよね。それが二〇〇万キログラム」

「いいえ」ぼくは首をふった。「燃料はなくなっています」

二人がそろってぼくを見た。

「これは帰るあてのない特攻ミッションです」とぼくはいった。「タウ・セチに着いたときには燃料はなくなっています。ロッケンさんが選んだ分離地点だと、船の後方は前方の三倍程度の重さになります。うまくいくと思いますよ」

「ありがとう」とロッケンがいった。

「船をどうやって半分にするんです？」とストラットがたずねた。「どうやって遠心力を生むのかしら？」

ロッケンが図面を裏返すと、船の前方と後方のあいだにフェアリングのある詳細な図が描かれていた。「クルー・コンパートメントとそれ以外の部分のあいだに、ザイロン（合成繊維の商品名）のケーブルを巻いたスプールがあります。シミュレーションでは一〇〇メートル離すことで一Gの重力を生じさせることができました」

ストラットは顎をつまんだ。他人になにかいわれて彼女が考えを変えるなんてことがありうるだろうか？

「複雑にはしたくない……」と彼女がいった。「リスクは取りたくない」

「これなら複雑さもリスクも排除できます」とロッケンがいった。「船、クルー、アストロファージ……すべてはラボの備品のサポート・システムにすぎません。これまで何年間も、延べ時間にして何百万時間も商業ベースで使われてきたもの。これまでおよそ考え得るありとあらゆる問題が、それらを使って解明されてきたんです。一Gの重力があれば——そういう機器類が万全に機能する環境が確保できれば——その信頼性の恩恵を享受できるんです」

「ふうむ」ストラットがいった。「グレース？　あなたの考えは？」

「ぼくは……ぼくはいいアイディアだと思いますよ」

「ほんとうに？」

「ええ」とぼくはいった。「だって、この船は最初から、四年間、一・五Gのコンスタントな加速に耐えられるように設計されているんですから。相当、頑丈なものになるはずですよ」

ストラットはロッケンの書類の図面をしばらく見つめていた。「これだとクルー・コンパートメントの人工重力が上下逆になりませんか？」

そのとおりだった。〈ヘイル・メアリー〉は〝下〟が〝エンジン方向〟になるように設計されている。船が加速するとクルーは〝下〟にある床に押しつけられる。しかし遠心機のなかでは〝下〟はつねに〝回転の中心から遠い方向〟になる。つまりクルーは船首方向に押しつけられることになるわけだ。

「ええ、それは問題になるところでしょうね」ロッケンが図を指さした。ケーブルはクルー・コンパートメントに直接取り付けられてはいない。コンパートメントの両サイドにある二つの大きな円盤に取り付けられている。「ケーブルはこの大きなヒンジに取り付けられています。船の前方部分は一八〇度回転できるんです。したがって遠心機モードのときは船首は内側つまり船のうしろ半分の方向を向くことになる。クルー・コンパートメントのなかでは重力の方向は船首から遠い方向に働く——エンジン駆動時とおなじということです」

ストラットはじっくり考えていた。「かなり複雑な装置だし、船を真っ二つにするというし。ほんとうにそれでさほどリスクはないと思う？」

「まったくあたらしい、検査も不充分な機器類よりリスクは少ないと思います。信じてください、キャリアの大半を繊細な機器類とともにすごしてきた人間がいってるんですから」とぼくはいった。

「理想的な条件下でさえ気むずかしくて繊細なものですからね」

ストラットはペンを取り上げてテーブルをコツコツと数回叩いた。「オーケイ。それでいきましょう」

ロッケンがにっこり微笑んだ。「すばらしい。レポートをまとめて国連に送ります。委員会を立ち上げて——」

「いいえ、その必要はありません」ストラットが立ち上がった。「ロッケン博士、あなたはもうチームの一員です。荷造りしてください。ジュネーヴ空港でお会いしましょう。第三ターミナルのプライベート・ジェット、機名は〈ストラット〉です」

「え？　わたしは欧州宇宙機関《ESA》の人間です。そんなことは――」

「ああ、気にすることはありませんよ」とぼくはいった。「この人があなたのボスかボスのボスか、とにかく誰かに電話したら、あなたはこの人の部下になるんですから。あなたはたったいまドラフトされたんですよ」

「わたしは……わたしは自分で設計すると志願したわけではありません」とロッケンはいった。「ただこのことを指摘しようと――」

「あなたが志願したなんて、ひとこともいってませんよ」とストラットはいった。「自発的にどうこういう話ではないの」

「強制的にあなたのもとで働かせるなんて、ありえないわ」

だがストラットはすでにスタスタと部屋から出ていこうとしていた。「一時間後に空港で。こなかったらスイス傭兵に二時間以内に引っ張ってこさせます。どちらにするか、あなたが決めて」

ロッケンはびっくり仰天という顔でドアを見つめ、ふりかえってぼくを見つめた。

「これに慣れないとね」とぼくはいった。


この船は遠心機だ！　やっとぜんぶ思い出した！

だから〝ケーブル・フェアリング〟という謎のエリアがあるのだ。そこにスプールとザイロン・ケーブルが収まっている。そしてこの船は二つに分離して、クルー・コンパートメントをくるりと回し、回転することができる。

そのくるりと回す部分――それがEVAのときに船体で見たあの奇妙なリングだ！　形も覚えている。大きなヒンジが二つついていた。あれで、遠心機モードに入る前にクルー・コンパートメントを反転させるのだ。

これには妙にアポロ宇宙船を思わせるものがある。打ち上げ時には月着陸船は司令船の下に取り付けられていたが、月にいくまでのあいだに分離して、司令船がくるりと回転し、着陸船と再結合していた。ばかげているように見えてじつはそれが問題を解決するいちばん効果的な方法という事例のひとつだ。

上のコックピットにふわりともどって、さまざまなコンソールのスクリーンをフリップしまくる。欲しいものがないとわかるたびにつぎのコンソールへ。そしてついに見つけた。〝遠心機〟スクリーン。〝生命維持〟スクリーンにサブパネルとして潜伏していた。

見たところ、とてもシンプルだ。船の現在の状態を示すヨー、ピッチ、ロールの計測値が表示されるようになっている。〝ナビゲーション〟パネルとおなじだ。もうひとつ、〝クルー・コンパートメント角度〟というのもある――回転の角度にちがいない。どれも〝毎秒〇度〟と表示されている。

これらの表示の下には、〝遠心機シークエンス開始〟というボタンがある。その下に並んでいるのは、回転加速率、最終速度、巻き取り率、ラボの床における推定G、などにかんする数値、スプールの状態を表示する四つのスクリーン（スプールは両側に二つずつ、計四つあるのだろう）、問題が起きたときのための緊急時対応プロトコル、そしてほかにもいろいろと、わかっているふりをするつもりはない項目が山ほど。重要なのは、それらすべての数値がすでに表示されているということだ。

コンピュータは大事にしなくては。かれらはきみが考えなくてすむよう、きみに代わってぜんぶ考えてくれる。

緊急時対応プロトコルをよく見てみる。〝スピンダウン〟という項目があるだけだ。それをタップするとドロップダウンメニューが出た。オプションは――〝スピンダウン〟、〝全スプール停止〟そして赤い文字で表示された〝分離〟。これは絶対にやりたくない。〝スピンダウン〟はたぶん、問題が起きた場合、船の回転をゆっくりと減速するということだろう。これはよさそうだから、ぼくとしてはそれくらいにしておきたい。

遠心機モードを開始しようとして、手を止める。ぜんぶ固定してあるか？　船にいきなり大きな力がかかっても大丈夫なのか？　よけいな考えを払いのける。この船は何年ものあいだずっと加速しつづけてきたのだ。ささやかな遠心運動は気持ちいいくらいのはずだ、そうだろう？

そうだよな？

これまで何百人もの宇宙飛行士たちがそうしてきたように、ぼくはこのシステムを設計したエンジニアたちの手にぼくの信頼と命とをゆだねるのだ。責任者はたぶんロッケン博士だろう。彼女がきっちり仕事をしてくれていますように。

ボタンを押す。

最初はなにも起きない。ちゃんと押したのかどうか、前にフォンで何度もやらかしたようにスクリーンにちゃんと触れていなかったんじゃないのか、と考える。

が、そのとき船内に警報音が鳴り響いた。鋭いビーッという音が三回連続して鳴り、それが数秒ごとにくりかえされる。この信号をクルーが聞き逃すことなどありえない。たぶんこれは最終警告、クルーのあいだで連絡をとりそこなった場合に備えてのことなのだろう。

頭の上で〝ペトロヴァ・スコープ〟スクリーンがロックアウト・モードに変わる。これで、前に思ったとおり、船のマヌーバリング・エンジンがアストロファージ・ベースだということがはっきりした。いや、考えればそうに決まっているようなものだが、いままで確信が持てなかったのだ。

警報音が止まったが、特になにが起きるわけでもない。が、そのとき、自分がさっきより〝ナビゲーション〟パネルに近づいていることに気づく。部屋の端のほうへ漂っていっていたのだ。腕をのばして身体を安定させ、通常の位置にもどる。するとまた〝ナビ〟パネルのほうへ漂っていってしまう。

「おお——」

はじまった。ぼくは〝ナビ〟パネルのほうへ漂っていってはいない。コックピット全体がぼくのほうに漂ってきている。船が回転しはじめたのだ。

なにもかも方向がそれていく。方向転換していく。船が回転すると同時にクルー・コンパートメントも反転しているからだ。複雑にならざるをえない。

「ああ……そうか！」壁を蹴って操縦席にもどる。

身体が傾く。というか部屋が傾いている。いや、それは理屈に合わない。なにも傾いてはいない。船の回転速度がどんどん速くなっている。さらに加速も増している。しかも船の前半分がうしろ半分と分離して、あの巨大な二つのヒンジを軸として反転している。反転が完了すれば、船首が船のうしろ半分のほうを向くことになる。そのすべてが同時に起きているのだから、ぼくが感じる力はじつに奇妙奇天烈だ。とんでもなく複雑だが、ぼくが解決しなければならない問題というわけではない。コンピュータがぜんぶやってくれる。

〝遠心機〟パネルをじっくりと見る。ピッチは毎秒０・１７度。〝コンポーネント分離〟と記された数値は２・４メートルと出ている。小さいビープ音が一度鳴って、〝クルー・コンパートメント角度〟の数値が点滅する。１８０度と表示されている。たぶんこの一連の動き全体が、システムおよび／あるいはクルーにとって衝撃が最小になるよう充分に計算されていたのだろう。

尻に軽い圧を感じる。シートが下からぼくを押し上げているのだ。位置の転換はとてもスムーズだ。ただ……傾いていく部屋にいるみたいに、重力が徐々に増していくのを感じるだけ。ふしぎな感覚だ。

頭では、自分は回転する船のなかにいるのだとわかっている。しかしここには窓がないから外を見ることができない。ここにあるのはスクリーンだけだ。〝ブリップA〟に向けたままの望遠鏡のスクリーンをチェックする。背景の星は動いていない。なんらかの方法でぼくの回転を計算に入れて相殺しているのだ。カメラはおそらく回転のどまんなかにあるわけではないだろうから、ソフトウェアのその部分はきっと手がかかったことだろう。

腕が重くなってきたので肘掛けにのせる。久しぶりに首の筋肉を使わなければならないことになる。シークエンス開始から五分。通常の地球の重力より少し小さい程度の重力を感じる。四連続のビープ音をくりかえす警報が鳴って、シークエンス完了を告げる。

〝遠心機〟スクリーンをチェックする。ピッチは毎秒20・71度、分離距離は104メートル、そして〝ラボ重力〟は1・00Gと表示されている。

船の図を見ると、〈ヘイル・メアリー〉は二つに分かれて、クルー・コンパートメントの船首が内側の、うしろ半分のほうを向いたかたちになっている。分離した前方部分と後方部分は滑稽なほど遠く離れていて、全体がゆっくり回転している。いや、実際はかなり速いのだが、これだけのスケールだとゆっくりに見えるのだ。

シートのストラップをはずしてエアロックまで歩いていき、ハッチを開ける。またアンモニアの匂いがコックピットに流れこんできたが、前ほどひどくはない。異星人の人工物は床にころがっている。指でさっと触れて温度をたしかめる。まだ少し熱いが、もう火傷するほどではなくなっている。よし。なかにヒーターとか、その手のなにか妙なものが入っているわけではない。放出されたときからすごく熱い状態だったのだ。

床から拾いあげる。いよいよこれがなにでできているのか、そしてなかになにがあるのか、調べるときがきた。

コックピットを出る前に、最後にちらっと〝望遠鏡〟スクリーンを見る。なぜなのかはわからない

――たぶんすぐそばにいる地球外の宇宙船がなにをしているのか、動静を追いたかったのだろう。

〝ブリップA〟は宇宙空間でスピンしている。おそらく〈ヘイル・メアリー〉とまったくおなじと思われる速度で宙返りするかたちで回転している。こっちの船が遠心機モードで回転するのを見て、これもコミュニケーションのひとつと考えたのだろう。

人類初の知的異星人種属とのコミュニケーション・ミス。そこにかかわることができてうれしい。

シリンダーをラボのテーブルに置く。どこから手をつけよう？　どこもかしこもだ！

ガイガーカウンターで放射能を帯びていないかどうかチェックする。大丈夫だ。よかった。

固さの感触をたしかめようと、いろいろなものでつついてみる。固い。

見た目は金属だが、触感は金属とは少しちがう。マルチメーターで、伝導性かどうかたしかめる。ちがう。興味深い。

ハンマーとノミを手にする。ガスクロマトグラフにかけるシリンダーの素材のかけらがほしい――そうすれば素材の成分がわかる。ハンマーで数回叩いたら、ノミが欠けた。シリンダーには打ち跡ひとつついていない。

「うーん」

シリンダーはガスクロマトグラフに入れるには大きすぎる。だが、ハンディタイプのX線分光装置を発見。統一商品コード《UPC》リーダーのような形をしている。使い方は簡単だし、これがなんでできているのか、だいたいのことはわかるだろう。クロマトグラフほど正確ではないが、なにもわからないよりはましだ。

ささっとスキャンすると、シリンダーはキセノンでできていると出た。

「ええ……？」

ちゃんと機能しているのかどうか、分光装置をラボのスチール製のテーブルに当ててみると、鉄、ニッケル、クロム、等々と出た。妥当な結果だ。もう一度シリンダーに当ててみると、最初とおなじおかしな結果が出た。さらに四回やってみても、おなじ答えの連続だ。

どうしてそんなに何度も調べたのか？　それはこの結果がまったく理屈に合わないからだ。キセノンは貴ガスだ。どんなものとも反応しない。どんなものとも結びつかない。それに室温では気体だ。ところがそれがどういうわけかこの固体の素材の一部になっている？

シリンダーのなかがキセノンで満たされているとか、そういうことではない。分光装置は奥深くまで貫通してスキャンすることはできない。表面になにがあるか教えてくれるだけだ。金メッキのニッケルに当てたら答えは〝一〇〇％金〟と出るだろう。分光装置はシリンダーの表面がなんの分子でできているか答えているだけ。あきらかに、シリンダーはキセノンでできているのだ。

ハンディタイプの分光装置はアルミニウムより小さい番号の元素は検知できないから、炭素や水素、窒素などが潜んでいる可能性はある。しかし検知可能な範囲内の元素にかんしては……ぼくが見ているのは純粋なキセノンだ。

「どういうことだ?!」

ドサッとスツールにすわりこんでシリンダーをじっと見る。なんて奇妙な人工物だ。なにかと反応する貴《ノーブル》ガスをなんと呼んだらいいんだ？　下賤《イグノーブル》ガスとか？

だが面食らったことがいい副作用を生む。がむしゃらにシリンダーを攻撃するのをやめて、ただじっと見る気になったのだ。そしてはじめて、端から一インチほどのところに細い線があることに気づく。シリンダーをぐるりと一周している。爪で触ってみる。まちがいなく、へこみのたぐいだ。蓋か？　開くのかもしれない。

シリンダーを持って上のほうを引っ張ってみる。まるで動かない。ねじってみる。やはり動かない。しかし異星人が右・締める、左・ゆるむの法則にしたがっているとはかぎらない、そうだろう？ 蓋を右に回すと回った。心臓の鼓動が一回、飛んだ！

そのまま回しつづける。九〇度回したところで、蓋がはずれる手応えを感じた。引っ張って、二つの塊を分離する。

どちらの塊もなかは複雑なことになっている。見たところ……模型みたいなものか？ どちらも底からヒゲみたいに細い棒が何本も出ていて、棒の先端にはいろいろな大きさの球がついている。一見したところ動く部分はなさそうだし、すべてケースとおなじ不可解な素材でできているらしい。

下半分のほうからチェックする。どこかから始めなくてはならないわけだから。

一本のヒゲが上向きに立っている……抽象彫刻とか？ その直立した一本の〝幹〟から少し細いヒゲが枝分かれして、一本の先端にはビー玉サイズの球、もう一本にはBB弾サイズの球がついている。そして放物線を思わせるものが二つの球の上をつないでいる。そのすべてに見覚えがあるような気がする……なぜだ……？

「ペトロヴァ・ライン！」と、ぼくは口走った。

あの弧の形は何度も何度も見て深く心に刻まれている。鼓動が速くなる。

ぼくは大きいほうの球を指さした。「となると、きみは恒星だな。そして小さいほうは惑星にちがいない」

異星人もアストロファージのことに気づいている。あるいは、少なくともペトロヴァ・ラインには気づいているということだ。しかし、だからといってなにがわかるわけでもない。かれらはアストロファージを燃料にした宇宙船に乗っているのだから当然アストロファージのことは知っているはずだ。それにぼくらはペトロヴァ・ラインがある星系内でしゃべっているのだから、なにも驚くことはない。

もしかしたらここはかれらの故郷なのかもしれない。

なにはともあれ幸先《さいさき》のいいスタートだ。ぼくらはエンジンを点滅させて〝しゃべっていた〟。つまり、かれらもぼくがアストロファージを使い、(船の力を借りて)ペトロヴァ波長が見えていることはわかっている。そこから、ぼくにもペトロヴァ・ラインが見えると結論したにちがいない。賢い連中だ。

もう半分のほうを見る。底から何十本ものヒゲが立ち上がっている。長さはぜんぶちがっていて、それぞれの先端に直径一ミリもない球がついている。指先でヒゲをつついても曲がらない。だんだん強く押していく。そのうちブツ全体がテーブルの上をすべりだした。このヒゲはこの細さではありえないほど頑丈だ。

きっとキセノンはなにかと反応すると、非常に強靱になるのだろう。それがぼくの感じやすい科学者心に火をつけた! が、そんな思いをなんとか押しのけて、目のまえのことに気持ちをもどす。

数えるとヒゲは三一本。それぞれの先端に球がついている。数えているあいだに、ある特別なことに気がついた。一本、円のどまんなかから立ち上がっているヒゲがあるのだが、ほかのとちがって、その先端についているのは球一個ではないのだ。目を細めてまじまじと見る。

球が一個ではなく、大きさのちがうものが二個、そして弧もついている——オーケイ、わかった。これはもう片方のブツにあるペトロヴァ・ライン模型の非常に小さいレプリカだ。二〇分の一スケールくらいだろうか。

そしてこの小型のペトロヴァ・ライン模型にはさらに細い、細いヒゲがついていて、そのヒゲがべつのヒゲの先端の球につながっている。いやただの球ではない。これもまたペトロヴァ・ライン模型だ。ほかにもおなじものはないかと探してみるが、見当たらない。まんなかのと、そのすぐ横のだけだ。

「待てよ……待てよ————……」

ラボのコンピュータ・パネルが入っている引き出しを開ける。いまこそあの事実上無限のレファレンス素材を使うときだ。必要な情報が入ったスプレッドシートを見つけてエクセルに入れ（ストラットは充分に実証済みの既製品が好きだ）、少々作業をする。すぐに欲しかったデータの散布図ができた。ぴったり一致する。

恒星。ヒゲの先端の小さな球は恒星だ。もちろんそうに決まっている。ほかのなににペトロヴァ・ラインがあるというんだ？

だが、ただの昔馴染みの恒星というわけではない。特定の恒星たちだ。タウ・セチを中心に据えた、周囲の恒星たち。互いの位置関係も正確に再現されている。だが地図の視点が変わっている。球をデータの散布図に合わせようとすると、ブツを三〇度傾けて少し回転させたかたちにしなければならない。

だが当然ながら地球のデータは地球の軌道面に基準点を置いている。べつの惑星の住人にはべつの座標があるはずだ。しかし、どう見ようと結果は変わらない——このブツは局部恒星系の地図だ。

と、ここでぼくは、まんなかの球（タウ・セチ）からべつの球にのびているあの小さな糸状体に突如として非常に興味をひかれた。カタログで合致する星を調べると——エリダヌス座40番という恒星だ。しかし賭けてもいい、〝ブリップA〟のクルーはこの星を故郷と呼んでいるにちがいない。

それがかれらのメッセージなのだ。「われわれはエリダニ40星系からきた。そしていまここ、タウ・セチにいる」

だが、それだけではない。かれらは「エリダニ40にも、タウ・セチとおなじようにペトロヴァ・ラインがある」ともいっている。

ひと呼吸おいて、じっくり考える。

「きみたちもおなじボートに乗っているのか？」と口に出していってみる。

もちろんそうに決まっている！　アストロファージは局部恒星系の全恒星にとりついている。この人たちはエリダニ40の周囲を回る惑星からやってきた、そしてエリダニ40も地球の太陽とおなじようにアストロファージに感染している！　かれらの科学もかなり進んだ段階にあるから、ぼくらとおなじことをした。宇宙船をつくり、タウ・セチに向かい、どうしてタウ・セチは死に向かっていないのか探ろうとしている！

「うひゃーっ！」

そうだ、ぼくはひとつの結論に飛びつこうとしている。もしかしたらかれらはペトロヴァ・ラインを恩恵と考えて、ペトロヴァ・ラインからアストロファージを収穫しようとしているのかもしれない。もしかしたらかれらがアストロファージを発明したのかもしれない。ただペトロヴァ・ラインは美しいと思っているだけなのかもしれない。このことがなにを意味しているか、いくつもの可能性が考えられる。だが、文句なしにバイアスのかかったぼくの考えによれば、もっとも可能性が高いのは、かれらも解決策をもとめてここにきたという結論だ。

異星人。

ほんものの異星人。

エリダニ40星系からきた異星人。となると、かれらはエリダニアンということになるのか？　ちょっといいにくいし、ちょっと覚えにくい。エリダンとか？　ちがうな。エリディアンはどうだ？　周期表の元素のなかでもけっこうクールな元素名のひとつ、〝イリジウム〟にちょっと似た響き。うん、エリディアンと呼ぶことにしよう。

どう返事すればいいかは、はっきりしていると思う。

二、三日前にラボの引き出しを隅々までチェックしたのだが、どこかに電子工作キットが入っていた。どの引き出しだったか思い出せばいいだけだ。

が、もちろん、覚えていない。探すのに少々手間取ったし、その間、少々罰当たりなことを口走ったりもしたが、最後にはちゃんと見つけた。

ぼくはキセノナイト（この異星人の奇妙な合成物を、ぼくはそう呼んでいる。誰もぼくを止めることはできない）は持っていない。しかしハンダとハンダごてならある。ハンダをひとかけ折って、端を溶かし、タウ・セチの球にくっつける。とてもきれいにくっついて、ほっとする。キセノナイトのことはなにもわからないのだから。

模型の小さな恒星のなかのどれがソル（地球の太陽）なのか確認、再確認、再々確認する。そして反対側をソルにくっつける。

ラボで固形パラフィンを探し出す。ちらちら動く裸火で、軽く悪態をつきながら、かれらが送ってきたペトロヴァ・ラインの模型のじつにお粗末な似姿をつくる。そしてそれを模型のなかのソルに押しつける。

全体を見てみる。大丈夫そうだ。とりあえずこちらの考えをわかってもらえる程度の出来にはなっている。キセノナイトのヒゲのなめらかで細い線が、ぼくの曲がった、端が丸くなったハンダ細工とお粗末な蠟細工が加わったことでだいなしになっている。ダ・ヴィンチの作品の片隅に誰かがクレヨンでいたずら書きしたようなものだが、これでよしとするしかない。ブツの上半分と下半分をねじり合わせて元通りにしようとするが、うまくいかない。もう一度やってみる。やっぱりだめだ。ここでエリディアンはネジを回すのに左利きの回し方をすることを思い出した。だからぼくにとっては蓋を開ける方向に回す。上半分と下半分がぴたりと合わさる。

いよいよ向こうに投げ返すときだ。丁重に投げ返さなければ。

だが、ぼくには無理だ。こんなふうに船が回転していては。エアロックから一歩、外へ出たら宇宙空間へ飛び出してしまう。

ブツをつかんで梯子を上り、コントロール・ルームに入る。操縦席にストラップで身体を固定して船の回転を止める。

前のときとおなじで部屋が傾いていくように感じるが、こんどは前とは逆方向に傾いている。こんども実際に傾いているわけではないことはわかっている。横加速度をそういうふうに感じているだけなのだが、とにかくこの感覚はどうしようもない。

重力が小さくなり、部屋の傾きが減じるのを感じ、やがてまたゼロGにもどる。こんどは失見当識は起こらない。ぼくの爬虫類脳が、重力はなくなったり生じたりするものだという事実と折り合いをつけたのだろう。最後にクルー・コンパートメントが船のうしろ半分に〝ドシン〟と収まって、操作が完了した。

またEVAスーツに入ってブッをつかみ、もう一度、宇宙空間に向かう。こんどはテザーを操って船体を移動する必要はない。テザーはエアロック内に留めたままでいい。

〝ブリップA〟は回転を止めていた——たぶん〈ヘイル・メアリー〉が回転を止めたときにそうしたのだろう。距離は依然として二一七メートル。

このパスをするのにジョー・モンタナ（一九八〇年代にNFLで活躍し殿堂入りしたアメフト選手）になる必要はない。ただ〝ブリップA〟に向かってブッを動かしてやればいいだけだ。幅は一〇〇メートル以上ある。まず、はずすことはないだろう。

ブッを押しやる。ブッは妥当なスピードでぼくから離れていく。毎秒二メートルぐらいか——ほぼジョギング・ペースだ。これは一種のコミュニケーションでもある。あらたな友人に、こっちはもう少し速い動きでも対応できるよと伝えているのだ。

ブッはエリディアンの船に向かって漂っていき、ぼくはぼくの船のなかにもどる。

「オーケイ、諸君」とぼくはいう。「敵の敵は味方だ。もしアストロファージがきみらの敵なら、ぼくはきみらの友人だからな」

“望遠鏡”スクリーンを見ている。たまに目を離す。ときどき“ナビ”パネルでクロンダイク（ソリティアのゲームの一種）をやったりもしている。だが望遠鏡から数秒以上、目を離すことはない。さっきラボで収穫した分厚いグローブが漂っていこうとするので、つかんで操縦席のうしろにはさみこむ。

もう二時間たつのに異星人の友人たちからはなんの音沙汰もない。ぼくがほかになにかいうのを待っているのか？　ぼくはどこの星からきたのか、かれらに伝えたばかりだ。こんどは向こうがなにかいう番だ、そうだろう？

かれらに順番という概念はあるのだろうか？　ひょっとしてそれはまったくの人間的なものなのか？

もしエリディアンの寿命が二〇〇万年で、返事をするまで一世紀待つのが礼儀と考えているとしたら？

右端の山の赤の7をどう取り除けばいい？　ぼくのデッキには黒の8は一枚もないし――。

動きがあった！

あまりにも勢いよく“望遠鏡”スクリーンのほうを向いたものだから足がコントロール・ルームのまんなかまで浮き上がってしまった。またシリンダーがこっちへ向かってきている。あの腕が何本もある船体ロボットみたいなものが投げたばかりなのだろう。“レーダー”スクリーンをチェックする。

“ブリップB”は毎秒一メートル以上の速度で着々と近づいてくる。数分で着替えなければ！

またEVAスーツに入ってエアロックを作動させる。外側のドアを開けるとすぐに縦回転しているシリンダーが目に入る。前とおなじものかもしれないし、ちがうかもしれない。そしてこんどは、まっすぐエアロックに向かってきている。かれらはぼくがここから船に出入りするのを見ていて、ぼくに都合がいいようにと考えてくれたのだ。

ずいぶん気が利く。

正確でもある。一分後、シリンダーは開いているドアのどまんなかに漂ってきた。それをつかむ。そして〝ブリップA〟に手をふってドアを閉じる。たぶんかれらには手をふるという動作の意味はわからないだろうが、そうせずにはいられなかった。

コントロール・ルームにもどり、シリンダーをエアロックの近くに漂わせておいて、EVAスーツからもぞもぞと抜け出す。アンモニアの匂いは強烈だが、こんどは心構えができている。

ラボの分厚いグローブをつけてシリンダーをつかむ。耐火性のグローブ越しでも温かいと感じる。冷えるまで待つべきだとわかっていても、待ちたくない。

見た目は前のとおなじだ。今回も左利きの人とおなじ方向に回して開ける。こんどは恒星の地図ではない。模型だ。これはなんなのだろう?

底から不規則な形をした一本の柱がのびている。いや、二本だ。不規則な形をした二本の柱がチューブでつながっている。おい、待てよ。ひとつは〈ヘイル・メアリー〉だ。おお、そしてもうひとつは〝ブリップA〟。

ディテールも質感も表現されてはいない。それでもなにをあらわしているかぼくにわかる程度の出来にはなっているから、かれらの目的は達成されたわけだ。〈ヘイル・メアリー〉の長さはわずか三インチ。一方、〝ブリップA〟は八インチ近くある。おいおい、あの船はでかいぞ。

で、二つをつないでいるあのチューブは?〈ヘイル・メアリー〉のエアロックに接続されていて、〝ブリップA〟のダイヤモンド形の部分のまんなかにつながっている。トンネルの大きさはちょうどこっちのエアロックのドアをすっぽり覆うサイズだ。

かれらは会いたいといっている。

第9章

模型は部屋のまんなかに浮かんだままにしておく。キセノナイトはほとんど破壊不能だから、なにかにぶつかろうと心配する必要はない。

これでいいのか？　ぼくはひとつの惑星を救わねばならない。知的異星人との出会いはまちがいなくすばらしいことだが、リスクを冒す価値はあるだろうか？

エリディアンはまちがいなくアストロファージのことを理解している。少なくとも、それでエンジンをつくる程度には理解している。そして――思うに――かれらは自分たちもぼくとおなじ理由でここにいるといおうとしている。ひょっとしたらぼくが知らない情報を持っているかもしれない。ぼくが探している解決策を知っているかもしれない。それに充分友好的だと思える。

しかしこれはつまり、知らない人がぼくにキャンディをさしだしている状況の宇宙バージョンだ。ぼくはキャンディ（情報）が欲しい。が、相手は知らない人。

ほかの選択肢は？　無視するのか？

かれらと遭遇していないものとしてミッションをつづけるという道もある。ぼくがかれらを見つけてびびっているように、かれらもぼくを見つけてびびっているんじゃないだろうか。ぼくと話そうという努力はつづけるかもしれないが、敵対的になるとは、ぼくには思えない。

それともそんなことはないのか？　知るすべはない。

いや、こんなことで頭を悩ます必要はない。少なくともぼくはかれらと会話した。もしかれらが、たとえどんな些細なことだろうと、アストロファージにかんする情報を持っているなら、かれらと話をしなくてはならない。たしかにリスクはある。だがそもそもこのミッションすべてがリスクなのだから。

オーケイ。ぼくがかれらだとしたら、どうする？

ぼくはエリディアンだ。奇妙な人間の宇宙船とのあいだをつなぐトンネルをつくりたいと思っている。だが、人間の船がどんな素材でできているのかわからない。はたしてちゃんと接着なり密着なりさせることができるのか？　キセノナイトにかんする知識は万全だが、それをどうやって、〝ヒューマニウム〟だかなんだか知らないが、向こうの船の素材とつなぐのか？　ぼくは人間にキセノナイトの模型を送った。だから彼はぼくがなにを持っているかわかっている。しかしぼくはまだ彼がなにを持っているのかわからない。

向こうはぼくの船のサンプルが必要だろう。そしてそれがぼくの船のサンプルだとわかってもらうことも必要だ。

「そのとおり」誰にともなくいう。

いいアイディアなのかひどいアイディアなのか、わからない。だが、船体からひとかけ削り取ろうと思う。

EVAツールセットをつかむ。ツールがあるのはラボの引き出し17E。しばらく前に見つけた。EVAスーツにでもなんにでもクリップで留められるツールベルトにすべてのツールが収まっている。ストラットとその手下どもは、船体の修理が必要になった場合に備えてあらゆるものを用意しておいてくれた。本来なら修理はイリュヒナの仕事だが、彼女はもういない。

ハァ。ふいによみがえる記憶。イリュヒナはこのミッションのエンジニアだった——ぼくらの修理担当ギャルだった。オーケイ。いまはぼくの役割だ。

またEVAスーツに入って船外に出る。まただ。出たり入ったりがちょっと面倒臭くなってきている。このトンネル計画がうまくいくといいのだが。

いちいちテザーを調節しながら船体を進んでいく。進みながら考える……。

トンネルができると、具体的にはなにがいいんだ？　双方の環境がうまく両立できるかどうかは疑問だ。トンネルで船同士をつないで握手、というわけにはいかない。向こうには大量のアンモニアがあるだろうし。

それに温度のこともある。シリンダーは受け取ったとき熱かった。

ささっと計算してみると、かれらが送ってよこした最初のシリンダーはあの四〇分の旅のあいだに摂氏で一〇〇度以上、冷えたと思われる（スタートしたとき何度だったのかによる）。シリンダーはぼくが手にしたとき、まだ熱かった。だから向こうの船を出たときはものすごく熱かったということになる。そう……水の沸点よりずっと高温だったはずだ。

あまり突飛な推測はしないよう自制してはいるが、いいじゃないか。ぼくは科学者で、かれらは異星人だ。推測しまくるぞ。

エリディアンは水の沸点より高温の環境で暮らしているのか？　もしそうだとしたら、ぼくは正しかったということになる！　生命居住可能領域《ゴルディロックスゾーン》なんてたわごとだ！　生命に液体の水は必須ではない！

もっと〝知的異星人とのファースト・コンタクト〟とか〝人類を救う〟とか、そういうことに焦点を当てるべきなのかもしれないが、そんなことはクソ食らえ、寄ってたかっておまえはまちがっているといわれたが、ぼくは正しかった、それを喜ぶ瞬間があったっていいじゃないか！

やっと、この仕事に最適といえそうな場所に到着。船の与圧部分より船尾に近いほう、幅が広がりはじめている部分からかなり離れた位置だ。もしぼくが正しければ、ぼくは以前はアストロファージで満たされていた巨大な空っぽのタンクの上に立っている。ここなら船体が破れても問題はないはずだ。

ノミとハンマーを取り出す。最高にエレガントとはいえないが、これ以上のやり方は思いつかなかった。ノミの刃先の角を船体に当てて、ハンマーで軽く叩く。たしかに食いこんだ手応えがある。いちばん外側の層を貫通するのにそう時間はかからなかった。

ハンマーとノミで直径六インチの円を船体から分離しにかかる。下になにかの層がある。ノミから感触が伝わってくる。たぶん断熱材だろう。

ノミを梃子《てこ》にして外側の層をはがさなければならない。下の層が頑固でなかなかはがれないと思っていると、突然はがれた。船体のサンプルが宇宙空間に飛び出していく。

「クッソー！」

船から跳び上がる。テザーがピンと張る直前に船体の丸いかけらをつかむ。ぼくはなんてまぬけなんだと思いながらひと息つき、テザーを引っ張って船にもどる。丸いかけらを見ると、光っているように見える。下側に発泡素材がついているのだ。スタイロフォームかもしれない。いや、たぶんもっと複雑なものだろう。

「きみたちがぜんぶ見ていてくれたと思いたい」とぼくはいう。「もう二度とおなじことをするつもりはないんでね」

〝ブリップA〟に向かって船体のかけらを投げる。

かれらの目の前でやったのだから、船体のサンプルを送ったのだということはわかってくれるはずだ。あれだけの量でかれらがやりたいと思っている、あるいはやる必要があることがすべてできるといいのだが。かれらがいまスクリーンを眺めてこういっている可能性もある。「この愚か者はなにをしているんだ？　自分の船に穴を開けているのか？　なぜそんなことを？」

船体にとどまってかけらがタウ光のなか、くるくる回って飛んでいくのを見つめる。〝ブリップA〟の船体の腕が何本もあるロボットがかけらを受け取ろうとレールを滑っている。そしていったん位置を決めるとそこで船体のかけらを待ち受け、完璧な動きでキャッチする。

そして、なんてことだ、ぼくに向かって手をふっているじゃないか！　小さな腕の一本をぼくに向かってふっている！

ぼくも手をふりかえす。

向こうもまた手をふる。

オーケイ、このままだと一日中つづきそうだから、エアロックのほうへ動き出す。

つぎはきみらの番だぞ。


かれらがなかなかつぎの手を打ってこないので、退屈してきた。

ワオ。ぼくはタウ・セチ星系にいる宇宙船のなかで、出会ったばかりの知的異星人との会話をつづけるべく、かれらの答えを待っている……そして退屈している。人間には異常なことを受け入れて正常なことにしてしまうという驚くべき能力が備わっているのだ。

〝レーダー〟パネルのコントロール項目をチェックしてほかにどんなものがあるのか見てみる。選択ダイアログをいくつか経て、欲しいやつが見つかった――接近警告パラメーター。いまは一〇〇キロメートルに設定されている。とても理にかなっている。何百万キロも彼方なら、なんらかの物体はあるだろう。最低でも何万キロといったところだろうか。だからもし一〇〇キロ以内に岩かなにかでもあったら、それは大問題だ。

その設定を〇・二六キロメートルに変更する。数値が小さすぎるといって拒否されるかと思ったが大丈夫だった。

背中をのばして操縦席から浮き上がる。〝ブリップA〟とは、いま二七一メートル離れている。もしかれらが二六〇メートル以内に接近してきたら、あるいはまたべつのプレゼントをそれ以内の範囲に送りこんできたら、警報が鳴る。ぼくはもうずっとここにすわってスクリーンをにらんでいなくてもいい。〝ブリップA〟がなにかおもしろいことをしたら、コントロール・ルームが警報を響かせてくれる。

ふわふわと共同寝室に下りる。

「食べもの」

二本のアームが天井の隠し場所から箱を出してきて、ぼくのベッドに置く。いつかあそこになにがあるのか見てやろうと思う。いまは天井を蹴って食べものめざして下りていく。箱には〝第10日・第1食〟と記されていて、底にベッドのシーツにペタッと貼り付けられるベルクロのようなテープがついている。開けるとブリトーが入っていた。

自分がなにを期待していたのかよくわからないが、オーケイ。ブリトーということにしよう。

食べてみたらブリトーは室温だった。豆、チーズ、赤いソース……ぜんぶじつに、すごくうまい。だが室温だ。このあたりのクルーは熱いものを食べないか、ついこのあいだまで昏睡状態だったやつは熱々の食べもので火傷するんじゃないかとマシーンが疑っているか、どちらかだ。たぶん後者だろう。

ふわりと上のラボに入って、ブリトーを試料燃焼炉に入れる。数分熱してトングで取り出す。チーズの泡と蒸気の雲がゆっくりと全方向に広がっていく。

ブリトーを空中に放置して冷ます。

にたにた笑いながら考える。ほんとうに熱々のブリトーが食べたかったら、スピン・ドライヴを駆動させてEVAをしてドライヴから出ている光にブリトーをさらせばいい。そうすればあっというまに熱々になる。というか――ぼくの腕はもちろん噴射の範囲内にあるものすべてといっしょに蒸発してしまうだろう、なぜなら――


「リトル・ロシアへようこそ！」とディミトリがいった。芝居がかったしぐさで、空母の下部格納庫甲板のほうへ手をふってみせる。格納庫甲板はハイテク機器が詰めこまれたラボが立ち並ぶスペースに変貌していた。何十人もの白衣姿の科学者たちが鋭意、仕事に取り組み、ときどきロシア語でやりとりしている。ぼくらはかれらのことを〝ディミトリ村の住人〟と呼んでいた。

いろいろなもののネーミングにかんしては、ぼくらはちょっと凝りすぎのところがあったかもしれない。

ぼくはスクルージが硬貨が入った鞄を抱えるみたいに、小さな試料容器を抱えていた。「どうも気が進みませんねえ」

「さあ、急いで」ストラットがいった。

「アストロファージはまだたったの八グラムしかできていないのに、そのうちの二グラムをよこせというんですか？　二グラムなんてたいしたことないと思うかもしれませんが、アストロファージ細胞が九五〇億個ですよ」

「大義のためだ、わが友よ！」とディミトリがいった。「きみもきっと気に入る。さあ、さあ！」

彼はストラットとぼくをメイン・ラボへと案内した。中央を占めているのは巨大な円筒形の真空チャンバー。チャンバーは入り口が開いていて、三人の技術者がなかのテーブルになにかをのせていた。ディミトリがかれらにロシア語で話しかけると、かれらがなにか返事をした。ディミトリはまたなにかいって、ぼくを指さした。すると技術者たちはにっこり笑って、なにかロシア風の楽しげな声を上げた。

するとストラットがロシア語でなにかきびしそうなことをいった。

「申し訳ない」とディミトリ。「諸君、いまは英語だけということにしよう！　アメリカ人のためにな！」

「どうも、アメリカ人！」と技術者のひとりがいった。「わたしは英語、話す、あなたのため！　燃料はあるか？」

ぼくは試料容器をぎゅっと握りしめた。「少し、ありますが……」

ストラットが、ぼくが教室で頑固な生徒を見るときのような目でぼくを見た。「渡してください、グレース博士」

「いいですか、ぼくの繁殖器はそれなりの時間をかけてアストロファージの数を二倍に増やします。いま二グラム取られるということは、来月の四グラムを取られるということになるんです」

ストラットはぼくの手から容器を抜き取ってディミトリに渡した。

ディミトリは小さな金属製の容器を掲げてうれしそうに眺めた。「きょうはよき日だ。この日を心待ちにしていたんだよ。グレース博士、どうかわがスピン・ドライヴをご覧いただきたい！」

彼はぼくについてくるよう合図すると、真空チャンバーに入る階段をはずむような足取りで上っていった。技術者がひとりずつ出てきて、ぼくらのために場所をあけてくれた。

「すべて取り付け済みです」と技術者のひとりがいった。「チェックリストも確認済み。試験準備完了です」

「けっこう、けっこう」ディミトリがいった。「グレース博士、ミズ・ストラット。さあ、さあ！」

彼はストラットとぼくを真空チャンバーのなかに案内した。壁に分厚い金属製のピカピカ光るプレートが立てかけてある。チャンバーの中央には丸いテーブルがあって、その上になにかの装置が置いてある。

「これがスピン・ドライヴです」ディミトリはそういってにっこり微笑んだ。

見かけは特にどうということはなかった。直径二フィート、ほぼ円形で、一部だけまっすぐ切り落としたような形になっていて、そこらじゅうの開口部からセンサーやワイアが出ている。

ディミトリがケーシングの上部をはずした。なかはもっと複雑なことになっていた。ローターの上に透明な三角形のものがのっている。ディミトリがそれを軽く回してみせた。「わかるかね？　スピンする。スピン・ドライヴだ」

「どういう仕組みなんですか？」とぼくはたずねた。

彼は三角形のものを指さした。「これは回転体——高抗張力透明ポリカーボネート製だ。そしてここ」——と回転体とケーシングのあいだの隅のほうを指さす——「ここから燃料が入ってくる。回転体のこの部分のなかにある赤外線《IR》エミッターが少量の四・二六ミクロンと一八・三一ミクロンの波長の赤外線を放出する——アストロファージを惹きつける波長だ。するとアストロファージは回転体の表面に移動する。しかし強すぎてはいけない。アストロファージの推力は赤外線の強さに左右される。光が弱ければ、推力も弱くなる。しかしアストロファージが表面にくっつく程度の強さは必要だ」

彼は三角形の回転体を回して、ひとつの角をケーシングのたいらに切り落とされた部分に合わせた。

「一二〇度回転すると、アストロファージがくっついた回転体のこの面が船尾のほうを向く。ここで赤外線を強くすると、アストロファージは非常に興奮して、赤外線の方向へ非常に強い力でこの面を押す！　アストロファージの推力が——ペトロヴァ波長の光が——船尾から出ていく。その力が船を前へ押しやる。何百万もの小さなアストロファージが船尾を押して船を動かす、ね？」

ぼくはかがみこんでじっくりと見た。「なるほど……これなら船のどの部分も光のブラストの範囲に入ることはないわけか」

「そう、そう！」ディミトリがいった。「アストロファージの力を制御するのは、アストロファージを惹きつける赤外線の明るさのみだ。わたしは非常にたくさん計算して、アストロファージが全エネルギーを四秒で使い果たすようにするのがベストだと判断した。それ以上速くすると、力で回転体が壊れてしまう」

彼はまた回転体を一二〇度回して、ケーシングの残りの三分の一のほうに向けた。「ここはクリーニング・エリアだ。スクイージーで回転体についている死んだアストロファージをぬぐい落とす」

彼はクリーニング・エリアを指さし、燃料エリアを指さし、開口部を指さした。「三つのエリアはぜんぶ同時に働く。このエリアが死んだアストロファージをぬぐってきれいにしているあいだに燃料エリアはアストロファージを供給し、もう一つの面は船尾方向を向いて推力を供給する。このパイプライン処理で、三角形の船尾のほうを向いている部分はつねに推力を供給していることになる」

ディミトリはぼくが持ってきたアストロファージの容器を開けて、燃料チャンバーにセットした。アストロファージは三角形の面に向かう道筋を自分で見つけるから、特別な操作はいらないのだろう、とぼくは推測した。彼はただ……燃料に赤外線を見せてやればいいだけだ。

「さあ、さあ」と彼がいった。「実験の時間だ！」ぼくらが真空チャンバーから出ると、ディミトリがチャンバーを密閉した。そして彼がロシア語でなにか叫ぶと、その場にいるロシア人全員がおなじ言葉を復唱しはじめた。ぼくらも含めて全員が格納庫甲板のいちばん奥へと移動する。

そこには折りたたみ式のテーブルがセッティングされていて、上に置かれたラップトップのスクリーンにはキリル文字が表示されていた。

「ミズ・ストラット、空母からいちばん近い島まではどれくらい離れていますか？」とディミトリがたずねた。

「約三〇〇キロです」とストラットがいった。

「いいでしょう」

「待ってください。どういうことです？」とぼくはいった。「なにがいいんです？」

ディミトリがくちびるをすぼめた。「それは……いいんだ。さあ、科学の時間だぞ！」

彼がボタンを押した。甲板の端のほうからくぐもったズシンという音が聞こえ、つづいてブーンというハム音が聞こえ、あとは無音だった。

「実験終了」ディミトリは身を乗り出してスクリーンの表示を読み上げた。「六万ニュートン！」

彼はほかのロシア人たちのほうを見て、いった。「六〇〇〇〇ньютонов！」

全員が歓声を上げた。

ストラットがぼくを見ていった。「すごい力だわ、そうでしょ？」

ぼくはポカンと口を開けてディミトリを見つめたままで、ストラットに返事している余裕はなかった。「六万ニュートンていいました？」

彼は拳を上下にブンブンふりながら答えた。「そうとも！　六万ニュートンだ！　一〇〇分の一マイクロ秒間、維持した！」

「なんてことだ。あんな小さなものが?!」ぼくは歩き出していた。自分の目でたしかめなければならない。

ディミトリがぼくの腕をつかんだ。「だめだ。友よ、ここにいなさい。みんなここにいなくてはいけない。一八億ジュールの光エネルギーが放出されたんだ。だから真空チャンバーと一〇〇〇キロのシリコンが必要だったのだ。イオン化する空気はない。光は直接シリコンの塊に当たる。エネルギーは金属を溶かすことによって吸収される。わかるね？」

彼はラップトップをぼくのほうに向けた。真空チャンバー内部のカメラ映像が出ていた。映っていたのは、さっきまで分厚い金属のプレートだったものが白熱した丸い塊になっている光景だった。

「うわぁ……」

「そうなんだ、そうなんだ」ディミトリがいった。「かのミスター・アインシュタインの$E=mc^2$――非常に強力なものだ。冷却システムを数時間作動させる。海水を使う。大丈夫だ」

ぼくは畏怖の念に打たれて、ただ首をふるばかりだった。たったの一〇〇マイクロ秒間――一秒の一万分の一の時間――で、ディミトリのスピン・ドライヴは一トンの金属を溶かした。そのエネルギーはすべてぼくの少量のアストロファージに蓄えられていた。空母の原子炉の熱から、ぼくの繁殖器が時間をかけて収穫したものだ。いや、計算ではわかっていた。が、実際にこうして目の当たりにすると話はまったくちがう。

「待ってください……アストロファージはどれくらい使ったんですか？」

ディミトリはにっこり微笑んだ。「発生した推力から推定するしかないが、二〇マイクログラム程度だろうな」

「グラム単位であげましたよね！　残りは返してもらえますよね？」

「欲張ってはいけないわ」とストラットがいった。「ディミトリには残りも必要なのよ。まだまだ実験が控えているんだから」

ストラットはディミトリに向かって、いった。「すばらしい仕事でした。実際のドライヴの大きさはどれくらいになるんです？」

ディミトリはスクリーンの映像を指さした。「あの大きさです。あれが実際のドライヴです」

「いえ、わたしがいっているのは船に取り付けるもののことです」

「あれですよ」と彼はふたたび映像を指さしながらいった。「あなたは冗長性と安全性と信頼性をもとめている、そうでしょう？　だからわれわれは大きなエンジンをひとつつくるようなことはしません。小さいのを一〇〇〇基つくります。実際には一〇〇〇と九基です。それで必要な推力が出せるし、余裕もたっぷりある。航行中にいくつか故障する？　問題ありません。ほかのが推力を上げて、補います」

「ああ」ストラットがうなずいた。「大量の小さなスピン・ドライヴね。気に入りました。今後もよいお仕事を」

彼女は階段のほうへと歩き出した。

ぼくはディミトリを見つめていた。「もし一度にあの二グラムの試料全部を使っていたら……」

彼は肩をすくめた。「シューッ！　みんな蒸発だ。ひとり残らず。空母ごと。爆発で小さな津波が起きていただろうな。しかし陸地からは三〇〇キロ離れているからオーケイだ」

彼はぼくの背中をポンポンと叩いた。「二グラム使っていたら、来世できみに一杯おごることになっていただろうな、ええ?!　ハハハハ！」

「ハァ。そうだ、あれがスピン・ドライヴの仕組みだ」と自分にいいきかせる。

ブリトーをムシャムシャ食う。

というわけで、この船にはあれが一〇〇〇基ついているらしい（「一〇〇〇と九基！」というディミトリの声が頭のなかでこだまする）。少なくとも——出発時はそれだけあった。いくつかは旅のあいだに壊れてしまっただろう。たぶん〝スピン・ドライヴ〟のコンソールには小さいやつひとつひとつの状態を教えてくれるパネルがあるはずだ。

接近警報が鳴って、思考が中断される。

「きた！」

ブリトーを〝落として〟（手を離した場所に浮かんだままにして）コントロール・ルームに向かって発進する。共同寝室からラボへのハッチとラボからコントロール・ルームへのハッチとは直線上にはないが、うまくやればいっきに二つとも通り抜けられる斜めのラインがある。

今回はうまくいかなかった。途中でラボの壁を押さなくてはならなかったが、だんだんうまくなってきている。

〝レーダー〟パネルをチェックすると、案の定、〝ブリップA〟が近づいてきている。こんどはシリンダーではない。船そのものが、ぼくのほうへ近づいてきている。とてもゆっくりと。脅威を感じさせない接近法を取っているとか？　とにかく、もうほとんどすぐそこまできている。

見たところ、船体にあたらしいものが取り付けられているようだ。〈ヘイル・メアリー〉とおなじくらいの大きさのあのダイヤモンド形の部分に円筒形のチューブが直立している。その隣に船体ロボットがすわっている。どこか誇らしげに見える。ちょっと擬人化しすぎているかもしれない。

チューブはキセノナイト製のようだ。グレーと黄褐色のまだら模様で、上から下まで木目のような線が走っている。この角度からだとよくはわからないが、やはり中空のようだ。

つぎはどうなるのかわかる気がする。かれらが模型で示した計画を進めているのなら、チューブの端をこっちのエアロックに接続させるつもりだろう。

どうやってトンネルを接続させるのか？　こっちのエアロックにはたしかにドッキング機能がある——どんな船かわからないが、ぼくらクルーを〈ヘイル・メアリー〉まで運んだ船とのドッキング用だ——が、エリディアンが複雑な統一規格エアロックのことを知っているとは思えない。

〝ブリップA〟がじりじりと接近してくる。ミスがあったらどうするんだ？　かれらが計算まちがいしていたら？　まちがってこっちの船体に穴を開けてしまったら？　人類の存続と絶滅のあいだに立っているのは、このぼくだけだ。異星人の計算ミスが、わが人類の命運を左右することになるのか？

急いでエアロックへいき、ＥＶＡスーツを着る。装着時間新記録樹立。備えあれば憂いなし。

〝ブリップＡ〟はもうすぐそこまできていて、〝望遠鏡〟スクリーンにはまだら模様の船体の一部しか映っていない。外部カメラに切り替える。船体にはあちこちにカメラがあり、すべて〝ＥＶＡ〟パネルのウィンドウから操作できるようになっている。仲間の宇宙飛行士にＥＶＡの指示を与えるには、そいつがどこにいるかわかっているほうが都合がいいからだろうと思う。

トンネルの長さは約二〇フィート。もしくは約七メートル。ああ、アメリカ人科学者はときに自分にうんざりすることがある。置かれた状況によって、どういう単位で考えるかがまちまちなのだ。

船体ロボットが、まさに入れ子式としか思えないアームを何本か、こっちに向かってのばしてくる。あのロボットにそんなことができるとは思ってもいなかった。トンネルを大きく追い越して、こっちのエアロックに近づいてくる。気味が悪いという感じはまったくしない。どんどんのびつづける異星ロボットのアームが五本、正面玄関のドアに迫っている。なにも驚くことはない。

どのアームにも三本指の〝手〟があって、みんな……なにか持っている。端にたいらなプレートがついた湾曲した棒。コーヒーマグの取っ手に似ている。五本のうち三本のアームが〈ヘイル・メアリー〉に到達して、手にした棒のたいらなプレートの部分を船体にくっつけた。そのあとすぐにほかの二本もおなじことをした。そして五本そろって引っこんでいく。〈ヘイル・メアリー〉をトンネルの方向に引っ張りながら。

オーケイ。あのたいらなものはハンドルだったわけだ。どうやってくっつけたのだろう？　いい質問だ！　この船の船体はなめらかで磁性のないアルミニウム製だ（なんで急に思い出したんだ？）。ハンドルはなにか機械的な方法で取り付けられたわけではない。接着したのにちがいない。

そう考えると、いろいろなるほどと思えてくる。

もちろん、かれらはドッキング・メカニズムを解明しようとしているわけではない。トンネルの片側をこの船に糊付けしようとしているのだ。それはそうだろう。そのほうがずっと簡単だ。

ぼくの船が唸っている。これは総重量一〇万キログラムの装置で、けっしてエアロックを引っ張って動かす設計になっているわけではない。船体がもつだろうか？

ＥＶＡスーツの密閉状態をダブルチェックする。

ぼくのまわりでコントロール・ルームが回り出す。速くはない——毎秒数センチといったところか。おっ、宇宙船の小さい速度をメートル法で考えている。〝毎二週間《フォートナイト》に何腕尺《キュビト》〟とかよりはずっといい。

ぼくは動きにまかせて壁に張りついた。爬虫類脳レベルで、エアロックから少しでも遠くへと思ったのだ。あそこでなにか恐ろしいことが起きようとしているぞ。

ガシン。

エリディアンのトンネルが船体に当たった。カチャッという音、キーキーいう音がつづく。船体カメラから送られてくる画像を見つめる。

エアロックの入り口にしっかり押しつけられたトンネルの開口部は、エアロックのドアよりも大きい。これでおしまい、ということだろう。接着が圧に耐えてくれさえすれば。といってもかれらはこっちが何気圧なのか知らない。接着剤はなんでできている？　疑問だらけだ。

ＥＶＡスーツのグローブをつけたままではコントロール・ルームのパネルを操作できない。ズームインやらなんやらできるといいんだが。トンネルを映し出している画像に目を凝らす。一応、船体にしっかり密着しているようには見える。そのあたりの船体はいくらか湾曲している。なかなかつくりにくい形だが、エリディアンは完璧に再現している。

さらに一分後、ロボットアームがハンドルを離した。ハンドルは船体についたままになっている。

エアロックからくぐもった音が聞こえてくる。シューッという音。空気流か？　かれらがトンネルを与圧している！

心臓の鼓動が速くなる。こっちの船体は耐えられるのか？　もしかれらの空気がアルミニウムを溶かしてしまったら？　もしアルミニウムがエリディアンにとっては非常に有毒で、少しでも吸ったら即死してしまうようなものだったら？　考えるだに恐ろしい！

シューッという音が止まる。

ゴクリと息を呑む。

終わったようだ。まだなにも溶けてはいない。ようすを見に、ふわりとエアロックのほうへ移動する。

もちろんエアロックのドアは両方とも閉めてある。船体が破れたときには、それも防波堤のひとつになる。内部ドアを開けて、なかに入る。舷窓からのぞいてみる。

宇宙空間の漆黒の闇ではなく、トンネルの薄闇が見える。ヘルメットのライトを点けて、舷窓の向こうを照らせるよう頭を傾ける。

トンネルの端がやけに近い。気のせいではない。端まで二〇フィートないのだ。せいぜい一〇フィートだろうか。そしてトンネルのほかの部分はすべてグレーと黄褐色のまだら模様なのに、端はさまざまな色の六角形を並べた柄になっている。

かれらはただトンネルを接続しただけではない。まんなかに壁を設けて、こっちのエアロックと向こうのエアロックをつなげたのだ。

賢い。

エアロックのなかに入り、内側のドアを閉じて減圧する。外側のドアのハッチ・ハンドルを回して押す。なんの抵抗もなく開く。トンネル内は真空——少なくとも仕切りのこっち側は真空だ。

なるほど、と思う。これはテストだ。かれらもぼくとおなじさまざまな不安を抱いた。接続して、ぼくの側をぼくの空気で与圧させて、どうなるか見るつもりなのだ。うまくいくか、いかないか。うまくいけば、すごい！　いかなければ、なにかほかのことを試す気なのだろう。あるいはぼくになにかしろといってくるか。

　オーケイ。やってみようじゃないか。

　エアロックに再与圧を指示する。が、エアロックは拒否した——外側のドアが開いているからだ。安全を期してインターロック（進行中の操作が終わらないと、つぎの操作ができない仕組み）になっていることがわかったのはうれしいが、なんとかこれを回避しなくてはならない。

むずかしくはない——手動の安全弁があって、それを使えば船内の空気をエアロックに送りこむことができるのだ。これはコンピュータのあらゆる操作を迂回できる。誰だってソフトウェアの不調で人を殺したくはないだろう？

　安全弁を開ける。〈ヘイル・メアリー〉からどっと空気が流れこんでくる。そして全開になったエアロックのドアを抜けて、トンネルに入っていく。三分後には空気流のスピードが落ち、やがて止まった。スーツの表示によると、外の気圧は四〇〇ヘクトパスカルになっている。〈ヘイル・メアリー〉船内とトンネルのぼくがいる側の気圧が等しくなった。

　安全弁を閉じて、待つ。ＥＶＡスーツの外部圧力ゲージを見守る。四〇〇ヘクトパスカルのままだ。密閉状態は保たれている。

　エリディアンはキセノナイトをアルミニウムに接着させる方法を知っている。もちろんそうに決まっている。アルミニウムは元素のひとつだから、そもそもキセノナイトを発明するような種属なら周期表のことなどぼくらより一〇〇〇倍もよく知っているにちがいない。

　ここは思い切って信じてみよう。ＥＶＡスーツの密閉状態をポンと解除して背中から外に出る。強烈なアンモニア臭が鼻を突くが、呼吸はできる。なにはともあれ、自分のところの空気だ。EVAスーツをエアロックのほうへ押しやる。光源はヘルメットのライトだけなので、光がトンネル内を照らしつづけるよう、スーツの位置を調整する。

謎の壁に向かって漂っていき、手をのばすが、寸前で引っこめる。数インチ離れていても熱を感じるのだ。エリディアンはお熱いのがお好きのようだ。

実際、ぼくは汗をかきはじめている。トンネルの壁が空気を温めているのだ。不快だが、そうひどくはない。ぼくの環境状態を優先させたくなったら、〈ヘイル・メアリー〉のエアロックの内部ドアを開ければいい。そうすればこっちの生命維持システムが熱気を駆逐してくれる。かれらは熱い側を熱く保ち、ぼくは冷たい側を冷たく保つ。

額に玉の汗が浮かび、強いアンモニア臭で涙が出てきても、ぼくはひるまない。好奇心が勝っている。誰もぼくを責められないだろう?

この壁は二〇個以上の小さな六角形でできている。ぜんぶ色も質感もちがうし、二、三個は半透明のように見える。ぜんぶカタログ化してひとつひとつがなにでできているか解明を試みるべきだろう。さらに近寄ってみると、六角形の縁に、はっきりと継ぎ目があるのがわかった。

そのときだ。反対側から音が聞こえてきた——

トン、トン、トン、トン。

第10章

向こうがノックしてきたのだから、こっちもノックを返せば礼儀にかなうだろう。壁が熱いのはわかっているから、拳でできるだけ速く叩く。

ノックは三回。向こうとおなじ回数だ。

すぐにはなんの反応もない。六角形が集まった亀甲模様の壁をじっくり眺める。六角形は四〇個あって、ひとつひとつみんなちがっているようだ。ぜんぶちがう素材なのか？　なにかすることを期待されている気がするのだが、なにをすればいい？

かれらはぼくを見ているのだろうか？　カメラのようなものは見当たらない。

うしろのエアロックを指さしてみる。向こうから見えているのかも、この指さすジェスチャーの意味がかれらに通じるのかどうかもわからない。亀甲模様の壁を蹴って、エアロックにもどり、内側のドアを開ける。べつにいいじゃないか。どちらの側も気圧はおなじなのだから。エアロックを開けっぱなしにしてもかまわないはずだ。もしトンネル内で圧が失われるようなことがあれば船から空気が流れ出てエアロックの内側のドアがピシャッと閉まるから、ぼくは生きのびられる。

ラボにいってバッグにいくつか、ものを詰めこみ、トンネルにもどる。

まずＬＥＤランプをトンネル内のあちこちにテープで留めて、亀甲壁を照らすようにする。これでとりあえず作業ができる。信頼しているハンディタイプのX線分光装置をバッグから取り出して六角形のひとつをスキャンする。キセノナイトだ。前に受け取ったシリンダーとほぼおなじ組成。

ほぼ。

少しちがう微量元素が入っている。おもしろい。もしかしたらキセノナイトはスチールのようなもので、いろいろな配分のものがいくらでもあるのか？　隣の六角形をチェックする。また少しちがう配分のものだ。

最有力の予測――さまざまなタイプのキセノナイトは、それぞれさまざまな条件に最適のものになっている。こっち側の空気がどんなものか、かれらにはまったくわからない。だからいろいろな組成のものでテストしたい。ぼくがトンネルから出ていけば、かれらはどの素材がいちばんいいか六角形を調べることができる。

そのためには、ぼくはトンネルから出なければならない。かれらのためにこっち側を真空にするべきだろうか？　そのほうが礼儀にかなう気がする。やるのは簡単――エアロックにサイクル・シークエンスを開始させればいいだけだ。エアロックは、「あれ、きょうはやけに空気の量が多いなあ」と思うだろうが、それでもなかなか真空になるまで空気を排出しつづけるだろう。

だが考えてみると、かれらにはこっち側の空気をサンプリングする手段があるかもしれない。もしそうなら、空気は残しておいたほうがいい、そうだろう？

残しておくと決める。たぶんかれらにはサンプリング技術があるだろう。もしぼくがこのトンネルをつくったとしたら絶対にサンプリングすると思うし、かれらはかなり頭がいいようだから。

エアロックにもどろうとしたとき、なにかがぼくの目をとらえた。なにか動いた！

すぐさま六角形の壁に注意をもどす。なにも変わっていない。だがまちがいない、絶対になにか動きがあった。六角形のいくつかは光っている――ぼくの目はその光の反射をとらえたのかもしれない。

待てよ。

ひとつ、目につく六角形がある。なぜ目につくんだ？

トンネル壁に近いやつだ。そうはっきり目立つわけではない。ふわりと近づいてよく見てみる。

「えーっ！」

この六角形は透明だ！　ほかはぜんぶ不透明だが、これだけガラスのように透明だ。ランプをひとつ壁からはがして、この六角形を照らす。熱い壁に頭を押しつけて、まじまじと見る。

光が向こう側に届いている。向こう側のトンネルの壁が見える。向こう側も真空なのか、それともかれらの空気も透明なのか。どちらにしても視界をさまたげたりぼかしたりするようなものはない。

突然、六角形の向こう側に岩石が当たった。ずっとそこにある。ぼくから数インチ先だ。三角形ぽい形で、焦げ茶に近い色、縁はでこぼこでぎざぎざしている。たとえていえば、石器時代の槍の穂先のような感じ。

ぼくは宇宙旅行をする穴居人と出会ったのか？

ふざけるのはよせ、ライランド。

いや、いや、いや。

どうしてかれらはここに岩石を置いたのか？　これはねばつく岩石なのか？　ぼくの視野をさえぎろうとしているのか？　もしそうなら、お粗末なものだ。小さな三角形はいちばん幅の広いところでもわずか二インチだし、六角形の幅はたっぷり八インチはある。

事態はますますばかげたものになってきている。岩石が関節部分で曲がって、しかもおなじことをしているおなじような岩石が二つあって、それにつながった長い岩石があって――。

これは岩石ではない。鉤爪だ！　指が三本ある鉤爪！

なんとかして、もっと見たい！　六角形に顔を押しつける。焼けるほど熱いが、顔を離すという衝動に抵抗する。たしかに痛い。跡が残るかもしれない。ラボにもどってカメラを探すべきだろうが、かまうもんか。こんなときにそんなに冷静でいられるやつなんかいるわけがない。

顔が痛くて呻《うめ》いてしまうが、おかげでよく見える。

異星人の鉤爪――いや……手と呼ぶことにしよう。そのほうが恐怖感が薄れる。異星人の手には三角形ぽい指が三本あって、それぞれ関節がある。指関節と思っていいだろう。すぼめると雨粒のような形になり、広げると三本脚のヒトデみたいになる。

皮膚は不気味だ。黒褐色の岩のように見える。不規則にでこぼこしていて、まるで誰かが花崗岩を彫ってこの手をつくったが、まだ表面をなめらかにしていない段階という感じだ。天然の鎧なのか？カメの甲羅のようなものだが、あそこまで完成度が高くないものとか？

腕もある。いくら〝熱き痛みの壁〟にばかみたいに顔を押しつけても、かろうじて一本、見えるだけだ。しかし、まちがいなく手からつづく腕がある。あってしかるべきなのだ、そうだろう？宙に浮かぶ魔法の手ではない証だ。

もうこれ以上、痛みに耐えられない。顔を離す。触ってみるとかなりヒリヒリするが、水ぶくれにはなっていない。

コツ、コツ、コツ。

異星人が指で透明の六角形を叩いている。だからぼくも指で三回軽くはじく。

向こうがまた叩く。三回だ。だからぼくもおなじように叩き返す。

すると、なにやらぞくぞくする展開に。鉤、いや、手が引っこんで、なにかを持ってまた透明の六角形のまえにもどってくる。なんなのかわからないが小さいものだ。よく見ようと、また壁に近づく。熱気で顔が温かくなる。

その物体はキセノナイト、もちろんキセノナイトだ。高さが半インチくらいで、細かくつくりこまれている。どうやら人形のようだ。だが頭が大きすぎるし、手も足もやけに太くて――。

「ああ！」

ぼくだ。すごく小さいロシア製のEVAスーツ、オーラン－MKS2。これまでのところ、かれらが見たぼくの姿はあれだけだ。

もう一本、手が出てきた。ああ、ぼくには手が二本あるのだから、かれらに手が二本あっても驚くことはない。二本めの手は〈ヘイル・メアリー〉の模型を持っている。ぼくの人形とおなじスケールでつくられているようだ。そして二本の手が小さなぼくを小さな〈ヘイル・メアリー〉のエアロックに押しこむ。

すごくわかりやすい。自分の船にもどれ、といっているのだ。

親指を立ててみせる。異星人が手を離して〝ミニぼく〟と〈ヘイル・メアリー〉を宙に漂わせた、と思うと、指をぼくのサムズアップを真似たような形に曲げた。二本の指を丸めて、あとの一本を立てただけ。とりあえず、立てているのはまんなかの指ではない。

エアロックにもどってドアを閉める。

興奮でゼイゼイ、ハーハー、息がはずんでいる。いま起きたことが信じられない。

あれは異星人だ。ぼくはいま異星人を見た。異星人の宇宙船だけではない。異星の人を見た。まあ、彼の鉤、いや……手だけだが。それでも、ああ。

うん、〝彼の手〟といったが、彼女の手かもしれない。それとも、ぼくの語彙にはない代名詞か。案外、生物学的性が一七種類あるとか。まったくないとか。知的異星生命体とのファースト・コンタクトにかんするじつに厄介な問題、代名詞については、誰もなにも語っていない。ぼくは〝彼〟でいこうと思う。なぜなら、物思う存在を〝それ〟と呼ぶのは無礼だと思うから。

それと、ほかの呼び方がわかるまで、彼の名はロッキーにしておく。

オーケイ、さてどうする？　ロッキーはぼくに船にもどれといった。だからそうした。なんだか自分がばかみたいな気がする。科学の力をもってやることが山ほどあるはずだ、そうだろう？

エアロックの舷窓から外をのぞく。ぼくがトンネルの壁にテープ留めしたライトはまだそのままで、トンネルのなかが見える。なにかが……変わっている。

六角形の壁がなくなっている。きれいさっぱり、ない。〝ブリップA〟の船体まで見通せる。船体にはあのロボットがくっついていて、小さな手をのばしてなにかしている。

そうだ、大まかにいえば、あの手はロッキーの手に似ている。指が三本。大きさはロッキーの手とほぼおなじ。きっと船内の任天堂パワーグローブ（米国で一九八九年に発売されたゲーム用コントローラー）的なものでコントロールしているのだろう。

はいはい、ぼくは古い人間です。

ロボットは特にぼくのランプに興味を示している。くそ、ぼくだって興味を持つに決まっている。なにしろ異星のテクノロジーでつくられた異星のライトだ。たしかにただのライトだが、あっちにいるエリディアンの友人たちにとっては異星のライトだ。たぶんかれらにとっては史上最高の心躍る科学的発見だろう。ロボットアームが〝ブリップA〟の船体の小さい物入れのようなところにライトを入れて、ラッチをかける。あのランプたちは、まちがいなく史上もっとも入念に研究されたランプになるにちがいない。

かれらが発見の機会を持ててよかったとは思うが、光源がなくなってしまった。ときどきゴツンとかドシンとかいう音が聞こえるが、トンネル内は真っ暗闇だ。

それ自体、それだけでも、興味深い。ぼくはエリダニ40からきた異星人ではないが、もし遠隔操縦のロボットで作業するとしたら、ロボットのどこかにカメラをつけるし、作業を見るための光源も用意するだろう。だが、かれらには必要ないらしい。かれらは光を必要としないのだ。

まあ、待て。かれらの可視スペクトラムはわれわれのものとはまったくちがうのかもしれない。人間は光の全波長のごく一部を見ているだけだ。われわれは地球上でもっとも豊富な波長を見られるように進化した。エリディアンはちがう波長を見られるように進化したのかもしれない。かれらの部屋は、ぼくには見えない赤外線とか紫外線で照らされているかもしれないのだ。

うーん。ロボット。なにゆえロボット？　数分前には生身の存在がいた——わがロッキーがいた。なぜ彼とロボットを入れ替えたのか？

真空。

たぶんかれらはトンネル内の空気をぜんぶ取り除いたのだろう。かれらはぼくの船の船体のサンプルを持っている——船体がアルミニウム製だということ、そしてそのだいたいの厚さも知っている。かれらはぼくの船が外圧に耐えられるかどうか確信がもてないのかもしれない。あるいはかれらの空気がアルミニウムと反応してまずいことになるとか。

だからかれらはトンネル内を真空にした。だから作業はロボットにさせなければならなかった。

シャーロック・ホームズになったような気分だ。ぼくは〝なにひとつ〟見ていないのに、いくつかの結論を導き出した。かなり大胆な推論で証拠はなにひとつないが、結論は結論だ！

もうひとつLEDランプを持ってくることもできる——ラボにはまだ何個かある。それで照らして、ロボット・ロッキーがなにをしているのか見てもいい。だが、すぐにわかることだ。それにもしかしたらなにかおもしろいことが起きるかもしれない。そのときに船のべつの場所にいて見逃すようなことはしたくない。

そんなことを考えている最中に、おもしろいことが起きた。

トン、トン、トン。

いや、ちっとも気味悪くない。故郷から一二光年離れた宇宙船のなかにいて、誰かがドアをノックするのは、まったく正常なことだ。

オーケイ、もうひとつランプが必要だ。ぼくはコリントゲームの球みたいにラボに下りてランプをつかみ、コントロール・ルームへもどる。EVAスーツを着る手間も惜しんでエアロックのサイクル・シークエンスを開始。エアロックの二つのドアの手動排気バルブを回してトンネルをふたたび与圧する。外はまだ充分に密閉状態が保たれている。

外部ドアを開けて、ランプを手にトンネル内に漂っていく。

六角形の壁がなくなっている——代わりにしっかりした透明の壁がある。そしてその向こうにロッキーがいる。

彼はクモだ。バカでかいクモ。

ぼくは逃げ出そうとうしろを向く。が、理性的な脳が勝利する。

「落ち着け……落ち着け……かれらは友好的だ」と自分にいいきかせる。そしてふりむいて目のまえの光景を受け入れる。

ロッキーは人間より小さい。ラブラドールくらいの大きさだ。まんなかのカメの甲羅みたいなところから五本の脚が放射状に出ている。甲羅はほぼ五角形で、直径一八インチくらい。厚さはその半分程度。目や顔はどこにも見当たらない。

脚にはそれぞれまんなかに関節がある——肘と呼ぶことにしよう。それぞれの脚（それとも腕というべきなのか?）の先には手がある。つまり彼には手が五本あるわけだ。それぞれの手に、さっきまじまじと見た三角形の指がある。どうやら五本の手はぜんぶおなじ形のようだ。どっちが彼の〝まえ〟で、どっちが〝うしろ〟なのかわからない。きれいな正五角形なのだ。

彼は服を着ている。脚はむきだしで岩のような肌が見えているが、甲羅の部分は服を着ている。アームホールが五つあるシャツのようなものを着ている。シャツがなんでできているのかわからないが、人間のシャツより分厚い感じだ。色はどんよりした緑褐色でランダムに濃淡がついている。

シャツの上面には大きな穴がひとつ開いている。人間のTシャツの首が出る部分のようなものだ。穴は甲羅より小さい。だから彼はシャツを下に引っ張ってそれぞれの穴に腕をすべりこませるかたちで着るのだろう。それも人間のシャツと似ている。

だが、その上面の穴からは首も頭も出ていない。硬い殻のような皮膚から、いかにも硬い岩のような五角形がひとつ、少し盛り上がっているだけだ。

彼がいる側のトンネルの壁には、取っ手や格子が取り付けられていて、彼は二本の手で二本の横棒にさりげなくつかまっている。手が五本あるとゼロGもそれほど大きな問題ではなさそうだ。手を一本か二本、一カ所にとどまるのに使って、あとの三、四本で仕事をすればいいのだから。

ぼくにとってはトンネルは少し小さい。しかし彼にとっては充分に広い。

彼があいている手をふっている。人間の挨拶の仕方をひとつ知って、なんとそれを使ってみることにしたわけだ。

手をふり返す。彼がまた手をふる。ぼくは首をふる。もう手をふるのはおしまいだ。

彼が〝肩〟を旋回させて、甲羅を前後に揺らしている。できる範囲で、〝首をふって〟いるのだ。

この〝エリディアン見る、エリディアンやる〟ゲームからどう抜け出したものか考えていると、ぼくに代わって彼のほうが手を打ってくれた。

彼は指で透明の壁を三回叩くと、その指をのばしたままにしている。これは……指しているのか？

彼が指さしている方向を見ると、ワオ、ぼくのほうの側のトンネルになにかある。プレゼントを置いておいてくれたのだ！

気がつかなくてもしかたないんじゃないだろうか。なにしろ異星人と会っているのだから、トンネルの壁についている小さなものまでは気が回らない。

「よし」とぼくはいう。「なにを残してくれたのか見てみよう」

「♩♫♪♪♫」とロッキーがいった。

ぼくの顎がガクッと落ちる。そう、ぼくはゼロG環境にいる。それでも落ちるのだ。

発音とか音の抑揚というたぐいのものではない。旋律だ。クジラの歌のような。ただしクジラの歌とは少しちがう。一度にいくつもの音が出ているのだ。クジラの和音といえばいいだろうか。そして彼はぼくの言葉に応えていた。つまりぼくの声を聞くこともできるということだ。

そしてあの音は、あきらかにぼくの可聴範囲内だった。低い音も高い音もあった。だがまちがいなく聞こえていた。考えてみると、それだけでも驚くべきことだ。彼はちがう惑星の出身で、ぼくとはまったくちがう進化の道筋をたどってきたのに、結果として共通の音域を使うようになっている。

それよりなにより、彼はぼくが発した雑音が返答に値すると判断したのだ。

「きみたちにも言葉があるんだ！　どうやって言葉を?!　口がないのに！」

「♫♫♩」とロッキーが説明する。

理性的に考えたら、文明がなければ宇宙船はつくれないし、コミュニケーション能力がなければ文明は生まれない。だからかれらにも言葉があって当然だ。コミュニケーションが、人間とおなじように音でおこなわれるというのは興味深い。偶然だろうか？　そうとはいえないかもしれない。その道筋をたどるのがいちばん簡単ということも考えられる。

「♪」ロッキーが、置いていったものを指さしている。

「そう、そう、そうだよな」とはいったものの、言葉の問題への興味が大きくふくらんでいて、いまはそっちを掘り下げたい気分だ。だがいまはロッキーが、彼のプレゼントをぼくがどう思うか知りたがっている。

ふわりと、その物体のほうへ移動する。それはぼくのテープで壁に留め付けてあった。

プレゼントは二つの球体だ。どちらにもエンボス加工で盛り上がったイラストがついている。ひとつは〈ヘイル・メアリー〉で、ひとつは〝ブリップA〟。

〈ヘイル・メアリー〉ボールのテープ留めをはずす。熱くない。そういえばトンネル内ももう高温ではない。おもしろい。たぶんぼくが高温が苦手なことに気づいて、ぼくにとって快適な温度になるようになにかしてくれたのだろう。

ボールのなかからカタカタという音が聞こえた。ふって耳を澄ませる。またカタカタという音がする。

よく見ると、継ぎ目がある。ボールの上と下を逆方向にひねると、案の定、回った。もちろん左利き向けの回転方向だ。

わかったというしるしにロッキーを見る。彼には顔がないから表情もない。ただそこに浮かんで、ぼくを見守っている。いや、見守ってはいない……目がないのだから。いやいや、待てよ。ぼくがなにをしているか、彼はどうしてわかるのだろう？　わかっているのはまちがいない——手をふったりしたし。どこかに目があるのにちがいない。きっとぼくには見分けがつかないだけなのだろう。

意識を球体にもどす。パカッと開けると、なかには……いくつもの小さい球体が入っている。

思わず溜息。答えどころか、ますます謎が増えてしまった。

小さい数珠玉が浮かび上がって、視界を横切っていく。一個一個バラバラではない。短い糸でつながっている。複雑なネックレスのようなつくりだ。できるだけきれいに広げてみる。

見た目は——うまい表現が見つからないが——数珠玉をつなげてつくった手錠のようだ。数珠玉をている。それぞれの輪っかは八個の数珠玉でできている。二つの輪っかをつなぐ糸には数珠玉はついていない。とても意図的なつくりだ。が、なにを意味しているのかさっぱりわからない。

きっともうひとつのボール——〝ブリップＡ〟のエンボスがあるほう——がさらなる光を当ててくれることだろう。手錠を宙に浮かせておいて、〝ブリップＡ〟ボールを壁からはがす。ふってみると、またカタカタ音がする。開けると、また数珠玉細工が出てきた。

こんどは手錠とはちがって、おなじつくりの輪っかがひとつだけだ。数珠玉の数は八個ではなく七個。そして輪っかからつなぎ役の糸が三本出ていて、それぞれの先に数珠玉がひとつずつ、ついている。ネックレスにオーナメントを三つぶらさげたような形だ。

球体のなかにはまだおなじようなものが入っている。揺すると、またネックレスが浮かび上がってきた。よく見ると、いま観察したばかりのネックレスとまったくおなじだ。揺すりつづけるとさらにいくつものネックレスが出てくる。ぜんぶおなじ形だ。ぜんぶまとめてポケットにつっこむ。

「これ、なにかに似ている気がするなあ……」拳で額をゴンと叩く。「なんだったかなあ……？」

ロッキーが鉤爪で甲羅を叩く。ぼくの真似をしているだけだということはわかっているが、なんだか、〝いい、いい、考えろ、このとんま！〟といわれているような気がする。

こんなときぼくなら生徒たちになんというだろう？

どうして急に生徒たちのことを思い出したのか？　教室の光景が浮かんだのだ。一瞬の記憶。ぼくは分子模型を持って生徒たちに説明していて——。

「分子だ！」手錠をつかんでロッキーのほうに差し出す。「これは分子だ。きみはなにか化学関係のことをいおうとしているんだな！」

「♫♪♫♫♪」

だが、待てよ。なんだかおかしな分子だ。意味をなしていない。手錠をじっと見る。こんな形の分子はない。片側に原子が八個、もう片方の側にも八個。それがつながっていて……。なにでつながっているんだ？　つなげるものがなにもない？　つなぎ役の糸は数珠玉から出てきてもいない。二つの輪っかからT字状に出ているだけだ。

「原子か！　数珠玉は陽子。だから数珠玉の輪っかは原子。短いつなぎ糸は化学結合だ！」

「オーケイ、だとすると……」手錠を掲げて、ぜんぶ数え直してみる。「これは原子が二つ、それぞれ陽子が八個ずつ。二つの原子がつながっている。原子番号8は酸素。酸素原子が二つ。O_2！　それが〈ヘイル・メアリー〉ボールに入っていた」

手錠をロッキーに向かって差し出す。「きみは賢いなあ、これはぼくの大気だ！」

もうひとつのほうの数珠玉の連なりを手にする。「となるときみの大気は……七個の陽子が、陽子一個の原子三個とつながっている。窒素に水素が三個結合している。アンモニア！　そうとも、アンモニアだ！　きみはアンモニアを呼吸しているんだ！」

これでかれらが残してくれたささやかなプレゼントにアンモニアの匂いが染みついている理由がわかった。かれらの大気の残り香なのだ。

ぼくの顔から笑みが消えていく。「うわあ。きみたちはアンモニアを呼吸しているのか」

かれらがぼくにくれたアンモニアのネックレスの数をかぞえてみる。ぼくが受け取ったO_2分子はひとつだが、アンモニアは二九個ある。

しばらく考える。

「ああ。わかったぞ。きみたちがなにをいわんとしているのか、わかった」

ぼくの相手役の異星人を見て、いう。「きみたちの大気はぼくの大気の二九倍あるということだな」

ワオ。すぐさま、二つのことが頭に浮かんだ——まず、エリディアンはとんでもない気圧のもとで暮らしているということ。そう——地球でいえば深さ一〇〇〇フィートの深海にいるのとおなじことだ。つぎに、キセノナイトは驚くべき物質だということ。あの壁がどれくらいの厚さなのかわからないが——半インチぐらいか？　もっと薄いのか？　それでこちら側との差を考えれば二八気圧を支えていることになる。強化もしていない、たいらなパネルでできているというのに（与圧容器をつくるには最悪の方法だ）。まったく、船全体がたいらなパネルでできているなんて。あの物質の引っ張り強度はとてつもない値にちがいない。かれらが前に送ってきたものを曲げることも折ることもできなかったのもふしぎはない。

ぼくらの環境はおよそ両立しがたいものだ。トンネルの彼がいる側にいったら、ぼくは何秒かで死んでしまう。たぶん彼も二九分の一の気圧とアンモニアがまったくない環境ではやっていけないだろう。

オーケイ、なにも問題はない。ぼくらには音があるし、パントマイムもある。コミュニケーションのとっかかりとしては悪くない。

ひと息ついて、頭を整理する。驚くべき状況だ。目のまえに異星人のバディがいて、二人で話をしている！　興奮が抑えきれない！　問題は——これまでも自分を抑えきれなかったことだ。疲労の波がどっと押し寄せてきて、集中力がもたない。もう二日間寝ていない。とにかくずっと記念碑的な出来事の連続だったからしかたない。が、さすがに永遠に起きてはいられない。睡眠が必要だ。

ぼくは人差し指を立てた。〝ちょっと待って〟の合図だ。前にもやったのを彼が覚えていてくれるといいのだが。彼がぼくに合わせて、手の指を一本立てる。

急いで船内にもどり、猛スピードでラボに下りる。ラボの壁にはアナログの時計がかかっている。どんなラボにもアナログ時計は欠かせないのだ。少し手間取ったが、壁から時計を引きはがして脇に抱える。ワークステーションからホワイトボードマーカーも調達する。

コントロール・ルームを抜けて、〝異星人のトンネル〟にもどる。ロッキーはまだそこにいた。ぼくがもどると、パッと元気になったような気がした。なぜ、そんなふうに感じたのだろう？　姿勢を正して注意力を高めたような雰囲気なのだ。

彼に時計を見せる。針を動かすダイヤルを回して、時間をもどす。針がどう動くかを彼に見せるためだ。彼が手でぐるりと円を描いてみせる。わかってくれた！

時計を一二時にセットする。それからホワイトボードマーカーで中心から一二の方向に長い線を、二の方向に短い線をひく。できればしっかり八時間は寝たいところだが、ロッキーをそこまで長いこと待たせたくない。「この時間になったらもどってくるから」とぼくはいった。それが彼の理解の助けになるとでもいうように。

「♩♪♫」彼がなにかジェスチャーをしている。手を二本、まえにのばして、つかんでいる……なにもないのに。そして空をつかんで引っこめる。

「え？」

彼が壁を叩いて時計を指さし、またおなじジェスチャーをくりかえす。時計をもっと壁の近くに持ってこいといっているのか？

時計を押して近くに寄せる。彼が興奮しているように見える。おなじジェスチャーをさっきより速いスピードでくりかえす。もう時計が壁にくっつきそうになっている。彼がもう一度おなじ動きをするが、こんどはさっきより少しゆっくりしている。

彼がなにを望んでいるのか、まだわからない。そこでとにかく時計を壁のほうへ押しやる。もう壁にくっついている。彼が二本の手を上げて、揺さぶるようなしぐさをしている。異星人のジャズハンズ（両手を開き、てのひらを見せて小刻みに動かすポーズ）。これはいいことなのか？

オーケイ、彼はぼくが二時間後にもどると理解してくれたと思うことにしよう。ぼくがくるりと背を向けると、とたんにトン、、、トン、、、トン、、、トンと音がした。

「ええ？」

「♪♪♫♪」といって、彼は時計を指さしている。時計が壁から少し離れている。それが気に入らないらしい。

「ああ、オーケイ」壁から輪っかにしたテープをはがし、たいらにのばして半分にちぎる。それを使って時計の左右を透明な壁に留め付ける。

ロッキーがまたジャズハンズで合図した。〝イエス〟とか〝これでよし〟とかいう意味なのだろう。うなずくようなものか。

そこでうしろを向くと、またトン、、、トン、、、トン！

ふたたびふり向く。「なあ、こっちはちょっと眠りたいんだよ！」

彼が指を一本立てる。ぼくのサイン・ランゲージをぼくに対して使っている。こんどはこっちが待たなければならない！それがフェアというものだろう。ぼくも指を立てて、了解したことを伝える。

彼が、彼の船の円形のドアを開ける。エリディアンひとりが出入りするのにちょうどいいサイズだ。——万が一、ぼくが入るということになったら、身体をねじこむのに相当苦労することになるだろう。

彼はドアを開けっぱなしにして船内に消えていった。ドアの奥になにがあるのか知りたくてたまらないが、なにも見えない。なかは漆黒の闇なのだ。

ふうむ。おもしろい。船内は真っ暗闇だ。あのドアはたぶんエアロックに通じているのだろう。しかし、いくらエアロックでも多少の照明はあってしかるべきなんじゃないのか？

ロッキーはなんの問題もなく行動していた。だが彼にものを見る能力があることはわかっている——ぼくのジェスチャーにちゃんと反応していたのだから。これはぼくが前に考えたエリディアンの視覚にかんする説を裏づけるものだ――かれらはスペクトルの人間とはちがう部分を見ているという説。完全に赤外線で、あるいは紫外線で、見ているのかしれない。そうだとすると、ロッキーにしてみればエアロックにはしっかり照明がついているのに、ぼくには見えない。逆にぼくのほうの照明は彼にはなんの役にも立たない。

共通の波長はないのだろうか？　もしかしたら赤（人間が見ることのできる下限の波長の色）が「♪♫♩」で、かれらが見られる上限の波長、とか。調べてみる価値はありそうだ。さまざまな色のライトを持ちこんで、彼に見えるかどうか――お、彼がもどってきた。

ロッキーははずむようにトンネルに入ってきて、クモ歩きで取っ手をつかみながら分離壁までやってきた。信じられないほど優雅な動きだ。彼がゼロGでの行動に習熟しているのか、それともエリディアンはみんな這い進むのがすごくうまいというだけのことなのか。かれらは手が五本あり、ものをつかむのに適した指があるし、彼は恒星間旅行者だから、たぶん両方が少しずつ合わさっているのだろう。

彼が一本の手でなにかの装置を掲げ、ぼくに見せている。それは……なんなのかわからない。とりあえずシリンダーで（まったく、かれらはシリンダーが好きだ）、長さ一フィート、直径は六インチ程度。握っている部分が少し変形しているのがわかる。フォームラバーのようなやわらかい素材でできているようだ。そしてシリンダーには水平に並んだ五つの窓がある。それぞれの窓のなかになにか形が見える。文字かもしれないという気がする。だが紙にインクで記されているわけではない。たいらな面に記されてはいるが、記号そのものが八分の一インチかそこら盛り上がっている。

「ん？」

右端の記号が回転してべつの記号に変わった。数秒後、またおなじことが起きた。そしてまた。

「時計か！　ぼくが時計を見せたから、きみも時計を見せてくれたんだな！」

壁に貼ったままのぼくの時計を指さし、彼の時計を指さす。彼が、あいている二本の手でジャズハンズをしてみせる。ぼくもジャズハンズを返す。

エリディアンの時計をしばらく眺める。ロッキーはぼくのために時計を持ってじっとしていてくれる。記号は――たぶん数字だろう――右端の窓のやつが回転しつづけている。ローターで回っている。昔、学校にあったデジタル時計のようだ。しばらくすると、右から二つめのローターが一段階、回った。やっぱり！

ここまででいえるのは、右端のローターは二秒ごとに回るということだ。二秒より少し長い気がする。六つのユニークな記号がくりかえされている――〝ℓ〟、〝I〟、〝V〟、〝λ〟、〝+〟、そして〝∀〟、がこの順番で出てくる。右端の記号が〝ℓ〟にもどるたびに、左隣のローターが回転してつぎの記号に変わる。やがて、一分くらいたった頃、右から二つめのローターの記号が一巡して〝ℓ〟にもどると、右から三つめのローターが動いた。

どうやらかれらは情報を左から右へ読むようだ――英語とおなじだ。すばらしき偶然。とはいえ、信じられないほど希有なこととはいえない。だって可能性は四つしかないのだから――左から右、右から左、上から下、下から上。つまりおなじになる確率は四分の一だ。

だから彼の時計の読み方は直観でいける。しかも動きは走行距離計とおなじ。〝ℓ〟はあきらかに、かれらの0だ。となると〝I〟は1、〝V〟は2、〝λ〟は3、〝+〟は4、そして〝∀〟は5。6から9は？　存在しない。〝∀〟のあとは〝ℓ〟にもどる。エリディアンは六進法を使っている。

生徒たちに教えることのなかで、ほんとうに理解させるのがいちばんむずかしいのが、基数だ。10という数字にはなにも特別なものはない。われわれは指が一〇本あるから一〇個の数字を使っている。単純な話だ。ロッキーの手にはそれぞれ三本の指があって、たぶん数をかぞえるのには手を二本使うのがやりやすいのだろう（あとの三本の脚／手は地面につけて身体を安定させるのに使っているのだと思う）。だからかれらは六本の指を使う。

「ロッキー、気に入った！　きみは天才だ！」

まちがいなく彼は天才だ！　このひとつの行動で、ロッキーはぼくにいろいろなことを教えてくれた——

- エリディアンの数字の基本概念（六進法）
- エリディアンの数字表記（ℓ、I、V、λ、+、∀）
- エリディアンは情報をどう読むか（左から右）
- 一エリディアン秒の長さ

指を一本立てて、ストップウォッチを取りに急いで船内にもどる。もどってきてロッキーの時計の進み具合を計測する。右から三つめのローターが動くと同時にストップウォッチをスタートさせる。右端のローターは二秒程度に一度、カチッと動き、六つの数字が一巡すると隣のローターが動いてつぎの数字が出る。少し時間がかかりそうだが、できるだけ正確に計りたい。三つめのローターが動くのにかかる時間は一分半程度。一巡するのに一〇分くらいだとは思うが、しっかり計るつもりだ。

ロッキーは退屈している。とりあえず、そうなのだろうと思う。もじもじと身体を動かしはじめたと思うと、時計を分離壁のそばに浮かせた。そして彼の側のトンネルのなかをうろついている。なにか目的があってそうしているのかどうか、ぼくにはわからない。船内に入るドアを開けてなかに入りかかったが、そこで動きを止めている。考え直したようだ。ドアを閉めた。ぼくがここにいるあいだは、自分もここに残っていたいのだろう。そのうちぼくがなにか興味深いことをするかいうかするのだから。

「♪♪♩」と彼がいう。

「わかってる、わかってる」といって、ぼくは指を一本立てる。

彼が指を立てて、ゆっくり壁から壁へとバウンスしはじめる。いったりきたりのゼロGバージョンだ。

ついに三つめのローターが一巡し終えたので、ストップウォッチを止める。トータルで五一一・〇秒。計算機がないが、興奮しすぎていて船にもどって取ってくる気にもなれない。ペンを出して、左手のてのひらで長い割り算をする。一エリディアン秒は二・三六六地球秒と出た。

てのひらの答えを丸で囲んで見つめる。そしてそばに感嘆符を二つ三つ、書き添える。その価値があると思ったからだ。

たいしたことではなさそうに見えるだろうが、これはとても大きな出来事だ。ロッキーもぼくも宇宙飛行士だから、これから話し合うとしたら、科学的な内容を話し合うことになる。そしてたったいま、ロッキーとぼくは時間の基本単位を確立した。つぎは――距離と体積だ！

いや、実際はそうではない。つぎは――昼寝だ。ぼくはひどく疲れている。ぼくの時計を壁から引きはがしてマーカーで〝2〟を丸で囲む――できるだけわかりやすくするためだ。ぼくが手をふると、ロッキーも手をふってくれる。そしてぼくは昼寝をしに船にもどった。


おかしい。眠れるわけがない。こんな状況で誰が眠れるというんだ？　頭はまだ、いま起きていることをぐるぐるぐるぐる考えつづけている。すぐそこに異星人がいるんだぞ。

そして彼がアストロファージについてなにを知っているのか、まだなにもわかっていないという事実がぼくを責め苛《さいな》む。しかしパントマイムで複雑な科学的概念の話をするのはいくらなんでも無理というものだ。どんなに初歩的なものだろうと、共通の言語がなければらちがあかない。

いまはこのままつづけていくしかない。科学的なコミュニケーションを推し進めるのだ。物理学の動詞と名詞。この組み合わせなら確実に概念を共有できる——物理法則はどこへいこうと不変なのだから。そして実際に科学を語るのに充分な言葉が獲得できたら、アストロファージのことを話し合おう。

いまから〝VVℓλI〟エリディアン秒後に、また彼と話をすることになっている。しかしこんなときに眠れるやつなんているだろうか？　そんなことは絶対に——

第11章

ビーッ、ビーッとタイマーが鳴っている。二時間後に鳴るようにセットしてあった。それがちょうど残り時間ゼロになったのだ。二度まばたきする。ぼくはコントロール・ルームで胎児のように丸まった姿勢で浮かんでいる。共同寝室までたどりつけなかったわけだ。

ぜんぜん休めた気がしない。全身の毛穴がもっと寝ろと叫んでいるが、ロッキーに二時間後にもどるといってあるし、人間は信用できないと思われたくない。

いや……われわれは非常にあてにならない存在だが、それを彼に知られたくない。

えっちらおっちらエアロックを抜ける（ゼロGでえっちらおっちら動くなんてことができるのか？ ああ、できる）。ロッキーはトンネルでぼくを待っていた。ぼくがいないあいだ忙しくしていたようで、トンネルにはいろいろなものが持ちこまれている。

エリディアン時計はまだ時を刻んでいる――が、いまは格子のポールに取り付けられている。だがそれよりぼくが興味をひかれたのは分離壁につけ加えられた箱だ。一辺が一フィートの立方体で半分がぼくの側のトンネルに突き出している。材質は分離壁のほかの部分とおなじ透明のキセノナイトだ。

箱のロッキーの側には不透明のキセノナイトの縁取りがついたたいらなパネルのドアがついている。さらに四角いパイプがぴったりはまった四角い穴があって、パイプは奥へのびている。

パイプの箱に近い部分にはなにか……コントロール装置だろうか？……がある。ボタンが並んでいるのか？　そのコントロールボックスからはワイアが一本出ていて、パイプ沿いにのび、パイプといっしょに船体のなかに消えている。

一方、ぼくの側の立方体にはクランクがついている。エアロックのドアのクランクと似た形だ。そしてそれはロッキーの側のとおなじような四角いパネルに取り付けられている——。

「エアロックか！　エアロック・トンネルにエアロックをつくったんだな！」

すばらしい。とにかくすばらしい。ロッキーもぼくもエアロックにアクセスできる。彼はあの謎めいたパイプで小さなチャンバー内の空気をコントロールする。あのパイプは〝ブリップA〟のなかにあるポンプかなにかに通じているのだろう。そしてあのボタンらしきものはコントロール装置だ。これで簡単にもののやりとりができる。

ぼくがジャズハンズをしてみせると、彼がジャズハンズを返してよこした。

ふうむ。またしても四角いたいらなパネルだ。四角いエアロックなんて、誰がつくる？　それもエリディアンの気圧に対処できるようなやつを。ミニ・エアロックのパイプまで四角い。かれらが円形のキセノナイトをつくれることはわかっている——最初に送ってきたシリンダーは円形だった。このトンネルも丸い。

もしかしたら考えすぎなのかもしれない。キセノナイトはものすごく強靭だから耐圧容器をつくるのに気を遣う必要はないのかもしれない。たぶんたいらなパネルのほうがつくりやすいのだろう。

これはすごいことだ。ぼくが一本指を立てる——彼がおなじジェスチャーを返してよこす。ラボに飛んで帰ってメジャーをつかむ。彼は時間単位を見せてくれたから、ぼくは距離単位を見せようと思う。ありがたいことにメジャーはメートル法のやつだ。六進法のエリディアン秒を使うだけでもややこしいのだから、いくらぼくにとって自然なものとはいえ、そこにヤード法を投入したくはない。

トンネルにもどってメジャーを掲げる。少しのばして手を離し、引っこめる。それを数回くりかえす。彼がジャズハンズする。ぼくは〝四角ロック〟（それ以外、どう呼べばいい？）を指さすと、彼がまたジャズハンズする。

それが、なかはまだ二九気圧のアンモニアだという意味でないといいのだが。まあ、すぐにわかるだろう……。

クランクを回して、小さいドアを開ける。ドアは簡単にこちら側に開いた。

なにも爆発しない。実際、アンモニア臭さえしない。しかもなかは真空でもなかった。もし真空だったら、ドアを引いて開けることはできなかったはずだ。ロッキーはこちら側の気圧にぴたりと合わせておいてくれた。よく気が利く。

メジャーをエアロックのほぼまんなかに浮かばせてドアを閉め、クランクを回す。

ロッキーがコントロール装置のボタンを押すと、くぐもったフワップという音が聞こえた。そのあとはシューッという音がつづいている。パイプから霧のような気体が押し寄せてくる。たぶんアンモニアだろう。メジャーがなかではずむ──風のなかの木の葉のように舞っている。すぐにシューッという音が低くなって、ポタポタという音が聞こえてきた。

そのときはじめて、ぼくはあやまちに気づいた。

メジャーは建築現場で使うような金属製のしっかりしたもので、持ちやすいように工具用ゴムのパッドが貼り付けてある。問題は、エリディアンはお熱いのがお好きという点だ。どれくらい熱いのか？　はっきりとはいえないが、メジャーのゴムの沸点より高温だということはわかった。

液体になったゴムがメジャーの上で泡立ち、表面張力でメジャーにくっついている。ロッキーが向こう側のドアを開けて、ぐずぐずになったぼくのプレゼントを慎重につかむ。金属のところを持っている。とりあえず、金属は無事らしい。たぶんアルミニウム製だと思う。エリディアンの空気はアルミニウムも溶かすほど高温ではないとわかってよかった。

ロッキーがメジャーを引っ張ると、ゴムの泡が離れて、彼の側のチューブにふわりと浮かんだ。

彼がゴムの泡をつつくと、泡が鉤爪にくっついた。鉤爪をふると、わりと簡単に離れていく。彼が温度を気にしていないのはあきらかだ。人間が手から水滴を払うのとおなじなのだろう。

こちらの大気中では、あれほど高温のゴムは燃えてしまうはずだ。胸の悪くなるような有毒のガスも発生するにちがいない。だがロッキーの側には酸素がない。だからゴムは、なんというか……液体のままだ。ふわふわとトンネルの壁に飛んでいって、そこにくっついている。

ぼくは彼に向かって肩をすくめた。それが〝ごめん〟の意味だと彼ならわかってくれると思いたい。彼も肩をすくめるような動きをした。だが五つの肩ぜんぶをすくめている。妙な感じだし、意味がわかっているのかどうかさだかではない。

彼がメジャーのテープを少し引っ張り出し、手を離す。テープが勝手に引っこむ。彼は、そうなるとわかっていたはずなのに、あきらかに驚いている。完全に手を離してしまったので、メジャーは彼のまえでくるくる回っている。彼はそれをつかんで、またおなじことをくりかえす。またやる。

そしてまた。

「ああ、おもしろいよな。でもテープの目盛りを見てくれよ。センチメートルだ。セ・ン・チ・メー・ト・ル」

また彼がテープを引き出したタイミングで、ぼくはテープを指さした。「見て!」

彼はテープを引っ張って、離して、をくりかえしている。テープの目盛りを気にする気配はまったくない。

「エヘン!」ぼくは指を一本立てて、またラボへもどり、もうひとつメジャーを調達する。ラボは在庫が豊富だ。どんな宇宙ミッションも冗長性なしには成り立たない。メジャーを持ってトンネルにもどる。

ロッキーはまだメジャーで遊んでいる。じつに楽しそうだ。テープを、一メートルくらいだろうか、精一杯引き出して、テープとメジャー本体から同時に手を離す。テープが巻きもどされ、パチンと音がして、メジャーが彼のまえで勢いよく回転する。

「♩♪♫♪!!!」と彼がいう。まちがいなく歓声だろう。

「見て、見て、ロッキー。ロッキー！　おい！」

彼がやっとオモチャならぬオモチャで遊ぶのをやめる。

そこでメジャーからテープを引き出し、書いてある目盛りを指さす。「見て！　ここ！　わかる？」

彼が自分のメジャーを、だいたいぼくとおなじくらいの長さまで引き出す。目盛りがまだちゃんと見える——火ぶくれになりそうなエリディアンの高温の大気やらなんやらにもめげず、焼け焦げもせずに残っている。問題なし。

一センチの線を指さす。「見て。一センチ。この線。ここ」一センチの線をくりかえし叩く。

彼が二本の手でメジャーを持ち、三本めの手で叩く。ぼくが叩くテンポに合わせているが、一センチの線とはぜんぜんちがう場所だ。

「ここだよ！」ぼくは一センチの線をさらに強く叩く。「見えないのか？」

ふとためらう。「待てよ。きみは目が見えないのか？」

ロッキーがまた何度かテープを叩く。

ずっと、どこかに目があるのだろうと思っていたが、たしかめてはいない。だが、もし彼には目がないとしたらどうだ？

〝ブリップA〟のエアロックは真っ暗だったが、ロッキーはなんの問題もなく動いていた。だから、ぼくには見えない波長の光を見ているのだろうと思った。だがメジャーは白いテープに黒い目盛りが入っている。黒は光がない状態で、白はすべての波長を等しく反射した状態。

待てよ——これは理屈に合わない。彼はぼくがなにをしているか、わかっている。ぼくのジェスチャーを真似している。もし見ることができないのだとしたら、ぼくの時計が示す情報をどうやって読み取ったのか？　自分の時計をどうやって読み取るのか？

うーん……彼の時計の数字は厚みがある。八分の一インチくらいの厚みが。それに、ふりかえってみれば、彼はぼくの時計を見るのに手間取っていた。ぼくに、分離壁にテープで留めるようにもとめた。ふわりと一インチ離れただけであわてていた。分離壁の近くに持っていくだけではだめだった。時計は分離壁に触れていなければならなかった。

「音か？　きみは音で〝見て〟いるのか？」

それなら筋が通る。人間は三次元環境を理解するのに電磁波を使っている。だったら音波を使う種属がいてもおかしくないじゃないか。原理はおなじだ——それに地球にもおなじケースがある。コウモリやイルカはエコロケーションを使って、音でものを〝見て〟いる。もしかしたらエリディアンにはそれをもっと強化した能力があるのかもしれない。ただしエリディアンはコウモリやイルカとはちがって、受動ソナーを持っているのだろう。かれらは獲物を追うのに特定のノイズを発するのではなく、周囲の音波を使って環境を分析するのだ。

これは理論にすぎない。だがデータには合致する。

だから彼の時計の数字は分厚いのだ。彼のソナーはあまり薄いものは検知できないから。ぼくの時計は彼にとっては手強い存在だった。彼はインクを〝見る〟ことはできないが、針はしっかりした物体だ。だから針のことはわかった。しかしぜんぶがプラスチックのケースのなかに入っているものを……。

ぼくは額をペシッと叩いた。「だから時計を壁に押し付ける必要があったのか。音波が自分に届きやすいように反射させる必要があったんだな。となると、さっき渡したメジャーはなんの役にも立たない。きみにはインクはまったく見えないんだから！」

彼はまだメジャーで遊んでいる。

ぼくが指を一本立てると、彼はメジャーのオモチャに心を奪われてはいるものの、とりあえずあいている手でおなじジェスチャーを返してよこした。

船内に飛んで帰ってコントロール・ルームを抜け、ラボへ。スクリュードライバーをつかんでさらに下の共同寝室へ。倉庫のふたになっているパネルを床からはずす。シンプルなアルミニウム板資源。厚さは一六分の一インチくらいで、角は丸めてあるから手を切ったりすることはない。丈夫で耐久性に優れ、軽い。宇宙旅行にはもってこいの素材だ。トンネルに飛んで帰る。

ロッキーはメジャーのテープの端をトンネルにつけた取っ手のひとつに雑に結びつけていた。そして一本の手でメジャー本体を持ち、あとの四本の手で取っ手につかまりながらあとずさっていこうとしている最中だ。

「おい！」とぼくは片手を上げる。「おい！」

彼はいっとき、メジャーで遊ぶのをやめる。「♩♪♩？」

ぼくは指を二本立てる。

ロッキーも指を二本立てる。

「ああ。オーケイ。また、もの真似モードだ」指を一本立て、つぎに二本に変えて、また一本にもどして、最後に三本にする。

思ったとおり、ロッキーがその一連の動きをくりかえす。

アルミニウムのパネルをぼくの手とロッキーとのあいだに浮かばせる。そしてパネルのうしろで指を二本立て、一本に変え、ついで三本に、そして五本にする。

ロッキーが指を二本立て、一本に変え、三本ぜんぶ立てる。そしてもう一本べつの手で指を二本立てて合計五本にする。

「ワオ!」

厚さ一六分の一インチのアルミニウムはほぼ光を通さない。極端に高周波数のものは通り抜けてしまうが、そういう光はぼくの身体も通り抜けていく。そうなると彼はぼくの手を見ることはできない。しかし音は金属を問題なく通り抜けられる。

もうまちがいない。ロッキーはなにが起きているのか知覚するのに光を使っているわけではない。音を使っているのにちがいない。ロッキーにとって金属のプレートはガラス窓のようなものだ。像が多少ぼやけるかもしれないが、たいしたことはないだろう。くそっ、彼は〈ヘイル・メアリー〉のコントロール・ルームがどんなふうか知っているにちがいない。だってそうだろう? 船体もただのアルミニウムなのだから。

彼は宇宙空間にいるぼくをどうやって見ていたのか? 宇宙空間には空気がない。だから音はしない。

待てよ。ちがう。愚問だった。彼は宇宙をさまよう穴居人ではない。最先端をいく恒星間旅行者だ。テクノロジーというものがある。カメラやレーダーや、データを彼が理解できるものに変換してくれる装置を持っているにちがいない。ぼくのペトロヴァ・スコープと変わりはない。ぼくは赤外線を見ることはできないが、ペトロヴァ・スコープには赤外線が見えていて、それをぼくが見える波長の光でモニターに映し出してくれる。

きっと〝ブリップA〟のコントロール・ルームには見るからにすごそうなブライユ式点字ライター的なものがあるにちがいない。いや、もちろんもっとずっと進化したものだろうが。

「ワオ……」思わず彼を見つめる。「人類は何千年ものあいだ夜空の星を見上げて、あそこにはなにがあるのだろうと考えてきた。きみたちは星を見ることはなかったのに、それでも宇宙旅行に乗り出した。ほんとうに驚くべき存在だな、きみたちは。科学の天才だ」

テープの結び目がほどけて勢いよく巻きもどされ、ロッキーの手にピシャッと収まった。彼はその手を痛そうにふっている。が、メジャーいじりをやめようとはしない。

「うん。きみはたしかに科学者だ」

「全員、起立」と廷吏がいった。「ワシントン西地区合衆国連邦地方裁判所を開廷します。担当判事はメレディス・スペンサーです」

法廷内の全員が起立し、判事が席についた。

「着席」と廷吏がいった。そして判事にフォルダーを手渡した。「判事、本日の事案は〝知的財産権同盟対プロジェクト・ヘイル・メアリー〟となります」

判事がうなずいた。「原告、準備はよろしいでしょうか？」

原告側のテーブルにはりゅうとした身なりの男女がずらりと並んでいて窮屈そうだ。六〇代とおぼしき最年長の男が立ち上がって答えた。「はい、閣下」

「被告、準備はよろしいでしょうか？」

ストラットは被告側のテーブルにぽつんとひとりですわってタブレットのキーを叩いていた。

判事が咳払いした。「被告？」

ストラットがキーを叩き終えて立ち上がった。「はい」

スペンサー判事がストラットのテーブルのほうを手で指した。「被告側弁護人、弁護団のほかの方々は？」

「わたしだけです」とストラットがいった。「それから、わたしは弁護人ではありません――被告です」

「ミズ・ストラット」スペンサーが眼鏡をはずして、じろりとストラットをにらんだ。「本事案の被告はかなり有名な各国科学者の共同事業体ですよ」

「わたしが率いている事業体です」とストラットはいった。「わたしは同事業体の解散を申し立てます」

「ミズ・ストラット、まだ申し立てはできません。弁論の準備ができているかどうか答えてください」

「できています」

「それでは。原告側、冒頭陳述をどうぞ」

さっきの男が立ち上がった。「まず申し述べさせていただければ、わたしはセオドア・カントンと申します。本訴訟を起こしました知的財産権同盟の弁護人です。

本裁判では、プロジェクト・ヘイル・メアリーがデジタル・データの取得および使用許可にかんし、逸脱行為があったことを立証したいと考えます。被告は、著作権で保護されている、ありとあらゆるソフトウェア、またさまざまなデジタルフォーマットで入手可能な、ありとあらゆる書籍および著作物から複製された膨大な量のソリッドステートドライヴアレイを所有しています。しかしそのすべてにおいて、著作権もしくは知的財産権の所有者に対し、支払いも使用承諾申請も一切なされておりません。

さらに被告が用いた工業デザインの多くは――」

「判事閣下」ストラットが口をはさんだ。「もう申し立てをしてもよろしいですか？」

「はい、規定上は」と判事がいった。「しかし通常は――」

「解散を申し立てます」

「判事閣下！」カントンが抗議の声を上げた。

「根拠は、ミズ・ストラット？」と判事がいった。

「こんなくだらないことをしている時間はないからです」とストラットはいった。「われわれは文字通り人類を救う船をつくっているんです。船には三人の宇宙飛行士が搭乗します——たった三人です。いまもって概要すらつかめない実験をするためです。われわれはかれらが必要と考える可能性のある系統の研究すべてを、かれらのために用意しておかねばならない。ですから、ありとあらゆるものを提供することにしています。ソフトウェアも含め、人類の全知識の集積が必要なのです。なかにはばかげたものもあります。おそらくウィンドウズ3.1の〝マインスイーパ〟は必要ないでしょうし、サンスクリット‐英語辞書の縮約版もいらないでしょうが、それも入れておくことになります」


カントンが首をふった。「閣下、わたくしの依頼人は崇高なるプロジェクト・ヘイル・メアリーに異議を唱えるものではありません。著作権物や特許権を有するメカニズムの違法使用が問題なのです」


こんどはストラットが首をふった。「特許権にかんして全企業と合意に至るには途方もない時間とエネルギーが必要になります。ですから、その作業はしておりません」

「はっきり申し上げますが、ミズ・ストラット、法律にはしたがっていただきます」と判事がいった。

「そうしたいと思ったときにはそうしますよ」ストラットは一枚の書類を掲げた。「この国際協定によれば、わたしは個人的には地球上のいかなる訴追も免れるとあります。合衆国上院はこの協定を二カ月前に批准しています」


彼女は二枚めの書類を掲げた。「また、今回のような簡素化された事案への対応策として、合衆国大統領より、わたしが合衆国司法権内のいかなる罪で訴追されようと恩赦を受けられるという先制的恩赦を得ております」

廷吏が二枚の書類を受け取って判事に渡した。

「これは……」判事がいった。「これはたしかにあなたがおっしゃったとおりのものですね」

「わたしがここにきたのは、ひとえに礼儀を重んじてのことです」とストラットはいった。「くる必要はまったくなかったんですよ。しかしソフトウェア産業、パテント・トロール（特許権を買い集め、賠償金目当てに訴訟を仕掛ける企業）、その他、知的財産権関連のあらゆる組織、個人を一回の訴訟でまとめて相手にできれば、それが一度にすべての芽を摘むいちばんの近道ですから」

彼女はバッグをつかんでタブレットをしまった。「では、これで失礼します」

「ちょっと待ってください、ミズ・ストラット」スペンサー判事がいった。「なんといわれようとここは法廷です。法的手続きがすむまで残っていただきます！」

「そのつもりはありません」とストラットはいった。

廷吏がつかつかとまえに出てきた。「マーム、したがっていただかなければ、あなたを拘束しなければなりません」

「あなたと、どこの軍隊とで拘束するおつもり？」とストラットはたずねた。

戦闘服姿の武装した男たちが五人、法廷に入ってきて、彼女を守るように取り囲んだ。「というのも、わたしにはアメリカ陸軍がついているので」と彼女はいった。「とてもすばらしい軍隊なんですよ」

使えそうなソフトウェアを拾い読みしながら、ピーナッツバター・トルティーヤをほおばる。うまそうに聞こえないかもしれないが、これがうまい。

ラップトップを使うあいだ身体が浮き上がっていかないようにするため、両足でラボの椅子をぎゅっとはさむという技を覚えた。ラップトップは山ほどありそうだ。少なくともこれまでに倉庫で六台、見つけている。そしてそれがぜんぶ船内全域をカバーするWi‐Fiネットに接続している。便利だ。メモリのことを考えなければ、船内のどこかに潜んでいるありとあらゆるソフトウェアが手の内にあることになる。ポイントは必要なものを見つけること。名前さえわからないのだが。さいわい、デジタルライブラリにある一冊がソフトウェア・アプリのリストだった。まあ、助かった。

最終的には使えそうなものが見つかった――〝ティンパヌム・ラボ波形解析ソフト〟だ。ぼくのライブラリには波形解析ソフトウェアが全種類そろっているが、これは波形解析ソフトのレビューが掲載された二〇一七年のコンピュータ雑誌によると、最高得点を獲得しているソフトだ。

そのソフトをラップトップのひとつにインストールする。使い方はとてもシンプルで、内容は盛り沢山。だがいちばん気になったのはフーリエ変換だった。音波の解析ではもっとも基本的なそしておそらくもっとも重要なツールだ。複雑な計算の山の上に成り立っているものだが、結論はこれ――音波をフーリエ変換すれば、どんな音が同時に鳴っているかリスト化される。つまりぼくがCメジャーを奏でてこのアプリに聞かせれば、アプリはこのなかにはCとEとGがあると教えてくれるわけだ。ものすごく役に立つ。

もうパントマイムは使わない。エリディアン語――エリディアニーズ――を学ぶ時間だ。ああ、この言葉はいまつくった。いや、悪くないと思う。ぼくはここで人類史上初のことをいろいろやっているし、名前をつけなければならないことも多い。ぼくにちなんだ名前にしないだけでもましだと思ってもらいたい。

べつのラップトップでマイクロソフトのエクセルを起動させて、二台のラップトップを背中合わせにテープで留める。そう、やろうと思えば二つのアプリを一台のラップトップで動かせるが、いちいち切り替えたくないのだ。

船内を飛んでトンネルにもどる。が、ロッキーはいない。

ふんっ。

ロッキーだって一日中ここでぼくを待っているわけにはいかないだろう。しかしどうして代わりの誰かがつねにトンネルにいるようにしておかないんだ？　もしクルーがここにいてくれたら、ぼくらはまちがいなく交代で見張りでもなんでもやっただろう。くそっ、イリュヒナなら寝るために船にもどるとき以外はずっとここでキャンプを張っていたにちがいない。

かれらがトンネル内にじつはべつのクルーをよこしているとしたらどうだ？　ずっとロッキーがきていたと、どうしていえる？　ぼくはエリディアンの見分け方なんか知らない。もしかしたら六人のべつのエリディアンと話していたのかもしれないじゃないか。そう思うと、なんだか落ち着かない。

いや、ちがう。ロッキーは、まちがいなくロッキーだ。甲羅の隆起具合や手の岩のような突起でわかる。指の一本の先が不規則にギザギザしていたのも覚えている……うん。おなじやつだ。

ひとつの岩を数時間見つづければ、誰かがそれをよく似ているが少しちがう岩と入れ替えたら、わかるはずだ。

オーケイ、だとしたらほかのクルーはどこにいるんだ？　ぼくがひとりなのは、ほかのクルーが生きのびられなかったからだ。しかしエリディアンは宇宙にかんして、ぼくらよりすぐれたテクノロジーを持っている。船は大きいし、船体の素材はほぼ破壊不能。あのなかにはクルーがいるはずだ。

そうか！　ロッキーは船長なんだ！　恐ろしい異星人と話すというリスクを自分で引き受けているんだ。そしてほかのみんなは船内にとどまっている。カーク船長ならそうしただろう。だったらロッキー船長も。

とにかく、いいことを思いついたので、早く実行したい。

「おーい！　ロッキー！」とぼくは叫んだ。「出てきてくれよ！」

なにか動きはないかと耳を澄ませる。「なあ、おい！　きみの感覚入力は音だ、全範囲の音——一マイル先でピンが落ちても聞こえるんだろ！　ぼくが呼んでいるのはわかってるよな！　重い尻を……なんだかわからないが尻的なものを上げて、こっちにきてくれよ！　話があるんだ！」

待てど暮らせどロッキーはこない。

思うに、彼にとってぼくはかなり優先順位の高い存在だ。だから、なんにしろ彼はいま非常に重要なことをしているのにちがいない。なんといっても彼は船のあれこれに対処しなければならないのだし、食べたり寝たりする必要もあるだろう。そう、とにかく食べることは欠かせない——生物有機体はすべからく、なんらかの形でエネルギーを補給しなければならないのだ。エリディアンが眠るのかどうかはわからない。

眠る……それはありかもしれない。ぼくは過去四八時間で二時間昼寝しただけだ。ロッキーの時計はまだここにあって、取っ手と分離壁のあいだにはさんである。ふつうに動いている。五桁しかないのが興味深い。ぼくの計算だと、五時間かそこらで一巡してℓℓℓℓℓにもどることになる。もしかしたらそれがエリディアンの一日の長さなのだろうか？

あとで考えることにしよう。睡眠が先だ。エクセルのラップトップのほうに、ロッキーの時間をぼくの時間に、そしてその逆に変換するスプレッドシートを作成する。こんどは八時間は寝たい。いまのロッキーの時間、IℓIVλ、を入力して、八時間後はどう表示するのかスプレッドシートを見てみると——Iλ+∀∀λだとわかった。

急いでラボにもどってポプシクルの棒を何本かとテープを持ってくる。ロッキーにはインクは見えないから改善しなくてはならない。

ぼくがいつもどるかロッキーにわかるように、分離壁にポプシクルの棒をテープで貼りつける——

Iλ+∀∀λ。さいわいなことに記号はほぼ直線でできているから、ぼくのつたないクラフト作品でもロッキーはちゃんと読み取ってくれるだろう。

おもしろいことに、ぼくがもどる時間は六桁だ。ロッキーの時計の表示より一桁多い。だが、彼はきっとわかってくれると思う。もしロッキーがぼくに「三七時にもどってくる」といったら、それが何時のことなのか、ぼくはちゃんとわかるわけだから。

寝る前に、ラボの真空チャンバーからミニカメラを取り外す。これはチャンバーにクリップ留めされたポータブル液晶ディスプレイに映像を送る、小型のワイアレスカメラだ。そのカメラを分離壁が映るようトンネルの高い位置にテープで留める。映像を見られるディスプレイはベッドに持ちこむ。

そう。これでトンネルに小さなモニターが設置できたわけだ。音声はない——カメラは実験を見守るためのもので、人とおしゃべりするためのものではないのだから。しかしなにもないよりはいい。

ベッドのシーツと毛布を楕円形のマットレスの下にしっかりとはさみこみ、身体を揺すってそのあいだに入りこむ。こうすれば寝ているあいだにふわふわと漂っていくことはない。

ロッキーとのコミュニケーションという一大計画は先延ばししなければならない。ちょっとがっかりだが、そう長く待たなければならないわけではない。ぼくはあっというまに眠りに落ちた。

第12章

トン、トン、トン、トン。

かろうじてぼくの意識に刺さる程度の音。ずっと遠くの音だ。

トン、トン、トン、トン。

夢ひとつ見ない眠りから覚める。「は？」

トン、トン、トン、トン。

「朝食」とつぶやく。

ロボットアームがコンパートメントに入っていって、パッケージ入りの食事を取り出す。このあたりは毎朝クリスマスという感じだ。パッケージの蓋を開けると、四方八方にふわりと湯気が上がる。なかには朝食のブリトーが入っている。

「いいね」とぼくはいう。「コーヒーは？」

「準備中です……」

ブリトーをひと口かじる。うまい。食べものはぜんぶうまい。きっとかれらは死にゆく者にはうまいものを食べさせたほうがいいと思ったのだろう。

「コーヒーです」とコンピュータがいう。ロボットアームが吸い口付きのパウチを渡してくれる。カプリサン・ジュースの大人版みたいなもの。ゼロG対応の容器だ。

ブリトーを近くに浮かばせておいて、コーヒーをひと口飲む。もちろん、うまい。ドンピシャリの量のクリームと砂糖まで入っている。好みは人によって千差万別なのに。

トン、トン、トン、トン。

ところで、あれはなんだ?

ベッドのそばに留めてある液晶ディスプレイをチェックすると、ロッキーがトンネルにいて分離壁を叩いている。

「コンピュータ! ぼくはどれくらい寝てたんだ?」

「患者は一〇時間一七分間、意識不明でした」

「ああ、くそっ!」

身体をよじってベッドから抜け出し、ポンポンはずむようにしてコントロール・ルームへ。飢えているのでブリトーとコーヒーは持っていく。

ポーンとトンネルに入る。「ごめん! ごめん!」

ぼくがきたので、ロッキーがこれまでより強く分離壁を叩き出す。そしてぼくが分離壁にテープで留めたポプシクルの棒の数字を指さし、彼の時計を指さす。一本の手を丸めて、げんこつにしている。

「申し訳ない!」ぼくは祈るときのように両手を合わせる。ほかにどうすればいいのかわからない。懇願をあらわす恒星間共通のジェスチャーなんてないのだから。彼が理解したのかどうかわからないが、げんこつはほどけた。

あれは軽い警告だったのかもしれない。そうしようと思えば五本の手ぜんぶをげんこつにすることもできたのに、ひとつだけにしていたのだから。

とにかく、彼を二時間以上、待たせてしまったのだ。怒るのも無理はない。これから見せるものが埋め合わせになってくれるといいが。

指を一本立てる。彼がおなじジェスチャーを返してよこす。

ダクトテープでくっつけた二台のラップトップをつかみ、片方の波形解析ソフトと、もう片方のエクセルを立ち上げる。そしてトンネルの壁に押し付けてテープで留める。

分離壁からポプシクルの棒の数字を引きはがす。手始めとして格好の材料だ。〝I〟を掲げて指さし、「一」という。「一」

自分の口を指さし、エリディアンの数字を指さす。また「一」といってからロッキーを指さす。

彼が〝I〟を指さして、「♪」という。

波形解析ソフトをいったん休止させ、スクロールして数秒前の部分を見る。

「さあ、いくぞ……」ロッキーの〝一〟という言葉は、同時に発せられた二つの音でできている。いくつか倍音や共鳴音もあるが、波長のピークのメインはたった二つの音だ。

もう一台のラップトップのスプレッドシートに〝一〟と入力して、対応する波長を記録する。

「オーケイ……」分離壁にもどって、こんどは〝V〟の記号を掲げ、「二」という。

「♪」とロッキーがいう。またべつの一音節の言葉だ。古くからある言葉はたいていい短い。

こんどは四つの音の和音だ。〝二〟と入力して、波長を記録する。

彼が興奮している。ぼくがなにをしているのか理解して、喜んでいるのだと思う。

〝λ〟を掲げると、ぼくがなにもいわないうちに彼が〝λ〟を指さして、「♫♪」という。すばらしい。ぼくらにとってはじめての二音節の単語だ。和音を正しく把握するために波形のデータを多少前後にスクロールしなければならない。第一音節には音が二つだけだが、第二音節には五つもある！　ロッキーは少なくとも五つの音を一度に出すことができるのだ。声帯がいくつかあるとか、そういうことだろうと思う。そもそも腕が五本、手が五本あるのだから、声帯が五つあってもおかしくないじゃないか。

口はどこにも見当たらない。音は彼の内側のどこかから出てくる。彼がしゃべるのを初めて聞いたとき、クジラの歌のようだと思った。これは思ったより真実に近いのかもしれない。クジラの歌があいうふうに聞こえるのは、声帯を通して空気を吐き出すのではなく、空気をいったりきたりさせているからだ。ロッキーもおなじことをしているのかもしれない。

いゝ、いゝ、いゝ、いゝ
トン、トン、トン、トン、トン！

「え？」視線を彼にもどす。

彼は、まだぼくが持ったままの〝λ〟を指さし、つぎにぼくを指さす。そしてまた〝λ〟にもどり、またぼくにもどる。なんだか必死な感じだ。

「ああ、悪い」ぼくは〝λ〟をしっかり掲げて、「三」という。

彼がジャズハンズをする。ぼくもジャズハンズを返す。

ふむ。ぼくらがこの問題に取り組んでいるあいだに……。

いまの話題はいったんお休み、ということをわかってもらうために、しばらくじっと立つ。そしてジャズハンズをして、「イエス」という。

おなじジェスチャーをくりかえして、「イエス」

彼がジャズハンズを返して、「♫♩」という。

ラップトップにその音と波長を記録する。

「オーケイ、これでぼくらのボキャブラリーに〝イエス〟が加わったぞ」

いゝ、いゝ、
トン、トン、トン。

彼を見る。ぼくの注意が自分に向いたことを確認すると、彼はまたジャズハンズをして、「♫♩」という。さっきとおなじ和音だ。

「イエス」とぼくはいった。「これはもうやったぞ」

彼が指を一本立てた。そしてすぐに二本の手を丸め、げんこつを二つつくってコツンとぶつけた。

「♪♪」

……なんだ？

「おおお」ぼくは教師だ。〝イエス〟という言葉を習ったばかりの生徒に、つぎはなにを教える？

「それが〝ノー〟か」

とりあえずそう思いたい。

げんこつをつくってコツンと合わせる。「ノー」

「♫♩」と彼がいう。ラップトップをチェックする。彼はいまイエスといった。

待てよ。これはノーではないということか？　それともイエスのべつのいい方なのか？　混乱してきた。

「ノー？」とたずねる。

「ノー」と彼がエリディアン語でいう。

「じゃあ、〝イエス〟？」

「ノー、イエス」

「イエス？」

「ノー、ノー」

「イエス、イエス？」

「ノー！」彼がぼくに向かってげんこつを突き出す。あきらかにいらついている。

異星種属間アボット&コステロふう掛け合いはもう幕にしなければ。ぼくは指を一本立てる。

彼がげんこつをほどいて、指を一本立てる。

ぼくが〝ノー〟だと思う波長をスプレッドシートに入力する。もしまちがいならまちがいで、あとで二人でなんとかすればいい。

〝＋〟の記号を掲げる。「四」

彼が一本の手の指を三本と、べつの手の指を一本立てる。「♩」

ぼくは波長を記録する。

その後、数時間、ぼくらは共通のボキャブラリーを数千語にまで増やした。言語は一種の指数関数的システムだ。知っている言葉が増えれば増えるほど、あたらしい言葉を表現しやすくなる。

コミュニケーションの足枷《あしかせ》になっているのは、ロッキーの言葉を聞き取るぼくのシステムの遅さ、扱いにくさだ。彼が発した波長をひとつのラップトップでチェックし、それをもうひとつのラップトップのスプレッドシートで調べる。お世辞にもすばらしいシステムとはいえない。もううんざりだ。

一時間もらってなにかソフトウェアを書くことにする。ぼくはコンピュータのエキスパートではないが初歩的なプログラミングくらいはわかる。そこで、音声解析ソフトウェアのアウトプットを取り入れてぼくのテーブルにある単語を調べるプログラムを書く。プログラムとはいえないようなもの――スクリプトといったほうがいい。およそ効率的とはいいがたいが、それでもコンピュータはやることが速い。

さいわいなことにロッキーは音楽的な和音で話す。人間が話すことをコンピュータにテキスト化させるのはとてもむずかしいが、音楽的な音を識別してそれをテーブルから見つけるようにさせるのはとても簡単だ。

それ以降、ぼくのラップトップの画面にはロッキーがいったことがリアルタイムで英語で表示されるようになっている。あたらしい言葉が出てきたらデータベースに入れてやれば、それ以降、その言葉はコンピュータにとって既知のものになる。

一方、ロッキーはぼくがいうことややることを記録するようなシステムはまったく使っていない。コンピュータも、筆記具も、マイクも、なにも。ただしっかりと耳を傾けているだけだ。そして、知りうるかぎり、彼はぼくがいったことをすべて覚えている。ひとことと残らず。数時間前に一度いっただけのことでも。ぼくの生徒たちがあれくらいしっかり授業を聞いてくれたら！

思うに、エリディアンは人間より遥かにすぐれた記憶力の持ち主なのではないだろうか。

大雑把にいえば、人間の脳は三流ソフトウェアを寄せ集めたものが、ひとつの、どうにか機能するユニットに詰めこまれているようなものだ。それぞれの〝特性〟は、われわれが生きのびるチャンスを大きくするために、なにか特別の問題を解決する突然変異として、ひとつひとつつけ加えられていった。

要するに人間の脳はごちゃごちゃに取っ散らかっているのだ。進化というものはすべて理路整然にはほど遠い。だからエリディアンもランダムな突然変異がごちゃごちゃに集まった存在なのだろうと思う。だが、かれらの脳がどんな経緯でいまのようになったにせよ、かれらには人間がいうところの〝写真記憶〟の能力が備わっている。

たぶんそれよりもっと複雑なものだろう。人間は脳味噌をまるごと視覚に捧げていて、それ専用のキャッシュメモリまで持っている。たぶんエリディアンは音を記憶する能力に長けているのだろう。なんといっても、それがかれらの一次感覚なのだから。

まだ早すぎるとは思うが、待ちきれない。ラボの備蓄品のなかからアストロファージが入ったビンをつかんでトンネルに持っていく。それを掲げて、「アストロファージ」という。

ロッキーの姿勢が大きく変わった。甲羅を少し低くかがめている。彼はその場にとどまっていられるように取っ手をつかんでいるのだが、その鉤爪に少し力が入っている。「♫♪♫」と彼がいう。いつもより抑えた声だ。

ラップトップをチェックする。まだ記録したことがない言葉だ。アストロファージに相当する言葉にちがいない。データベースに追加する。

ビンを指さしていう。「ぼくの星のアストロファージ。悪い」

「♫♩♪♫♫♪♫♩♫♪♫」とロッキーがいう。

ラップトップが翻訳する――ぼくの星のアストロファージ。悪い、悪い、悪い。

オーケイ！　仮説が裏付けされた。彼はぼくとおなじ理由でここにいるのだ。聞きたいことが山ほどある。だが、まだ言葉が足りない。いらいらする！

「♫♫♫♩♪♪♫♫♪♫」とロッキーがいった。

ラップトップがテキストを表示する――きみはどこからきた、質問？

ロッキーはぼくがしゃべる言葉の基本的な構文を理解している。彼はぼくが自動的にものを覚えられないことを早くから察知していたから、彼の言語システムをぼくに教えるより彼がぼくのシステムを研究したほうがいいと判断したのだと思う。腹の底では、ぼくのことをかなり鈍いやつと思っているにちがいない。だが彼の言語の文法もときどき混じっている。彼はいつも質問の最後に〝質問〟という言葉をつける。

「わからない」とぼくはいう。

「きみの星、名前なに、質問？」

「ああ！」ぼくの恒星の名前を聞きたいということか。「ソル。ぼくの星は〝ソル〟と呼ばれている」

「了解。きみの星のエリディアン語は♫♪♫♪♩」

あたらしい言葉を記録する。これが〝ソル〟に対応するロッキーの言葉だ。人間同士がコミュニケーションをとろうと手探り状態でやりとりするのとちがって、ロッキーとぼくは対応しあう互いの言葉を発音することさえできない。

「きみの星の名前はぼくの言葉では〝エリダニ〟だ」とぼくはいった。細かいことをいえば〝エリダニ40〟だが、ここはシンプルにしておくことにする。

「ぼくの星はエリディアン語で、♫♩♪♪♪」

辞書に加える。「了解」

「よい」

それを翻訳するのにラップトップを見る必要はなかった。いつのまにか〝きみ〟、〝ぼく〟、〝よい〟、〝悪い〟、等々、比較的よく出てくる言葉はわかるようになってきている。ぼくは美的感覚が鋭いわけではないし、音感も人並み。だがひとつの和音を一〇〇回聞けば、わかるようになるものだ。

時計を見る――そう、ぼくは時計を持っている。ストップウォッチに時計の機能があるのだ。気づくまで、少々時間がかかった。いろいろ考えなければならなかったもので。

ひがな一日これをつづけて、もうくたくただ。エリディアンは寝るということを知らないのか？ この機会にたしかめておく。

「人間の身体には寝るということが必要だ。寝るというのはこういうことだ」ぼくは身体を丸め、目を閉じて、オーバーに寝姿を演じた。大根役者なのでイビキもかいておく。

もとのぼくにもどって彼の時計を指さす。「人間は二万九〇〇〇秒間、寝る」

完璧な記憶の持ち主であるエリディアンは計算にも強い。少なくともロッキーはそうだ。科学的な単位をあれこれやりとりしてすぐわかったのは、彼が彼の単位をぼくの単位に一瞬で変換できるということだった。十進法も難なく理解してくれた。

「多くの秒……」と彼がいう。「なぜまだそんなに多くの秒……。了解！」

彼が手の力を抜いてだらんとさせる。死んだ虫のように身体を丸めて、そのまましばらく動かずにいる。「エリディアンおなじ！　♪♫♫♪！」

ああ、ありがたい。〝寝る〟ということを聞いたこともない相手だったら、説明のしようがない。おい、ぼくはこれからしばらくのあいだ意識不明になって幻覚の世界に入る、一日の三分の一はこういう状態になるんだ、長いことこれができないと気が狂って、やがては死ぬ、心配する必要はない、とでもいうのか？

彼の〝寝る〟という言葉を辞書に加える。

船内にもどろうと、彼に背を向ける。「ぼくはこれから寝る。二万九〇〇〇秒後にもどってくる」

すると、「ぼくは観察する」と彼がいう。

「観察する？」

「ぼくは観察する」

「ああ……」

ぼくが寝ている姿を見ていたいのか？　ちがう設定だと気味が悪いが、はじめて出会った生命体の研究と思えばうなずける。

「ぼくは二万九〇〇〇秒間、動かないから」と彼に警告する。「多くの秒のあいだ、ぼくはなにもしない」

「ぼくは観察する。待て」

彼が自分の船にもどっていく。ついにノートみたいなものでも取りにいったのか？　数分後、彼は一本の手になにかの装置、そして二本の手でバッグを持ってもどってきた。

「ぼくは観察する」

ぼくは装置を指さしていう。「それはなんだ？」

「♫♪♩♫」彼がバッグからなにかの道具を引っ張りだす。「♫♪♩♫機能しない」そして装置を道具で二、三回つつく。「ぼくが変える。♫♪♩♫機能する」

あたらしい言葉だが記録はしない。どう入力すればいいというんだ？〝ロッキーがあのとき一度だけ持っていた道具〟とか？　なんだか知らないが、その装置からはワイアが二本出ていて、開口部があり、なにやら複雑そうな中身が見えている。

その装置自体はどうでもいい。ポイントは彼がそれを修理しているということ。ぼくらにとってあたらしい言葉の登場だ。

「直す」とぼくはいった。「きみが直す」

「♫♪♫♪」と彼がいう。

辞書に〝直す〟を加える。これから何度も出てくるのではないかと思う。

彼はぼくが寝ているようすを見たがっている。興奮するような体験ではないとわかっているが、それでもとにかく見たいと思っている。だから手持ち無沙汰にならないよう仕事を持ってきたのだろう。

オーケイ。なんにせよ、彼が好きなことにちがいない。

「待て」

ぼくは船にもどって共同寝室に向かう。

自分のベッドからマットレスとシーツと毛布を引っ張りだす。ほかの二つのベッドのどちらかのを使うこともできたが……亡き友がいたところだから使うのは気が引けた。

寝具を持ってラボを通り、ぎくしゃくとコントロール・ルームを抜けてトンネルにもどる。そして大量のダクトテープを使ってマットレスを壁に留め付け、シーツと毛布を壁とマットレスのあいだにしっかりはさみこむ。

「いまから寝るよ」

「寝る」

トンネルのライトを消す。ぼくにとっては真っ暗闇だが、ぼくが寝ているようすを観察したいというロッキーにとってはなんの問題もない。両方にとって最高の環境だ。

寝床にもぞもぞともぐりこんで、おやすみといいたい衝動と戦う。いったら最後、また質問の連鎖になってしまう。

ロッキーが装置をいじる音がときどきカチンとかキーとか響くなか、ぼくはいつのまにか眠りに落ちていった。


それから数日はおなじことのくりかえしだったが、退屈にはほど遠い毎日だった。共通のボキャブラリーが大幅に増えたし、文法もまずまず理解できるようになってきた。時制、複数形、条件節……言語は一筋縄ではいかない。それでもぼくらは少しずつ進歩している。

それに、ゆっくりとだが、ぼくが記憶する彼の言葉の数も増えてきているので、それほど頻繁にラップトップを見なくてもよくなっている。とはいえ完全に見なくてもいいというわけにはいかない――それにはかなり時間がかかると思う。

ぼくは毎日一時間をエリディアン語の勉強に充てている。エクセルのスプレッドシートから任意に言葉を選んでそれをＭＩＤＩ《ミディ》（電子楽器やコンピュータ間で演奏データを伝送するための世界共通規格）で演奏するスクリプトを書いた。これまた効率の悪い初歩的なプログラムだが、それでもコンピュータは速い。ぼくはスプレッドシートからできるだけ早く解放されたいのだ。いまはまだ四六時中、使っている。それでもたまにはひとつの文章まるごと、コンピュータに頼らずに理解できることがある。よちよちと一歩ずつ進歩している。

いまは毎晩トンネルで寝ている。彼は寝ているぼくを見ている。理由はわからない。ほかのあれこれで忙しくて、まだその話はしていない。だが彼はぼくが寝るときにはどうしても見ていたいといってゆずらないのだ。ちょっと昼寝するときでもおなじだ。

きょうは、どういうわけかこれまで扱う機会がなかった非常に重要な科学的単位を取り上げようと思っている。これまで話題にならなかったのは、おもにぼくらがゼロG環境にいるからだ。

「ぼくらは質量について話す必要がある」

「イエス。キログラム」

「そのとおり。キログラムのことをきみにどう伝えればいい？」とぼくはたずねた。

ロッキーがバッグから小さなボールを取り出す。ピンポン球くらいの大きさだ。「ぼくはこのボールの質量を知っている。きみが測る。きみがこのボールが何キログラムかぼくにいう。そうすればぼくはキログラムがわかる」

しっかり考え抜いている！

「イエス！　ボールを渡してくれ」

彼が複数の手で数本の支持ボールをつかみ、ボールをミニ・エアロックに入れる。冷めるまで数分待って、ぼくがボールを取る。なめらかな金属製だ。かなり高密度だと思う。

「どうやって計ろうかな？」と思わずつぶやく。

「二六」と唐突にロッキーがいう。

「なにが二六なんだ？」

彼が、ぼくが持っているボールを指さす。「ボールは二六」

ああ、そうか。このボールは二六なんとかなのだ。彼の単位がなんなのか、まだわからないが。ぼくがやるべきことは、このボールの質量を計って、それを二六で割り、その答えを彼に伝えることだ。

「了解。このボールの質量は二六」

「ノー。そうではない。」

ふっと考えこむ。「そうではない？」

「そうではない。ボールは二六」

「わからないなあ」

彼は少し考えてから、いった。「待て」

彼が船内に消える。

彼がいないあいだ、ゼロGでどうやって重さを測るか考える。もちろん質量はある。ただ秤《はかり》にのせられないのだ。なにしろ重力がないので。それに〈ヘイル・メアリー〉の遠心重力を使うわけにもいかない。トンネルは船首に取り付けられているのだから。

小さな遠心機をつくるという手はある。ラボのいちばん小さい秤に見合う大きさの遠心機。秤をなかに入れて、一定速度で回転させるのだ。まず質量のわかっているものを測り、それからボールを測る。そして二つの測定値の比からボールの質量を割り出す。

だがそうなると確実な安定した遠心機をつくらなければならない。どうやってつくるんだ？　ラボのゼロG環境でなにかを回転させるのは簡単だが、複数の実験で一定速度を保って回転させるにはどうすればいい？

おおおおっ！　一定速度は必要ない！　まんなかにしるしをつけたヒモが一本あればいいんだ！〈ヘイル・メアリー〉に飛んで帰る。いきなりいなくなってしまってもロッキーは許してくれるだろう。いや、彼は船内のどこにいようとぼくを〝観察〟できているはずだ。

ボールを持ってラボに下りる。ナイロン糸を用意して両端に試料用キャニスターをくりつける。これで両端に小さいバケツがついたヒモの完成だ。キャニスターをピタッとくっつけて並べて結んだヒモをピンと張る。そしてペンでいちばん遠いところにしるしをつける。それがこの珍妙な仕掛けの中心だ。

手に持ったボールを前後にふって、どの程度の重さか感触をたしかめる。たぶん一ポンドはない。〇・五キログラム以下という感じだ。

ぜんぶラボの空中に浮かべたままにして壁を蹴り、下の共同寝室に移る。

「水」

「水を要求」とコンピュータがいう。ロボットアームが水のゼロG〝シッパー〟を渡してくれる。クリップをはずすと水が出てくる吸い口付きのただのプラスチックのパウチだ。なかには一リットルの水が入っている。アームはいつも一リットル入りを渡してくれる。世界を救いたければ、つねに水分を補給していなければならないのだ。

ラボにもどる。試料ボックスに水のほぼ半分を入れて密閉する。水が半分になったシッパーを片方のバケツにいれて、もう片方にボールを入れる。それをまるごと空中で回転させる。

あきらかに二つの質量は等しくない。ヒモでつながれた二つの容器の回転は不均衡で、水のほうがずっと重いことを示している。よし。ぼくが狙っていたのはこれだ。

回転しているやつを空中からひったくり、水をすすって飲む。そしてまた回転させる。まだ不均衡だが、そうひどくはない。

もっと水をすすって、また回転させ、また水をすすり、それをこの小さな装置が完全にヒモにつけたしるしを中心に回転するようになるまでつづける。

これはつまり水の質量がボールの質量と等しくなるようにするということだ。

シッパーを容器から出す。水の密度はわかっている——一リットルが一キログラム。だからぼくがやるべきことはこの水の量を知ることだ。それが水の重さを、ひいては金属ボールの重さを知ることになる。備品のなかから大型のプラスチック製シリンジを取り出す。最大一〇〇ｃｃ吸引できるやつだ。

シリンジをシッパーに差しこんでクリップをゆるめる。水を一〇〇ｃｃ吸引して〝廃水ボックス〟にビュッと押しだす。それを数回くりかえす。最後にパウチが空になったとき、水の量はシリンジの四分の一程度だった。

結果：三二五ｃｃの水、その重さは三二五グラム！　したがってロッキーのボールも三二五グラム。

ぼくがどれほど賢いかロッキーに教えてやろうと、トンネルにもどる。

トンネルに入っていくと、彼はぼくに向かって拳を突き出した。「きみはいなくなった！　悪い！」

「質量を計測したぞ！　すごく賢い実験をしたんだ」

彼がビーズのついたヒモを掲げる。「二六」

ビーズがついたヒモは前に大気について話したときに彼が送ってくれたものとおなじだ——。

「ああ」これは原子だ。彼はこういうかたちで原子を表現するのだ。ビーズを数えると、ぜんぶで二六個。

彼は原子番号26の元素のことをいっているのだ。原子番号26の元素——地球でもっとも一般的な元素のひとつ。「鉄か」ぼくはビーズのネックレスを指さしていった。「鉄」

彼がネックレスを指さしていう。「♫♩♪♫♫」ぼくはそれを辞書に書き加える。

「鉄」と彼がネックレスを指さしてくりかえす。

「鉄」

彼がぼくが持っているボールを指さす。「鉄」

たちまちすべてが腑に落ちた。額をピシャッと叩く。

「きみは悪い」

おもしろい実験だったが完全に時間の無駄だった。ロッキーは必要な情報をすべて伝えてくれていた。というか、少なくとも伝えようとしてくれていた。ぼくは鉄の密度を知っているし、球の体積の計算の仕方も知っている。そこから質量をもとめるには簡単な計算をするだけでいい。

トンネルに置きっぱなしにしているツールキットからカリパス（コンパス型の計測器）を出して、球の直径を測る。四・三センチメートル。そこから体積を出し、鉄の密度を掛けて、ずっと詳細な、正確な質量が出る——三二八・二五グラム。

「誤差はたったの一パーセントだった」とぼくはつぶやく。

「きみはきみに話しかけているのか、質問？」

「イエス！　ぼくはぼくに話しかけているんだ」

「人間は変わっている」

「イエス」とぼくは答える。

ロッキーが足をのばす。「ぼくはこれから寝る」

「ワオ」出会って以来、彼が寝る必要があるといったのはこれがはじめてだ。よし。これでいくらかラボで仕事をする時間ができる。が、どれくらいだ？

「エリディアンはどれくらい寝るんだ？」

「わからない」

「わからない？　きみはエリディアンだろう。どうしてエリディアンがどれくらい寝るかわからないんだ？」

「エリディアンはどれくらいの時間、寝るかわからない。短い時間かもしれない。長いかもしれない」

どれくらい寝るか予測不能ということか。眠りが規則的なパターンになるように進化しなければならないという法則は、たぶんないと思う。それにしてもだいたいどれくらいの範囲かということはわかるのではないだろうか？

「最短時間はあるのか？　最長時間は？」

「最短は一万二二六五秒。最長は四万二九二八秒」

ロッキーにだいたいの数字を聞くと、妙に細かい数字で返事することがよくある。換算するのに少し時間がかかったが、それでもけっきょくは計算した。出た結果はたしかに概数だった。ただしそれは彼の単位での数値で、六進法に基づくものだ。彼にとっては直接、地球の秒で考えるより、エリディアンの単位での数値を地球の十進法の数値に換算するほうが簡単だ。

彼がいった数値をエリディアン秒に換算して六進法の数字にすれば、まちがいなく概数になるだろう。だがぼくは怠け者だ。どうして彼が換算した数値を元にもどす必要がある？　これまで彼が計算をまちがえたことは一度もない。

一方、ぼくは自分の惑星のある単位のひとつを自分の惑星のべつの単位に換算するだけでも計算機を使って、六〇で割る計算を二回やらなければならない。それでも計算すると、彼の睡眠時間は最短で三時間半、最長で約一二時間と出た。

「了解」とぼくはいって、エアロックのほうへ動き出す。

「きみは観察する、質問？」とロッキーがたずねる。

彼はぼくが寝ているあいだ見守っていたのだから、自分の寝姿をぼくに見せるのがフェアということだろう。エリディアンの寝姿がどんなものか見られるといったら、地球の科学者なら誰でもそこらじゅう飛びまわって大喜びすることだろう。しかしぼくとしては、やっとキセノナイトをみっちり分析できる時間ができたわけだし、キセノナイトがほかの元素とどう結合するのか死ぬほど知りたくてたまらない。もっともこれはもしラボの機器類をどれかひとつでもゼロG環境下で動かせればの話だが。

「必要ない」

「きみは観察する、質問?」と彼がまたたずねる。

「ノー」

「観察する」

「きみは、きみが寝るのをぼくに観察して欲しいのか?」

「イエス。欲しい、欲しい、欲しい」

暗黙の了解で、ひとつの言葉を三回くりかえすのは最高の強調ということになっている。

「なぜ?」

「きみが観察するほうが、ぼくはよく寝る」

「なぜ?」

うまい表現を探しているのか、彼が腕を数本ふる。「エリディアンはそうする」

エリディアンはお互いに寝姿を観察し合うということか。それがふつうなのか。文化的なことにもっと敏感になるべきなのだろうが、ぼくがひとりごとをいったとき彼はぼくを非難した。「エリディアンは変わっているな」

「観察する。ぼくはよく寝る」

イヌくらいでかいクモがじっと動かない姿を何時間も見ていたくはない。船内にはクルーがいる、そうだろう? そのなかの誰かにさせればいいじゃないか。ぼくは彼の船を指さした。「ほかのエリディアンに観察してもらってくれ」

「ノー」

「なぜノーなんだ？」

「ここにいるエリディアンはぼくだけ」

ぼくの顎がガクッと落ちる。「その巨大な船にいるのはきみだけだというのか?!」

彼は一瞬、沈黙してから答えた。「♫♩♪♫♩♪♫、♫♪、♩♪♫、♫♪♫♪♩、♫♪♩♪、♫♩、♪、♫♩♪、♫、♩♪♫♩♪、♫♩♪、♫」

まったく意味がわからない。ぼくのその場しのぎの翻訳ソフトがぽしゃったのか？　チェックしてみる。いや、ちゃんと機能している。波形を調べてみる。前に見たのとおなじように見える。が、いくらか低い。それをいえば、この文章全体が、これまでロッキーが話した文章のどれよりもピッチが低い。ソフトウェアの記録履歴にある文章全体を選択していっきに一オクターヴ上げてみる。オクターヴは人間にかぎらず、すべてに共通のもので、一オクターヴ上げるということは、すべての音の周波数を倍にすることを意味している。

ラップトップはその結果をたちまち翻訳してくれた。「最初はクルーは二三人いた。いまはぼくだけ」

オクターヴ低くなっていたのは……感情が影響しているのだろう。

「かれらは……かれらは死んだのか？」

「イエス」

思わず目をこする。ワオ。〝ブリップA〟には二三人のクルーがいた。ロッキーは唯一の生き残りで、そのことであきらかに動揺している。

「なん……ああ……」言葉が出てこない。「悪い」

「悪い、悪い、悪い」

溜息をつく。「ぼくのほうは、最初はクルーは三人いた。いまはぼくだけだ」分離壁に手を当てる。

ロッキーが分離壁の向こうで、ぼくの手がある位置に鉤爪を当てる。「悪い」

「悪い、悪い、悪い」

ぼくらはしばらくそのままじっとしていた。「きみが寝るのを観察するよ」

「よい。ぼくは寝る」と彼がいう。

彼の腕から力が抜けて、どこから見ても死んだ虫のようになる。もう姿勢を維持する取っ手にもつかまっていないので、トンネルの向こうでふわふわと浮かんでいる。

「なあ、きみはもうひとりじゃないぞ、バディ」とぼくはいう。「ぼくら二人ともな」

第13章

「ミスター・イーストン、われわれの検査は必要ないと思いますが」とストラットがいった。

「わたしはあると思います」と看守長がいった。強いニュージーランドなまりは親しげに聞こえるが、言葉にトゲがある。この男は人のたわごとを容赦なくはねつけることでキャリアを築いてきたようだ。

「われわれはあらゆる検査を免除されていて――」

「そこまで」イーストンがいった。「何人《なんぴと》たりとも徹頭徹尾、検査を受けることなしに〝パーレ〟に出入りすることはできません」

オークランド刑務所、地元ではどういうわけか〝パーレ〟と呼ばれている刑務所は、ニュージーランド唯一の重警備棟を有する刑務所だ。入り口は一カ所で、訪問者はひとり残らずセキュリティ・カメラとマイクロ・スキャナーの洗礼を受ける。看守でさえ、なかに入るときは探知機のまえを通らなければならない。

イーストンの助手とぼくはボス同士が舌戦をくりひろげているあいだ、かたわらに立っていて、互いに顔を見合わせ肩をすくめた。頑固なボスを持った部下同士のささやかな友愛の情の交歓だ。

「わたしはテーザー（電気矢発射銃）を差し出すつもりはありませんよ。なんなら貴国の首相においでいただいてもいいのですが」とストラットがいった。

「どうぞどうぞ」とイーストンが応じた。「彼女もおなじことをいうと思いますよ――われわれは、このなかにいる野獣どもの手の届く範囲に武器を持ちこませるわけにはいかない、とね。部下の看守たちでさえ警棒しか持っていないのです。絶対に変えられない規則というものがありましてね。あなたの権限にかんしてはよく存じております。しかしそれにも限度がある。さすがのあなたにも魔法の力はない」

「ミスター・イー――」

「懐中電灯！」とイーストンはいって、手をのばした。

助手が小型の懐中電灯を手渡す。イーストンがカチッとスイッチを入れた。「口を開けてください、ミズ・ストラット。なかになにか隠していないか見る必要がありますので」

おいおい、マジか。ぼくはこれ以上事態が悪化しないよう、一歩まえに出た。「まず、ぼくから！」ぼくはそういって口を大きく開けた。

イーストンが懐中電灯で口のなかをあちこち照らす。「問題なし」

ストラットはひたすらイーストンをにらみつけている。

イーストンが懐中電灯をかまえて、いった。「なんなら女性看守を呼んで徹底的に調べさせていただくこともできますが」

数秒間、彼女はじっと動かなかった。と思うと、ホルスターからテーザーを抜いてイーストンに渡した。

疲れていたのにちがいない。彼女が権力のひけらかしを断念するのを見るのはこれがはじめてだった。だが、彼女が不毛な小便飛ばしコンテストに突入するのを見たこともない。彼女には途方もない権力があり、必要とあればそれを誇示して相手を威嚇することもいとわないが、簡単な解決法が目のまえにあるときにあえていい争うようなことはしたためしがなかった。

そのあとすぐ、看守たちに付き添われて、ストラットとぼくは刑務所の冷たい灰色の壁の向こうに入った。

「いったいどうしたんです？」とぼくはいった。

「わたしは小さな王国の小さな独裁者が嫌いなの」と彼女はいった。「頭にくるのよ」

「たまには一歩退くこともあるんですね」

「わたしが我慢しないと、世界が時間切れになってしまうのでね」

ぼくは人差し指を立てた。「いや、いや、いや！　あなたがいやなやつになるたびに〝わたしは世界を救っている〟という看板をふりかざすのはいかがなものかと思いますよ」

彼女は少し考えてからいった。「そうね、オーケイ。それはいえるかもしれないわね」

ぼくらは看守たちのあとについて重警備棟につづく長い廊下を進んでいった。

「重警備はやりすぎじゃないのかしら」と彼女がいった。

「七人も亡くなっているんですよ」とぼくは指摘した。「彼のせいで」

「偶発的なものよ」

「過失犯です。それに見合う罰は受けるべきです」

看守たちが角を曲がった。ぼくらもついていく。どこもかしこも迷路のようなつくりだ。

「そもそもどうしてぼくをここに連れてきたんですか？」

「科学」

「またですか」ぼくは溜息をついた。「お世辞にもうれしいとはいえませんね」

「覚えておくわ」

ぼくらは金属製のテーブルがひとつだけ置いてある部屋に入った。テーブルの向こうには鮮やかなオレンジ色のつなぎを着た囚人がすわっていた。四〇代後半から五〇代前半のだいぶ髪が薄くなっている男だ。テーブルに手錠でつながれているが、脅威を感じさせるところは微塵もない。

ストラットとぼくが向かい側にすわると、看守たちが外に出てドアを閉めた。

男がぼくらを見た。少し首を傾げて、こちらが口を開くのを待っている。

「ロバート・レデル博士」とストラットがいった。

「ボブでけっこう」と彼がいった。

「レデル博士と呼ばせていただきます」ストラットはブリーフケースからファイルを取り出して、ざっと目を通した。「あなたは現在、七訴因の過失殺人罪で終身刑に服していますね」

「ああ、そういう一方的な理由でここに入れられている」と彼がいった。

ぼくはいきなり声を張り上げた。「あなたがつくった装置が原因で七人もの人が亡くなったんですよ。あなたの不注意のせいで。ここに入れられる充分な〝理由〟だと思いますが」

彼が首をふった。「七人が亡くなったのは、コントロール・ルームが定められた手順にしたがわず作業員たちがまだ反射鏡タワー内にいるうちにメイン・ポンプ・ステーションを稼働させてしまったからだ。恐ろしい事故だったが、事故は事故だ」

「では教えてください」とぼくはいった。「あなたのソーラー・ファームでの死亡事故があなたの過失のせいではないのなら、あなたはどうしてここにいるんでしょうか？」

「それは政府がわたしが何百万ドルもの資金を横領したと思っているからだ」

「政府はなぜそう思っているんですか？」とぼくはたずねた。

「それはわたしが何百万ドルも横領したからだ」彼は手錠をかけられた手首をより収まりのいい位置に置き直した。「しかしそれは死亡事故とはなんの関係もない。無関係だ！」

「ブラックパネル発電について話していただきましょうか」ストラットがいった。

「ブラックパネル？」彼がたじろいだ。「あれはただのアイディアにすぎない。匿名でメールしたのに」

ストラットがぐるりと目を回した。「刑務所のコンピュータ室からのメールがほんとうに匿名で通るとお思い?」

彼はそっぽを向いた。「わたしはコンピュータ屋ではない。エンジニアなんでね」

「ブラックパネルのことをもっと詳しく聞きたいんだけれど」と彼女はいった。「もし聞きたいことが聞けたら、あなたの収容期間を短縮できるかもしれない。だからさっさと話して」

彼がピンと首を立てた。「ふむ……それはまあ……いいだろう。太陽熱発電にかんしてはどの程度知っている?」

ストラットがぼくを見た。

「ええと。たくさんの反射鏡すべてが太陽光をタワーのてっぺんに反射するようにセッティングすれば発電できるわけで、反射鏡の面積が数百平方メートルあって、そこから反射される太陽光を一点に集めれば湯を沸かし、沸騰させ、タービンを回すことができる」

ぼくはストラットを見た。「しかしそれはべつにあたらしいものではない。いまスペインでは太陽熱発電プラントがりっぱに機能してますよ。その話が聞きたいなら、そっちに聞くことですね」

彼女は手を上げてぼくを黙らせた。「あなたがニュージーランドのためにつくろうとしていたのはそれね?」

「まあ」と彼はいった。「資金を出したのはニュージーランドだった。しかし目的はアフリカへの電力供給だ」

「どうしてアフリカのためにニュージーランドが大金を?」とぼくはたずねた。

「それはわれわれがいい人だからだよ」とレデルがいった。

「ワオ」とぼくはいった。「ニュージーランドがとてもすばらしい国だということは知ってますが——

――」

「そして電力料金を請求するのはニュージーランド国営企業ということになっていた」とレデルがいった。

「なるほどね」

彼が身を乗り出した。「アフリカはインフラを必要としている。そのためには電力が必要だ。そしてアフリカには地球上でもっとも強烈な太陽光が継続的にふり注ぐ、なんの役にも立っていない九〇〇万平方キロメートルの土地がある。サハラ砂漠はかれらが必要とするものすべてをかれらに与えるために、ただ黙ってそこにいるんだ。われわれがやらなければならないのは、クソ発電所をつくることだけだったんだよ！」

彼はドサリと椅子の背もたれに寄りかかった。「ところが地元の各国政府はそろいもそろって分け前を要求してきた。収賄、賄賂、配当、名目はなんだっていい。わたしが大金を横領したと思っているんだろう？　はっ、あんなもの、なんにもない土地のまんなかにソーラー・プラントを建てるためにわたしが支払わねばならなかった金に比べたらカスみたいなものだ」

「それで？」とストラットがいった。

彼は自分の靴に目を落とした。「われわれはまずパイロット版をつくった――反射鏡エリアの広さは一平方キロだった。そのすべてが、タワーのてっぺんにある水が入った大きなドラム缶に焦点を合わせてあった。湯を沸かしてタービンを回す。手順は知ってのとおりだ。わたしは作業員にドラム缶の洩れをチェックさせていた。タワー内に人がいるときには反射鏡はすべてべつの方向に向けておくことになっていた。ところがコントロール・ルームの誰かがヴァーチャル試験を開始するつもりで全システムを起動させてしまったんだ」

彼は溜息を洩らした。「七人。全員、即死だった。少なくとも苦しみはしなかった。それほどは。

そのつけは誰かが払わなくてはならない。犠牲者は全員ニュージーランド人で、わたしもニュージーランド人。というわけでわたしはニュージーランド政府に追われる身になってしまったわけだ。裁判など茶番だよ」

「横領の件は?」とぼくはいった。

彼がうなずいた。「ああ、それも裁判で取り上げられた。しかしプロジェクトがうまくいっていれば軽い刑罰ですんだ話だ。わたしには責任はない。いや、まあ、金をくすねたことは、それは有罪だと思う。しかしわたしは誰も殺してはいない。不注意だの怠慢だの、そんなことはいっさいない」

「事故が起きたときはどこにいたんです?」とストラットがいった。

彼はすぐには答えなかった。

「どこにいたんです?」ストラットがくりかえした。

「モナコにいた。休暇で」

「休暇で三カ月間ずっとモナコにいた。横領したお金をギャンブルにつぎこんでいた」

「わたしは……ギャンブルがらみで問題を抱えている」と彼はいった。「それは認める。そもそも横領に手を染めたのはギャンブルで借金があったからだ。病気なんだ」

「三カ月も浮かれていないで仕事をしていたら、どうなっていたとお思い? 事故が起きた日、あなたがその場にいたら? それでも事故は起きたのかしら?」

答えは充分、彼の顔に出ていた。

「オーケイ」ストラットがいった。「いいわけだのたわごとだのはこれでおしまい。あなたが無実のスケープゴートだとはとうてい思えないわ。あなたもそれはわかったはずです。ですから先へ進みましょう——ブラックパネルのことを話して」

「ああ、オーケイ」彼は落ち着きを取りもどしたようだった。「わたしはエネルギー畑ひと筋できたから、当然、アストロファージには興味津々だった。あれほどのストレージ媒体は——まったく、あれが太陽に悪ささえしなれば、人類にとって史上最高の僥倖だったのに」

彼はきちんとすわりなおした。「核反応炉、石炭火力発電所、太陽熱発電所……どれもけっきょくはおなじことをしている——熱を使って湯を沸かし、蒸気を使ってタービンを動かす。しかしアストロファージがあれば、そんな手間は不要になる。アストロファージは熱をダイレクトに備蓄エネルギーに変えてくれる。しかもさほど大きな温度差は必要ない。九六・四一五度以上であればいい」

「それはわかっています」とぼくはいった。「ぼくは数カ月前から核反応炉の熱を使ってアストロファージを繁殖させています」

「どれくらい増えた？　数グラムというところか？　わたしのアイディアを使えば毎日、一〇〇〇キログラムはつくれる。数年で〈ヘイル・メアリー〉ミッションに必要な量が確保できるんだ。宇宙船をつくるのにそれ以上かかるんじゃないのかな」

「なるほど、話を聞きたくなりますねえ」とぼくはいった。もちろんストラットは〝ブラックパネル〟がなんなのか、ひとことも話してくれてはいない。

「まず正方形の金属箔を用意する。金属なら、だいたいなんでもいい。それを真っ黒になるまで陽極酸化処理する。真っ黒に塗るのではない——陽極酸化処理するんだ。その上に透明のガラスをかぶせて、ガラスと金属箔とのあいだを一センチあける。そして縁をレンガとか発泡プラスチックとか断熱性の高いもので密閉する。そして太陽光に当てる」

「オーケイ、するとどうなるんです？」

「黒い金属箔は太陽光を吸収して熱くなる。ガラスは外気を遮断する——熱が失われるのはガラスを通してだけだし、それもゆっくりとしたものだ。そしてやがて摂氏一〇〇度を充分に超えた温度で安定する」

ぼくはうなずいた。「それだけの温度があればアストロファージを栄養たっぷりにしてやれる」

「そのとおり」

「しかしそれではとんでもなく時間がかかるでしょう」とぼくはいった。「一平方メートルのボックスをつくって理想的な気候条件に恵まれたとしても……そうだなあ、太陽エネルギーとしては一平方メートルあたり一〇〇〇ワットというところかな……」

「一日あたり〇・五マイクログラム程度だな」と彼がいった。「誤差はあるだろうが」

「それじゃあ一日あたり一〇〇〇キログラムにはほど遠い」

彼はにやりと笑った。「それは何平方メートルつくれるかにかかっている」

「一日あたり一〇〇〇キログラムつくるには二兆平方メートル必要になる」

「サハラ砂漠の面積は九兆平方メートルだ」

ぼくの顎がガクッと落ちた。

「展開が早すぎるわ」とストラットがいった。「説明して」

「ええと、彼はサハラ砂漠の一部をブラックパネルで覆いたいそうです。そう……サハラ砂漠全体の四分の一を！」

「人間がつくった最大のものということになるな」と彼がいった。「宇宙からでもはっきり見えるだろう」

ぼくは彼をにらみつけた。「だがそれでアフリカの自然環境が、おそらくはヨーロッパの自然環境も、破壊されてしまう」

「きたるべき氷河期ほどの規模ではないさ」

ストラットが手を上げた。「グレース博士。うまくいくと思う？」

ぼくは苛立ちを覚えていた。「まあ、そうですねえ……コンセプトはしっかりしていると思います。

しかし、はたして実行できるものなのかどうか。ビルや道路をつくるのとはわけがちがう。なにしろそういうものを何兆個もつくるという話ですから」

レデルが身を乗り出してきた。「だから金属箔とガラスとセラミックスだけでブラックパネルをつくることにしたんだ。どれも地球上にあふれている素材だからな」

「いや、ちょっと」とぼくはいった。「アストロファージの繁殖はこのシナリオのどこに入ってくるんです？　たしかにあなたのブラックパネルでアストロファージは栄養満点になって、繁殖可能な状態になる。しかし繁殖するにはまだいくつか段階を踏まなくてはならないんですよ」

「ああ、わかってる」彼は得意げな笑みを浮かべている。「なかに永久磁石を入れてアストロファージがたどる磁場をつくる——アストロファージの移住反応を引き起こすのに必要なものだ。それからガラスの一部に小さい赤外線フィルターを貼り付ける。CO_2の赤外線シグネチャーの波長だけを通すフィルターだ。アストロファージは繁殖するためにそっちへ向かっていく。そして二つに分裂したら、アストロファージはガラスに向かって突進する。なぜならそれが太陽の方向だからだ。それから、パネルの側面のどこかに外部との換気用に小さい穴を開けておく。換気のスピードは、パネルの温度を下げない程度にゆっくりしていて、アストロファージが繁殖中に使ってしまったCO_2を補充できる程度に速い速度でないといけない」

ぼくは異議を申し立てようと口を開いたが、おかしなところはひとつも見つけられなかった。彼はじつによく考え抜いていた。

「どうなの？」とストラットがいった。

「繁殖システムとしてはお粗末です」とぼくはいった。「空母の反応炉を使っているぼくのシステムと比較したら遥かに効率が悪いし、生産量もずっと少ない。しかし彼は効率を重視して設計したわけではない。彼が重視したのは大規模に実現可能かどうかです」

「そのとおり」といって、彼はストラットを指さした。「あなたはいま現在、ほぼ世界中で通用する神のごとき権力をお持ちだと聞いている」

「それは大袈裟すぎるわ」と彼女はいった。

「いや、それほど大袈裟じゃありませんよ」とぼくはいった。

レデルが先をつづける。「中国の産業基盤をブラックパネル生産に振り向けることはできますかね？　中国だけでなく地球上の工業国すべてに協力させることは？　それくらいの規模になると思うんだが」

ストラットが口をすぼめた。そしてしばしのち、彼女はいった。「やりましょう」

「それと北アフリカの堕落した官僚どもに邪魔するなということは？」

「それは簡単」と彼女はいった。「これがすべて終われば、ブラックパネルは該当地域の各国政府のものになる。かれらは世界の産業エネルギー発電所になるんですから」

「なるほど、それはいい」と彼がいった。「世界を救い、その過程でアフリカを貧困と永遠に決別させる。むろんこれは理論上のことにすぎない。ブラックパネルを改善して、確実に大量生産できるものにしなければならないんだ。わたしがいるべき場所は刑務所ではなく、ラボだ」

ストラットはじっくりと考え、やがて立ち上がった。

「オーケイ。いっしょにやってもらいましょう」

彼は拳を上下に激しくふった。


ベッドで目が覚める。ベッドはトンネルの壁に取り付けてある。最初の晩はダクトテープを使って悪戦苦闘した。しかしその後、エポキシ樹脂の接着剤がキセノナイトにも使えることがわかったので、固定金具を二つ壁に取り付けて、マットレスをのせるかたちにした。

いまは毎晩トンネルで寝ている。ロッキーがそうしろというのだ。そしてロッキーはだいたい八六時間毎にトンネルで寝て、ぼくに見ていてくれという。まあ、彼はこれまでに三回程度しか寝ていないから、彼の覚醒周期についてぼくが取るデータは少々スカスカではある。が、どうやらパターンは一貫しているようだ。

両手をのばして、あくびをする。

「おはよう」とロッキーがいう。

あたりは真っ暗闇だ。ベッドの横に取り付けてあるランプをつける。

ロッキーはトンネルの彼の側に作業場をまるごと設置してしまっていて、いつもなにかしら改造したり修理したりしている。どうやら彼の船はつねに修理が必要な状態らしい。いまは二本の手で長方形の金属製の装置を持ち、べつの二本の手それぞれで持った針のような工具で装置のなかをつついている。残った手は壁の取っ手をつかんでいる。

「おは」とぼくはいった。「食べにいってくる。またあとで」

ロッキーがうわの空で手をふる。「食べろ」

ふわふわと共同寝室に下りていって朝の儀式だ。パッケージ入りの朝食（スクランブルエッグとポークソーセージ）を食べ、パック入りのホットコーヒーを飲む。

ここ二、三日、身体を拭いていなかったので、体臭が気になる。よい兆候とはいえない。そこでスポンジバス・ステーションでスポンジで身体をぬぐい、清潔なジャンプスーツを取り出す。これだけハイテクな船なのに、まだ服を洗濯する方法が見つかっていない。だから服を水浸しにして、そのまましばらくのあいだラボのフリーザーに入れることにしている。それで菌は死滅する。匂いの元は菌だ。清潔な、きれいではない服。

ジャンプスーツを着る。きょうこそは、と思っていた。言葉のスキルを磨いて一週間、ロッキーもぼくも本格的な会話をする準備は整っている。いまではぼくも三回に一回は、翻訳を見なくても彼がなんといったのかわかるようになっている。

コーヒーの残りをすすりながらトンネルにもどる。

オーケイ。やっと、大事なディスカッションをするのに必要な言葉が身についたんだ。さあ、いくぞ。

咳払いする。「ロッキー。ぼくがここにいるのは、アストロファージのせいでソルは病気になったのにタウ・セチは病気になっていないからだ。きみもおなじ理由でここにいるのか？」

ロッキーは装置と工具をツールベルトに入れて、支持取っ手をつかみながら分離壁までやってきた。よし。これは真剣な話だということを理解している証拠だ。

「イエス。なぜタウは病気でないのにエリダニは病気なのか、わからない。アストロファージがエリダニを去らないと、ぼくの人々は死ぬ」

「おなじだ！　おなじ、おなじ、おなじ！　アストロファージがソルに感染しつづければ、人類はみんな死ぬ」

「よい。おなじ。きみとぼくはエリダニと地球を救う」

「イエス、イエス、イエス！」

「きみの船のほかの人間はなぜ死んだ、質問？」とロッキーがたずねる。

ああ。やはり、その話もすることになるのか？

ポリポリと頭のうしろを掻く。「ぼくらは、うーん……ぼくらはここにくるまでずっと寝ていた。ふつうの睡眠ではない。特別な睡眠だ。危険な睡眠だが、それが必要だった。ぼくの仲間は死んだが、ぼくは死ななかった。たまたま運がよかった」

「悪い」

「悪い。ほかのエリディアンはなぜ死んだ？」

「わからない。みんな病気になる。そしてみんな死ぬ」声が震えている。「ぼくは病気ない。なぜかわからない」

「悪い」溜息まじりにいう。「どんな病気だ？」

彼は少しのあいだ考えていた。「言葉が必要。小さい生命。ひとつのもの。アストロファージとおなじ。エリディアンの身体は、たくさん、たくさんのそれでできている」

「細胞」とぼくはいった。「ぼくの身体もたくさん、たくさんの細胞だ」

彼が〝細胞〟を意味するエリディアン語をいい、ぼくはその音をどんどん豊かになっていく辞書に加える。

「細胞」と彼がいう。「ぼくのクルーは細胞に問題がある。たくさん、たくさんの細胞が死ぬ。感染ではない。怪我ではない。理由がない。しかし、ぼくはない。ぼくだけない。なぜ、質問？　わからない」

感染したエリディアンの身体の細胞ひとつひとつが死んだということか？　恐ろしい話だ。放射線が原因の疾病のようにも思える。それをどう説明すればいい？　いやその必要はないはずだ。宇宙旅行ができるのなら、当然、放射線のことは理解しているだろう。だが、ぼくらのあいだでは、まだその言葉は出てきていない。よし、やってみよう。

「ある言葉が必要だ――速く動く水素原子。とても、とても速い」

「熱い気体」

「ノー。それより速い。とても、とても、とても速い」

彼が甲羅を小刻みに揺する。困惑している。

べつのアプローチをしてみる。「宇宙空間には、とても、とても、とても速い水素がある。光の速度に近いくらい速い。ずっと、ずっと、ずっと昔に星から生まれた」

「ノー。宇宙空間に物質はない。宇宙空間は空っぽ」

おいおい。「ノー。それはまちがい。宇宙空間には水素原子がある。とても、とても、速い水素原子」

「了解」

「知らなかったのか？」

「知らない」

あまりのことに、呆然と彼を見つめるしかない。

ある文明が放射線の存在を知らないまま宇宙旅行ができるまでに進化する。そんなことがありうるだろうか？


「グレース博士」と彼女がいった。

「ロッケン博士」

ロッケン博士とぼくは小さなスチール机をはさんですわっていた。狭い部屋だが、空母の船室としては広々しているほうだ。そもそもどういう部屋なのかぼくは知らなかったし、表記は漢字だけだ。しかし、航海士が海図を見るための部屋ではないかという気がする……。

「お時間、割いていただいてありがとうございます」と彼女がいった。

「いえ、お安い御用です」

ぼくらはふだん、お互いを避けるようにしていた。ぼくらの関係は、〝互いに不愉快〟から〝互いに非常に不愉快〟なものへと成熟していた。ぼくにも彼女にも悪いところはあったから、責任の所在は五分五分だった。しかしジュネーヴ以来この何カ月かずっと最初のつまずきを引きずったままで、関係が改善することはなかった。

「もちろん、わたしはこんなことが必要とは思っていません」

「ぼくもです」とぼくはいった。「しかしストラットがあなたに、ぼくにもう一度説明しなおすようにといった。だからぼくらはここにいる」

「ひとつ、アイディアがあってね。でもあなたの意見も聞きたくて」彼女はファイルを取り出してぼくに渡してよこした。「欧州原子核研究機構《CERN》が来週発表することになっている論文です。これはその草稿。でもあそこの人はみんな知り合いだから、見本を見せてくれて」

　ぼくはフォルダーを開いた。「オーケイ。それで内容は?」

「かれらはアストロファージがどうやってエネルギーを蓄えているか解明したの」

「ほんとに?!」喘ぎ声になってしまった。そして咳払いして、いい直した。「ほんとうに?」

「ええ。率直にいって、びっくりよ」彼女は最初のページのグラフを指さした。「手っ取り早くいうと――ニュートリノなの」

「ニュートリノ?」ぼくは首をふった。「いったいどういう……」

「わかるわ。完全に直観に反しているものね。でもアストロファージを殺すたびに大きなニュートリノ・バーストが起きたのよ。試料をわざわざアイスキューブ・ニュートリノ観測所に持ちこんでメインの検知プールで破裂させたら、大量のヒットが確認された。アストロファージは生きているときだけニュートリノを体内にとどめておけるの。それも大量に」

「どうやってニュートリノをつくるんです?」

　彼女は論文を数ページめくって、またべつの図を指さした。「この分野はわたしよりあなたのほうが詳しいと思うけれど、微生物学者たちはアストロファージが大量の遊離水素イオンを――電子を持たない裸の陽子を――持っていて、それが細胞膜の内側でビュンビュン飛び回っていることを確認している」

「ああ、それは読んだ記憶があるなあ。発見したのはロシアのグループだったかな」

彼女はうなずいた。「CERN《セルン》は、どういうメカニズムでやったのかわたしたちには理解できないけれど、とにかくその陽子同士が高速でぶつかると、その運動エネルギーが反対方向の運動ベクトルを持つ二つのニュートリノに転換されることを確認したの」

ぼくは困惑して、椅子の背もたれに寄りかかった。「それはなんとも奇妙な話だな。ふつう、質量はそんなふうに〝生じる〟ものではないのに」

彼女は手を小刻みに揺り動かした。「そうともいいきれないのよ。ガンマ線はときどき、原子核のそばを通過したときに自然発生的に電子と陽電子になってしまうことがあるの。〝対生成《ついせいせい》〟というやつよ。だから、前代未聞というわけではないの。でもニュートリノがそんなふうにつくられるのは誰も見たことがなかった」

「すごいな。ぼくは原子物理学を深く勉強したことはないし、対生成のことも初めて聞きました」

「あるのよ、そういうものが」

「オーケイ」

「とにかく」と彼女はいった。「ニュートリノには、わたしとしては踏みこみたくない複雑なものが山盛りなの――何種類かあって、べつの種類に変わったりするし。でも、けっきょく大事なのはこれ――ものすごく小さい粒子だということ。質量は陽子の二〇〇億分の一程度しかないの」

「待った、待った、待った」とぼくはいった。「アストロファージの温度がつねに摂氏九六・四一五度だということはわかっている。ものの温度、すなわち内部の粒子の速度だ。だからなかの粒子の速度を——」

「なかの粒子の速度が計算できるはず。ええ、そうよ。陽子の平均速度はわかっている。質量もわかっている。だから運動エネルギーもわかっている。あなたがなにをいいたいのか、わかっているわ。そしてその答えはイエスなの。バランスが取れているのよ」

「ワオ！」ぼくはてのひらを額に当てた。「それはすごい！」

「ええ。そうなのよ」

それが長いこと未解決だった疑問への答えだった——なぜアストロファージの臨界温度はあの温度なのか？　なぜそれ以上、熱くならないのか？　なぜそれ以上、冷えないのか？

アストロファージは陽子同士を衝突させて一対のニュートリノをつくる。その反応を生じさせるには、陽子同士は、ニュートリノ二個の質量エネルギーより大きい運動エネルギーで衝突する必要がある。ニュートリノの質量から逆算すれば、陽子同士がどれくらいの速度で衝突しなければならないかがわかる。そしてその物体のなかの粒子の速度がわかれば、その温度がわかる。ニュートリノをつくれるだけの運動エネルギーを持つためには、陽子は摂氏九六・四一五度でなければならない。

「うわあ、なんと」とぼくはいった。「臨界温度以上の熱エネルギーは陽子をより強く衝突させるだけということか」

「そう。陽子はニュートリノをつくって、それでもエネルギーが余る。そこでまたべつの陽子に衝突して、それがまた、という具合よ。臨界温度以上のエネルギーはすぐにニュートリノに転換される。でももし臨界温度以下になって陽子の動きがゆっくりになりすぎたら、ニュートリノの生成はストップする。結果——アストロファージを九六・四一五度以上にすることはできない。とにかく、長いあいだはね。そしてもし冷えすぎてしまったら、アストロファージは蓄えているエネルギーを使って温度を上げる——ほかの温血動物とまったくおなじよ」

彼女はぼくがじっくりと考える時間を与えてくれた。CERNはたしかに答えを出した。しかしまだ二つ、疑問があった。

「オーケイ。アストロファージはニュートリノをつくる」とぼくはいった。「しかしそれをエネルギーにもどすのはどうやって？」

「それはいちばん簡単なところよ」と彼女はいった。「ニュートリノはマヨラナ粒子と呼ばれる粒子なの。つまりニュートリノはそれ自身の反粒子でもあるわけ。基本的に二つのニュートリノがぶつかるたびに、それは物質‐反物質の相互作用になる。そしてニュートリノは対《つい》消滅して光子になる。おなじ波長で反対方向に向かう二つの光子にね。そして光子の波長は光子のなかのエネルギーに基づくものだから……」

「ペトロヴァ波長！」とぼくは叫んだ。

彼女がうなずいた。「そう。ニュートリノの質量エネルギーはペトロヴァ波長の光の光子一個が持つエネルギーとぴったり一致するの。この論文はまちがいなく革新的といえるわ」

ぼくは両手に顎をのせた。「ワオ……まさにワオだな。あとひとつだけ疑問なんだが、アストロファージはどうやってニュートリノを体内に閉じこめているんだろう？」

「それはわたしたちもわからない。ニュートリノはふつう、ひとつの原子に当たることもなく地球を通り抜けていく――それくらい小さい。まあ、量子の波長と衝突の可能性の問題という側面が大きいけれど。でもニュートリノはほかのものと反応しにくいことで有名といえば充分でしょう。ところがアストロファージはなんらかの理由で、いわゆる〝超断面積性〟なるものを持っている。これはね、なにものも量子トンネル効果で通り抜けることができないということを意味するステキな言葉なの。わたしたちが理解できたと思っていた素粒子物理学のありとあらゆる法則に反することだけれど、何度も何度もくりかえし立証されているのよ」

「ああ」ぼくは指先でコンコンとスチール机を叩いた。「アストロファージは光の全波長を吸収してしまう——長すぎて相互作用できないはずの波長まですべて」

「そう。それに、どんなに衝突しそうになくても近くを通りすぎようとするものすべてと衝突することもわかっている。とにかくアストロファージが生きているかぎり、この超断面積性が発揮されるの。そしてそれがうまいこと、これから聞いてもらいたい話につながっていくというわけ」

「え?」とぼくはいった。「まだなにか?」

「ええ」彼女はバッグから〈ヘイル・メアリー〉の船体が描かれた図を取り出した。「このためにあなたの力が必要なの——いま〈ヘイル・メアリー〉を放射線から守る方策を考えているところなのよ」

ぼくはすっと背筋をのばした。「そうとも! アストロファージは放射線をブロックしてくれる!」

「たぶんね」と彼女はいった。「でも宇宙空間の放射線がどんなふるまいをするのか、どう影響するのか、しっかり知っておく必要があるので。だいたいのことはわかっているけれど、細かいことは知らないから、いろいろ教えてください」

ぼくは腕を組んだ。「ええと、放射線には二種類あります。太陽が放射する高エネルギーのものと、どこにでもあるGCRと」

「太陽粒子線のほうからお願い」

「了解。太陽粒子線は太陽が放射する水素原子で、ときどき太陽で磁気嵐が起きると大量に放射される。それ以外のときは比較的静かだ。アストロファージが太陽から大量のエネルギーを奪うようになってからは、磁気嵐が前より少なくなっている」

「恐ろしい」と彼女がいった。

「まったくだ。世界的な温暖化がほぼストップしたという話は聞いてる？」

彼女はうなずいた。「人類の環境にたいする無関心が地球を前もって暖めることによって、偶然にも何カ月か猶予期間が生まれたということね」

「クソの山に突っこんでバラの香りをさせて出てくる、ってやつだな」

彼女は笑いながらいった。「そんなの聞いたことない。ノルウェー人はそんな表現はしないわ」

「これからは使えるよ」

彼女は船体の図面に目を落とした——ちょっと早すぎる気がしたが、まあいい。

「その太陽粒子の速度は？」と彼女がたずねた。

「秒速約四〇〇キロ」

「よかった。それは無視できる」彼女は論文にささっとメモ書きした。「〈ヘイル・メアリー〉は八時間以内にそれ以上の速度になるの。太陽粒子は害をおよぼすどころか追いつくこともできないわ」

ぼくはピューッと口笛を吹いた。「ぼくらはほんとうにすごいことをしているんだな。いやあ……まったく。アストロファージは、いまさらだけど太陽に悪ささえしなければ、最高なのにな」

「そうね」と彼女。「さて、つぎはGCRのことを」

「こっちはちょっと厄介だ。GCRはなんの略かというと——」

「銀河宇宙線《ギャラクティック・コズミック・レイ》」と彼女がいった。「でもこれは宇宙線ではない、でしょ？」

「そのとおり。ただの水素イオン——陽子だ。しかし、すさまじい速さで動いている。光速に近い速度だ」

「電磁放射でもないのに、どうして宇宙線と呼ばれているの？」

「昔は宇宙線だと考えられていた。その名残で」

「なにか共通の源から出ているの？」

「いや、全方向からやってくる。超新星爆発で生まれるんだが、超新星爆発はあちこちで起きていたからね。ぼくらは全方向からくるGCRにつねに洗われているという感じだな。そしてGCRは宇宙旅行にとって非常に大きな問題だ。しかしもうちがう！」

ぼくは身を乗り出して、ふたたび船体図に目を落とした。それは船体の断面図だった。二つの壁のあいだに一ミリの隙間がある。「この隙間をアストロファージで満たすつもりなんだね？」

「そういう計画よ」

ぼくは図を見ながらじっくりと考えた。「船体に燃料を満たすわけか。危険性は？」

「アストロファージにCO_2が出す波長の光を見せさえしなければ大丈夫。CO_2を見なければ、アストロファージはなにもしない。アストロファージは二つの船殻のあいだの暗闇のなかにいるんだから大丈夫よ。ディミトリは、エンジンに送りこみやすいようにアストロファージと粘度の低い油の懸濁液をつくることを考えているの。わたしはそれで船体をすっぽり覆いたいと思っているんだけれど」

ぼくは指で顎をつまんだ。「うまくいくと思う。ただしアストロファージが傷ついて死ぬ可能性はある。先の尖ったナノ・スティックでつつくとアストロファージは死ぬからね」

「ええ、だからCERNに帳簿外の実験をしてくれないかと個人的にお願いしたわ」

「ワオ。CERNはきみが頼めばなんでもやってくれるのか？　きみは、ミニ・ストラットみたいな存在ということ？」

彼女はクスクス笑った。「昔からの友だちがいるし、いろいろつながりがあるのよ。とにかくかれらは、たとえ亜光速で飛んでくる粒子でもアストロファージを突き抜けることはできないことを発見したの。それでアストロファージが死ぬことはなさそうだということもね」

「それはおおいに納得がいく」とぼくはいった。「アストロファージは恒星の表面で生きられるように進化した。そういうところではエネルギーや光速で動く粒子に四六時中、爆撃されているにちがいないんだから」

　彼女はアストロファージの運河の拡大図を指さした。「放射線はすべて遮断されなければならない。そのために必要なのは、飛びこんでくるあらゆる粒子の行く手を確実に阻める程度の粘度のあるアストロファージの層。厚さは一ミリあれば充分。おまけに質量はいっさい失われない。燃料そのものを遮蔽材として使うの。もしクルーがアストロファージ燃料の最後の一滴まで使う必要が生じたときには、それを予備として使えるし」

「うーん……ニューヨークの電力を二万年まかなえるだけの〝予備〟か」

　彼女は図を見て、それからまたぼくを見た。「それ、頭のなかで計算したの？」

「ああ、ちょっとした近道があったんでね。ここではそういう途方もない量のエネルギーを扱っているから、〝ニューヨークの電力何年分〟で考えるクセがついているんだ。ちなみに一年分はアストロファージ約〇・五グラムに相当する」

　彼女はこめかみをゴシゴシこすった。「そしてわたしたちはそれを二〇〇万キログラムつくらなければならない。もし途中でなにかミスがあったら……」

「ぼくらはアストロファージの仕事を肩代わりして、みずからの手で人類を全滅させることになる」とぼくはいった。「ああ、そのことはぼくもしょっちゅう考えている」

「それで、どう思う？」と彼女はいった。「これはひどいアイディアだと思う？　それともうまくいくと思う？」

「天才的だと思うよ」

　彼女はにっこり笑って、目をそらせた。

第14章

明けても暮れてもスタッフ・ミーティング。世界を救うことがこれほど退屈とは誰が想像しただろうか？

科学チームのメンバーが会議室のテーブルを囲んでいた。ぼく、ディミトリ、そしてロッケン。官僚主義は排除すると口ではいうものの、ストラットは事実上、各部門の長になり、毎日スタッフ・ミーティングを開いていた。

ときとして、みんながいやがることがけっきょくは物事を進める唯一の手段だったりするのだ。

ストラットは当然、テーブルの上座にすわっていた。そしてその隣にはこれまで見たことのない男がいる。

「みなさん」とストラットがいった。「こちらはフランソワ・ルクレール博士」

彼女の左にすわっているフランス人がおざなりに手をふった。「どうも」

「ルクレール博士は世界的に有名な気候学者です。パリからこられました。アストロファージが気候におよぼす影響の追跡、理解、そして——可能であれば——改善の責任者になっていただきました」

「え、それだけですか？」とぼくはいった。

ルクレールがにっこり微笑んだが、その笑みはすぐに消えた。

「それで、ルクレール博士」ストラットがいった。「太陽エネルギーの減少でどんなことが起きるのか、相反するレポートが山のように寄せられていましてね。おなじ意見を持つ気候学者を二人見つけるのもむずかしいほどです」

ルクレールが肩をすくめた。「オレンジ色がどんな色か、おなじ意見を持つ気候学者を二人見つけるのもむずかしいですよ。残念ながら気候学は正確さに欠ける分野なのです。不確実なことが多いし――正直にいえば――当て推量も多い。気候科学はまだ幼年期なのです」

「ご自分のことはもう少し信頼していいと思いますよ。並みいる専門家のなかで、過去二〇年間、気候予測モデルが何度も何度も正しかったと証明されたのは、あなただけでした」

彼はうなずいた。

ストラットがテーブルの上に乱雑に置かれた書類の山を手で指した。「小規模な作物の不作から地球規模の生物圏の崩壊まで、ありとあらゆる予測がわれわれのもとに送られてきています。わたしはあなたの忌憚のないご意見をうかがいたい。太陽出力数値の予測をご覧になっての見解は？」

「まさに天災です。いうまでもない」と彼はいった。「われわれはいくつもの種の絶滅を目の当たりにしています。世界中で生物群系《バイオーム》の激変が観察され、気候パターンが大きく変化し――」

「人類です」とストラットがいった。「わたしが知りたいのは人類にどんな影響が出るか、いつ出るか、ということです。ミツコウモンナマケモノだかなんだかの交尾地だの、なにかのバイオームだののことはどうでもいいんです」

「われわれも生態環境の一部ですよ、ミズ・ストラット。その外側にいるわけではない。われわれが食べている植物、飼育している家畜、吸っている空気――すべてがタペストリーの一部なのです。すべてがつながっている。バイオームの崩壊は人類に直接的な打撃をおよぼすのです」

「オーケイ、それでは――数字の話を」とストラットはいった。「わたしは数字が知りたいのです。

漠然とした予測ではなく、明確な数字が」

ルクレールは渋い顔で彼女をにらみつけた。「オーケイ。一九年」

「一九年？」

「あなたは数字が知りたいとおっしゃった。ですから数字を。一九年です」

「オーケイ、なにが一九年なんでしょうか？」

「現在生きている人間の半数が死ぬまでの推定年数です。いまから一九年」

その言葉につづく沈黙は、ぼくがまったく経験したことのないものだった。ストラットでさえ衝撃を受けていた。ロッケンとぼくは顔を見合わせた。なぜそうしたのかわからないが、自然にそうしていた。ディミトリはあんぐりと口を開けていた。

「半数が？」ストラットがいった。「三五億人が？　死ぬ？」

「はい」とルクレールはいった。「それで充分に明確な数字と思っていただけるでしょうか？」

「どうしてそこまではっきりわかるんです？」

ルクレールはくちびるをすぼめた。「こうしてまたひとり、気候否定論者が生まれるわけです。じつに簡単でしょう？　あなたが聞きたくないことをいうだけでいいんですから」

「上から目線はよしましょうよ、ルクレール博士。わたしの質問に答えてください」

彼は腕を組んだ。「われわれはすでに大規模な気候パターンの崩壊を目の当たりにしています」

ロッケンが咳払いした。「ヨーロッパで竜巻が多発したと聞きましたが」

「ええ。どんどん頻繁に起きるようになってきています。スペインの征服者が北アメリカで竜巻を見るまで、ヨーロッパには竜巻を意味する言葉すらなかった。それがいまやイタリアやスペイン、ギリシャでふつうに起きるようになっています」

彼は首を傾げた。「原因の一端は気候パターンの変動。そしてどこかの狂人が黒い長方形でサハラ砂漠を舗装すると決定したこと。地中海周辺の熱分布の大規模な崩壊はなんの影響もおよぼさないとでもいうような判断だ」

ストラットがぐるりと目を回した。「気候に影響が出ることはわかっていましたよ。ほかに選択肢がなかっただけです」

彼はさらにいいつのった。「あなた方によるサハラ砂漠の悪用以外にも、世界中で奇怪な現象が発生しています。サイクロンのシーズンが二カ月ずれている。先週、ベトナムで雪がふった。ジェット気流が日々、複雑きわまりない動きをしている。北極の大気がこれまで到達したことのない地域にまで到達し、熱帯の大気が南北に大きく広がっている。大混乱です」

「三五億人が死ぬという話にもどりましょうか」ストラットがいった。

「いいですとも」とルクレールはいった。「飢餓にかんする計算はじつは非常に簡単です。全世界の農産業が一日に生み出す総カロリーを一五〇〇程度の数字で割る。総人口はそれを上回ることはできないのです。少なくともそう長いあいだは」

彼はテーブルに置かれたペンをもてあそんでいる。「できるかぎり精密にシミュレーションしてみました。まず穀物がとれなくなります。世界の主要穀物は、小麦、大麦、アワ類、ジャガイモ、大豆、そしてもっとも重要なのが米。すべて温度に非常に敏感です。水田が凍ったら、稲は枯れてしまう。ジャガイモ畑が洪水に襲われれば、ジャガイモは腐ってしまう。そして小麦畑が通常の一〇倍の湿度になれば、菌が寄生して小麦は全滅する」

彼はまたストラットを見た。「ミツコウモンナマケモノとやらが安定的に供給されれば生きのびられるかもしれませんが」

ストラットは顎をつまんだ。「一九年では足りない。〈ヘイル・メアリー〉がタウ・セチにいくのに一三年、なんらかの結果あるいはデータが帰ってくるのに一三年。少なくとも二六年ないと。二七年あれば、なおいいけれど」

彼は、まるで彼女にもうひとつ頭が生えたとでもいいたげな顔で彼女を見た。「なにをいっているんですか。これは選択の余地のない絶対的な結果なのですよ。もう起きていることです。われわれにはどうすることもできません」

「ナンセンス」と彼女はいった。「人類ははからずも過去一世紀のあいだに地球温暖化を引き起こしてしまった。われわれが本気になったらなにができるか、見てみようじゃありませんか」

彼の顔にたじろぎが見えた。「はあ？　冗談でしょう？」

「温室効果ガスの毛布のおかげで少しは時間が稼げる、そうですよね？　地球をパーカのように包みこんで、われわれが得ているエネルギーを長持ちさせてくれる。ちがいますか？」

「なにを――」彼は言葉に詰まった。「まちがいではない、がしかしスケールが……それに意図的に、温室効果ガスを出すというのはモラルとして……」

「モラルなどどうでもいいんです」とストラットはいった。

「ほんとうにそういう人なんですよ、彼女は」とぼくはいった。

「わたしの頭にあるのは人類を救うことだけ。ですから温室効果をつくりだしてください。あなたは気候学者でしょ。われわれが最低二七年間、生きのびられる方策を考えてください。人類の半分を失いたくはないので」

ルクレールはゴクリと息を呑んだ。

ストラットは銃を撃つジェスチャーをしながらいった。「仕事、はじめ！」


三時間かけて共通のボキャブラリーに五〇語追加した結果、やっとのことでロッキーに放射線の――

——そしてそれが生物におよぼす影響の——説明をすることに成功。

「ありがとう」いつになく低いトーンでロッキーがいう。悲しみのトーンだ。「なぜ友だちが死んだかわかる」

「悪い、悪い、悪い」とぼくはいった。

「イエス」と彼が応じる。

彼と話すうちにわかったのが〝ブリップA〟には放射線を遮蔽するものがいっさいないということだった。そしてエリディアンがなぜ放射線を発見できなかったのかもわかった。情報を整理するのに手こずったが、つぎのようなことが判明した——

エリディアンの母星はエリダニ40星系の第一惑星だ。人類はだいぶ前にその存在に気づいていたが、そこに文明があることはまったく知らなかった。カタログ名は〝エリダニ40Ab〟——これは正式名称だ。エリディアンにとっての、その惑星の実際の名前は、ほかのエリディアン語の言葉同様、和音の連なりだ。だから単純に〝エリド〟と呼ぶことにする。

エリドはエリダニ40のすぐそばに位置している——太陽と地球の距離の五分の一という近さだ。かれらの〝一年〟は地球の日数にすると四二日強。

いわゆる〝スーパーアース〟（巨大地球型惑星）で、質量は地球の八・五倍ある。直径は地球の約二倍で、地表重力は二倍強。回転速度は非常に速い。途方もなく速い。一日はわずか五・一時間だ。

そのあたりからいろいろと腑に落ちはじめた。

条件がそろえば惑星には磁場が生じる。溶けた鉄の核があって、恒星の磁場内にあること、そして回転していること。この三つの条件がそろえば、磁場が生じる。地球にもある——だから磁石が使えるのだ。

エリドはそのすべてを、それも強烈なかたちでそなえていた。地球より大きいので、地球より大きい鉄の核がある。恒星に近いから、恒星の磁場の影響はより強く、エリドの磁場も強くなった。そして回転速度はものすごく速い。すべてが合わさって、エリドの磁場は地球の少なくとも二五倍は強力だ。

プラス、エリドの大気は非常に濃い。地球の二九倍、濃密だ。

強力な磁場と濃密な大気が非常に得意とするところはなにか？　放射線の遮蔽だ。

地球上の生命はすべて放射線に対処できるように進化した。ぼくらのＤＮＡにはエラー修正機能が組みこまれている。なぜならぼくらはつねに太陽から、そして宇宙空間からの放射線の爆撃にさらされているからだ。地球の磁場はぼくらを放射線からある程度、守っていてくれるが、一〇〇パーセントではない。

エリドの場合は一〇〇パーセントだ。放射線は地上には届かない。光さえも地上には届かない――だからかれらは目を進化させなかった。地表は真っ暗闇。完全な闇のなかで生物圏はどう存在しているのか？　それはまだロッキーにたずねていないが、太陽光がまったく届かない地球の深海にもたくさんの生物が存在している。だからちゃんと存在できているのはまちがいない。

エリディアンは非常に放射線の影響を受けやすいのに、その存在さえ知らなかった。

つぎのやりとりには一時間かかり、ボキャブラリーは数十個増えた。

エリディアンはかなり前に宇宙旅行を創案していた。そして並ぶものなき素材テクノロジー（キセノナイト）を使って、実際に宇宙エレベーターをつくった。要するにエリドの赤道から同期軌道までのびた、釣合おもり付きのケーブルだ。かれらは軌道にいくのに、文字通りエレベーターを使っている。キセノナイトのつくり方さえ知っていれば、地球でもそれは可能だ。

肝心なのは、かれらが軌道を離れたことがないという点だ。そうする理由がなかったのだ。エリドには月がない。恒星にここまで近い惑星に月があることはめったにない。重力によって生じる潮汐力が、月になる可能性のあるものを軌道からもぎ取ってしまうからだ。ロッキーたちクルーは軌道を離れた初のエリディアンだった。

というわけで、同期軌道のずっと外側にまで広がっているエリドの磁場がかれらを守っていたという事実を、エリディアンは知らないままずごしてきた。

そしてひとつ、謎が残った。

「なぜぼくは死ななかった、質問?」とロッキーがたずねる。

「わからない」とぼくは答える。「なにがちがったんだろう? ほかのクルーがやらなかったことで、きみがしていたことは?」

「ぼくはものを修理する。ぼくの仕事は壊れたものを直すこと、必要なものをつくること、そしてエンジンが動きつづけるようにすること」

どうやら彼はエンジニアのようだ。「きみはいつもどこにいた?」

「船にぼくの部屋がある。仕事場」

ピンとくるものがあった。「仕事場はどこにある?」

「船のうしろのほう、エンジンの近く」

宇宙船のエンジニアを常駐させる場所としては納得がいく。エンジンの近く、メンテナンスや修理がいちばん必要になりそうな場所だ。

「アストロファージ燃料はどこに蓄えていたんだ?」

彼が船の後部のほうを手で指す。「アストロファージのコンテナ、たくさん、たくさん。ぜんぶ船のうしろ。エンジンの近く。補充が簡単」

それが答えだ。

ぼくは溜息をついた。彼は聞きたくないだろうが、答えは非常に単純だった。かれらは知らなかった。手遅れになるまで、それが問題だということすら知らなかったのだ。

「アストロファージは放射線を止める」とぼくはいった。「きみはほとんどの時間、アストロファージに取り囲まれていた。ほかのクルーはそうではなかった。だから放射線にやられたんだ」

彼はなにも答えない。事実が胸に落ちるのに時間がかかっているのだ。

「了解」低いトーンで彼がいう。「ありがとう。ぼくがなぜ死なないか、わかる」

彼の一族の必死の思いを想像してみる。宇宙計画は地球にかなりの遅れをとっていたし、外になにがあるのかまったく知らず、それでも種属を救おうと恒星間宇宙船をつくった。

ぼくの置かれた立場とおなじだ、と思う。ぼくのテクノロジーのほうが少しすぐれている。ちがいはそれだけだ。

「ここにも放射線はある」とぼくはいった。「きみはできるだけ仕事場にいたほうがいい」

「イエス」

「このトンネルにアストロファージを持ってきて壁を覆うんだ」

「イエス。きみもおなじことをする」

「ぼくはする必要はない」

「なぜ、ない、質問?」

それは、ガンになってもかまわないからだ。どっちにしろここで死ぬのだから。だが、ぼくが特攻ミッションでここにきていることは、いまはいいたくない。この会話はもうかなり重いものになっている。だからぼくは半分、真実をいうことにした。

「地球の大気は薄くて磁場は弱い。放射線は地表に届いてしまう。だから地球の生命は放射線では死なないように進化したんだ」

「了解」

彼は修理作業をつづけ、ぼくはトンネルに浮かんでいる。ふと、ある疑問が浮かんだ。「なあ、質問がある」

「たずねる」

「どうしてエリディアンの科学と人類の科学はこんなに似ているんだろう？　何十億年もかかったのに、ほとんどおなじかたちに進歩した」

しばらく前から気になっていたことだ。人類とエリディアンは、べつべつの星系でべつべつに進化した。これまでまったく遭遇することはなかった。だったら、どうしてほとんどそっくりのテクノロジーを持っているのか？　たしかにエリディアンは宇宙テクノロジーにかんしては少し遅れているが、大幅にではない。なぜかれらはまだ石器時代にいるわけではないのか？　あるいは現代の地球が古臭く見えるような超現代的な時代ではないのか？

「そうでなければならない。そうでないときみとぼくは出会わない」とロッキーはいった。「もし惑星の科学が少なければ宇宙船をつくること、できない。もし惑星の科学が多ければ星系を離れずにアストロファージを理解して破壊すること、できる。エリディアンと人類の科学は、両方とも特別な範囲内にある――宇宙船をつくること、できる、しかしアストロファージ問題を解決すること、できない」

ハァ。それは思いつかなかった。だが、いわれてみればたしかにそうだ。もしこれが地球の石器時代に起きていたら、ぼくらはただ死ぬだけ。いまから数千年後に起きていたら、汗ひとつかかずにアストロファージ対処法を見つけていたにちがいない。ある種属が解決法を見つけるためにタウ・セチに宇宙船を送りこむ程度のテクノロジーの進化段階、その幅はかなり狭い。エリディアンと人類はその狭い幅のなかにいたわけだ。

「了解。よい観察」とはいったものの、まだすっきりしない。「それでも、なかなかありえないことだ。人類とエリディアンは宇宙では近いところにいる。地球とエリドは一六光年しか離れていない。銀河系の幅は一〇万光年もあるのに！　生命は稀なもののはずだ。しかし、ぼくらはとても近い」

「ぼくらは家族の可能性」

ぼくらが親戚同士？　いったいどういう――

「ああ！　つまり……どうどう！」これはみっちり考えなくてはならない。

「確実ではない。理論」

「ものすごくよい理論！」とぼくはいった。

パンスペルミア説。ロッケンとはしょっちゅうその話をしていた。

地球生命とアストロファージは偶然で片付けるには似すぎている。ぼくは地球にアストロファージの祖先が〝播種された〟のではないかと思っている。アストロファージの元祖のような恒星間種属がわが惑星に感染したのではないかと。しかしそれとおなじことがエリドにも起きたかもしれないということは、いまのいままで思いつかなかった。

生命はそこらじゅうにあるのかもしれない！　アストロファージ的な祖先からいまぼくをつくっているような細胞に進化できる可能性のあるところならどこにでも。その〝アストロファージ以前〟の微生物がどんなものなのかわからないが、アストロファージはとてつもなくタフだ。生命の存続を維持できる可能性のある惑星なら、どんなところでも定着できるのではないだろうか？

ロッキーは長いこと会えずにいた親戚なのかもしれない。とても長いこと会えずにいた親戚。ぼくにとっては家の裏庭に生えていた木々のほうがロッキーより近い親戚かもしれない。だが、それでもやはり。

ワオ。

「とてもよい理論！」と、ぼくはもう一度いった。

「ありがとう」とロッキーがいう。きっと彼はだいぶ前に考えついていたのだろう。しかしぼくはまだ頭の整理がつかずにいる。

一度だけ、空母が完璧な場所になったことがあった。

中国海軍はもうストラットの指示に疑義をさしはさむことすらしなくなっていた。上層部が、なにかあるたびにいちいち承認するのにうんざりして、武器の使用を含まないかぎりストラットのいうとおりにやれという一般命令を出したのだ。

空母は深夜に南極大陸西部沖に停泊した。海岸線は遥か彼方で、月明かりでかろうじて見える程度。南極大陸からは人間は全員待避している。やりすぎかもしれない――アムンゼン・スコット基地までは一五〇〇キロあるのだから。たぶん基地の人たちにはなんの影響もないだろう。それでも万が一を考えないわけにはいかなかった。

海軍による立ち入り禁止区域としては史上最大のもので、あまりにも広大なため、米国海軍ですら、商船が区域内に入らないようにするのに艦の配置が手薄になるほどだった。

ストラットがトランシーバーで話していた。「駆逐艦１《デストロイヤー・ワン》、観測状態確認せよ」

「準備完了」アメリカなまりの声が返ってきた。

「駆逐艦２《デストロイヤー・ツー》、観測状態確認せよ」

「準備完了」またべつのアメリカなまりの声が返ってきた。

科学チームは空母の飛行甲板に立って陸のほうを見ていた。ディミトリとロッケンは甲板の縁から離れたところにいる。レデルはブラックパネル・ファームの運営のことでアフリカに滞在中だった。

そしてストラットは、いうまでもなく、全員より少しまえに立っていた。

ルクレールは絞首台にひかれていく男さながらの表情で、「いよいよのようだな」といい、溜息を洩らした。

　ストラットがまたトランシーバーのスイッチを入れた。「潜水艦1《サブマリン・ワン》、観測状態確認せよ」

「準備完了」と応答が入る。

　ルクレールがタブレットをチェックして、いった。「まもなく三分前……はい、いま」

「全艦艇へ――これより、コンディション・イエロー」ストラットがトランシーバーに向かっていった。「くりかえす――コンディション・イエロー。潜水艦2《サブマリン・ツー》、観測状態確認せよ」

「準備完了」

　ぼくはルクレールの隣に立っていた。「信じられませんねえ」とぼくはいった。

　彼は首をふった。「これがわたしの責任でなかったらと思わずにはいられないよ」彼はひっきりなしにタブレットをいじっている。「いやあ、グレース博士、わたしはこれまでずっと、なんら恥じることなくヒッピーとして生きてきた。リヨンでの子ども時代からパリの大学時代まで。わたしは政治に抗議するという時代遅れの日々にとどまったままの環境保護を奉じる反戦論者なんだよ」

　ぼくはなにもいわなかった。彼は人生最悪の日を迎えているのだ。話を聞くだけで彼の力になれるのなら聞こう、とぼくは思った。

「わたしは世界を救う一助になろうと気候学者になった。われわれがずぶずぶと沈みこんでいた悪夢のような破滅的環境破壊にブレーキをかけるために。それがいまは……このありさまだ。必要なことだが、ひどすぎる。きみは科学者だから、わかるだろう」

「いや、それは」とぼくはいった。「ぼくは科学者としてのキャリアの最初からずっと地球から目をそらしていましたからね。地球に目を向けたことはなかった。気候科学には恥ずかしいほどどうとくて」

「うーん。南極大陸の西側は攪乱状態の氷と雪の塊だ。この地域全体が巨大な氷河で、ゆっくりと海にむかって移動している。ここには何十万平方キロもの氷の原野があるんだよ」

「それを溶かそうというんですね?」

「溶かすのは海がやってくれるが、そう、溶かすんだ。重要なのは、南極はかつてジャングルだったということだ。何百万年ものあいだ、南極はアフリカのように木々が青々と生い茂っていたんだ。しかし大陸移動や自然な気候変動で凍りついてしまった。南極の植物はすべて死に、腐敗した。そしてその腐敗の過程で出たガスが——いちばんよく知られているのはメタンだが——氷に閉じこめられている」

「そしてメタンは非常に強力な温室効果ガス」とぼくはいった。

彼はうなずいた。「二酸化炭素より遥かに強力だ」

彼がまたタブレットをチェックした。「二分前!」と彼が大声でいった。

「全艦艇へ——コンディション・レッド」とストラットがトランシーバーで伝える。「くりかえす——コンディション・レッド」

彼がまたぼくのほうを向いた。「だからわたしはここにいる。環境活動家として。気候学者として。反戦十字軍として」彼は海のほうに目をやった。「そしてわたしは南極を核攻撃しろと命令しようとしている。アメリカ合衆国の好意により、氷河の割れ目に沿って深さ五〇メートルの地点に三キロごとに埋められた二四一発の核爆弾。それが同時に炸裂する」

ぼくはゆっくりとうなずいた。

「放射線は最少ですむらしい」と彼はいった。

「ええ。慰めになることがあるとしたら、使われるのが核融合爆弾だということです」ぼくはジャケットの襟をかき合わせた。「ウラニウムなどの小さな核分裂反応が、ずっと大きな核融合反応を引き起こす。大きな爆発は水素とヘリウムだけです。それからは放射線は出ません」

「なるほど、それはたいしたものだな」

「これ以外に方法はなかったんですか？」とぼくはたずねた。「たとえば六フッ化硫黄みたいな温室効果ガスを工場で大量につくるとか、そういう方法ではだめなんですか？」

彼は首をふった。「工場でつくれる最大量の何千倍もの量が必要だったんだ。考えてみたまえ、石炭や石油を地球規模で燃やすと気候に影響が出るとわかるまでに一世紀かかったんだからね」

彼はタブレットをチェックした。「棚氷が爆発のラインで割れてゆっくりと海中へ進み、溶ける。一カ月後には海面が一センチ上昇し、海水温が一度下がる——それ自体、災厄だが、いまは気にしなくていい。とにかく膨大な量のメタンが大気中に放出される。メタンはいまや、われらが友だ。親友だ。しばらくのあいだわれわれを温めてくれるから、というだけではない」

「というと？」

「メタンは一〇年後には大気中で分解されてしまう。今後、メタンの濃度が一定に保たれるよう、数年おきに南極の氷塊を海に入れる。それで〈ヘイル・メアリー〉が解決策を見つけてくれれば、あとはメタンが一〇年で消えてくれるのを待つだけでいい。二酸化炭素ではそうはいかない」

ストラットがそばにやってきた。「時間は？」

「六〇秒前」と彼がいった。

ストラットがうなずいた。

「ではこれですべてが解決するということですか？」とぼくはたずねた。「南極をついてメタンを放出させて地球の温度を適正に保っていれば、それで大丈夫なんですか？」

「いや」と彼はいった。「せいぜい一時しのぎというところだろう。あやつを大気にほうりこむことで空気は暖かく保たれるだろうが、それでも生態系への打撃は大きい。身の毛のよだつような予測不能の天候、農作物の不作、そしてバイオームの崩壊。しかしおそらく、おそらくとしかいえないが、メタンなしの場合ほどひどいことにはならないはずだ」

ぼくは並んで立つストラットとルクレールに目をやった。人類史上、これほど大きなむき出しの権威と力がこれほど少数の人間に賦与されたことはない。この二人が――この二人だけで――まさに世界の様相を変えようとしているのだ。

「気になることがあるんですが」とぼくはストラットにいった。「〈ヘイル・メアリー〉が発進したら、あなたはどうするんです？」

「わたし？」と彼女はいった。「どうでもいいわ。〈ヘイル・メアリー〉が発進したら、わたしの権威は消える。そうなったらたぶん、憤懣やるかたないそこらじゅうの政府から権力の乱用のかどで告訴されるでしょうね。残る人生、監獄ですごすことになるかも」

「わたしはあなたの隣の独房に入ることになるな」とルクレールがいった。

「心配じゃないんですか？」

彼女は肩をすくめた。「わたしたちはみんな犠牲を払わなくてはならない。救済を確保するためにわたしが世界に代わって鞭打たれる少年になる必要があるのなら、それがわたしが払うべき犠牲よ」

「奇妙な論理ですね」とぼくはいった。

「そんなことはないわ。ほかには種の絶滅という選択肢しかないとなったら、とても簡単な話よ。倫理的なジレンマもなければ、誰にとってなにがベストか考える必要もない。このプロジェクトを推し進めることに専念するのみ」

「わたしも自分にそういいきかせている」ルクレールがいった。「三……二……一……爆破」

なにも起きなかった。海岸線はもとのままだ。爆発もなければ閃光も見えない。パンという音さえ聞こえなかった。

彼はタブレットを見ていた。「核爆弾は爆発した。衝撃波は一〇分程度でここに届くはずだ。といっても遠雷のような音にすぎないだろうが」

彼は甲板に目を落とした。

ストラットが彼の肩に手を置いた。「あなたはしなければならないことをした。わたしたちはみんな、しなければならないことをしているのよ」

彼は両手に顔を埋《うず》めて泣いた。


ロッキーとぼくは生物学について何時間も語り合った。二人ともお互いの肉体がどう機能しているか興味津々なのだ。そうでなかったら、二人とも怠慢な科学者ということになるだろう。

エリディアンの生理機能は、率直にいって、仰天ものだ。

エリドは恒星にとても近いから、生物圏に入ってくるエネルギー総量は途方もなく多い。だから食物連鎖の頂上にいるエリディアンは人間の身体よりずっと大量のエネルギーを蓄えている。どれくらい多いか？　かれらの体内にはＡＴＰ——ＤＮＡベースの生物のおもなエネルギー貯蓄媒体——だけが入っている嚢《のう》がある。ふつうＡＴＰは細胞内にあるものだが、あまりにも量が多いのでもっと効率的に蓄えられるように進化したのだ。

ここで話しているのはばかばかしいほど大量のエネルギーのことだ。かれらは鉱物から酸素をはずして金属を得る。エリディアンは、要するに、生きた精錬所なのだ。

人間には髪の毛や爪、歯のエナメル質など、身体にとって重要な役割を果たしている〝死んだ〟部分がある。エリディアンはそれが究極にまで発展したかたちになっている。ロッキーの甲羅は酸化鉱物でできている。骨はハニカム構造の合金。血液は大半が液体水銀。神経ですら光ベースの刺激を伝達する非有機的なケイ酸塩だ。

全体として、ロッキーの身体をつくっている素材のうち生物学的なものはわずか数キログラムしかない。単細胞生物が血液中を移動して身体を必要な状態につくりあげ、修復している。その単細胞生物は消化も担い、甲羅の中央に安全に収まった脳にも奉仕している。

もしハチが歩ける巣をつくるように進化したら、そして女王バチが人間くらい知的だったら、その生命体はエリディアンに似たものになるだろう。ただしエリディアンの〝ハチ〟は単細胞生物だ。

エリディアンの筋肉は無機物だ。伸縮性のある嚢に多孔性のスポンジのような素材が入っている。体内の水分の多くは、こうした嚢に閉じこめられている。気圧があまりにも高いので、水は二一〇℃でも液体だ。

かれらには循環系が二つある――〝常温〟系と〝高温〟系。常温血は二一〇℃。だが高温血は三〇五℃に保たれている。この温度だとエリドの気圧でも水は沸騰する。どちらの系にも血管があり、筋肉のまわりで温度調整の必要に応じて拡張したり収縮したりしている。筋肉を拡張させたければ温め、収縮させたければ冷やす。

要するに――エリディアンは蒸気を動力にしているのだ。

というわけで、常温の循環系は筋肉が冷えるときのヒートシンクになっている。よってつねに常温になっていなければならないから、ラジエーターが必要だ。ロッキーはある意味〝呼吸〟しているわけだが、呼吸といっても甲羅の上部にあるラジエーターのような器官の毛細管に外部のアンモニアを通しているだけだ。甲羅の上部の五つのスリットを通って空気が出入りするが、どの時点でも空気が血流内に入ることはない。

エリディアンはいわゆる〝呼吸〟はしないが、酸素は利用している。かれらの身体は人間の身体よりずっと自己充足的だ。かれらの身体には植物的な細胞と動物的な細胞が存在している。酸素から二酸化炭素へ、二酸化炭素へ、いったりきたり、つねに均衡が保たれている。ロッキーの身体は小さな生物圏なのだ。必要なのは食べものというかたちでのエネルギーと、熱を廃棄するための空気流だけ。

ところで、高温血は熱すぎて生物学的素材のものはそのなかでは生きられない——なかの水分が沸騰してしまうから。が、これは食べものとして入ってくる病原体を殺菌するには都合がいい。

しかし、働きバチならぬ働き細胞に高温血系のなかでなんらかの役割を果たしてもらうためには、高温血系を常温まで冷やす必要がある。そしてその状態になると、エリディアンは筋肉を使えなくなってしまう。だからエリディアンは寝るのだ。

かれらは人間のように〝寝る〟わけではない。合理的な理由で麻痺状態に陥るのだ。その間は脳もメンテナンス中だから、意識は機能しない。寝ているエリディアンは起きることができない。だからかれらは寝ているあいだ互いに見守り合うようにしている。誰かに安全を守ってもらわなければならないのだ。たぶん穴居人（穴居エリディアン？）の時代からの習わしで、いまはただの社会的慣習なのだろう。

この話をしているあいだぼくは驚きっぱなしだったが、ロッキーにとっては退屈な話題だったようだ。しかし、人間の話になると、彼は大きな衝撃を受け、ひどく驚いていた。

「きみは光を聞く、質問？」とロッキーがいった（彼は驚いたり、感銘を受けたりすると、文章の最初の音が少し震える）。

「イエス。ぼくは光を聞く」

こうして二人でしゃべっているあいだ、彼は複数の手を使って、なにやら複雑な装置を組み立てている。大きさは彼とおなじくらいある。部品のいくつかは見覚えがある。ここ数日来、彼が修理していたものだ。彼は精密なマシンの修理をしながら、ふつうにぼくと会話している。エリディアンは複数のことを同時にこなすのが人間よりうまいのではないかと思う。

「どのように、質問?」と彼がたずねる。「どのように光を聞く、質問?」

ぼくは目を指さす。「これは光を検知して焦点を合わせる特殊な部分だ。これが脳に情報を送る」

「光がきみに情報を与える、質問? 空間を理解するのに充分な情報、質問?」

「イエス。音がエリディアンに情報を与えるのとおなじように、光は人間に情報を与える」

なにか思いついたようで、彼は作業の手を完全に止めた。「きみは宇宙空間からの光を聞く、質問? きみは恒星や惑星や小惑星を聞く、質問?」

「イエス」

「驚く。音はどうか、質問? きみは音を聞ける」

ぼくは耳を指さす。「ぼくはこれで音を聞く。きみはどうやって音を聞くんだ?」

彼は甲羅全体と五本の腕すべてを指し示す。「すべての場所。外側の殻に小さい受容器がある。ぜんぶが脳に報告する。触覚とおなじ」

つまり彼は全身がマイクロフォンということだ。彼の脳は相当むずかしい処理作業をこなしているにちがいない。身体のどの位置か正確に知らなくてはならないし、べつの部分に当たった音との時差も見きわめなければならないし……ふむ、これは興味深い。とはいうものの、ぼくの脳は二つの眼球からの情報だけで周囲の完全な3Dモデルをぼくに見せてくれる。感覚入力はどれをとっても非常に感銘深いものがある。

「ぼくはきみほどよくは聞けない」とぼくはいった。「光がないと、空間も理解できない。きみが話すのは聞こえるが、それだけだ」

彼が分離壁を指さす。「これは壁」

「これは特別な壁だ。光はこの壁を通り抜ける」

「驚く。最初に壁をつくるとき、ぼくはきみに多くの選択肢を与える。きみは光を通すからこれを選ぶ、質問？」

もうずいぶん前のことのような気がする――あのとき分離壁はそれぞれ異なる質感、色の六角形のモザイクだった。そしてぼくは当然ながら、透明のを選んだ。

「イエス。ぼくがこれを選んだのは、光を通すからだ」

「驚く。ぼくは音の♫♩♪♫のちがいで選ぶ。光のことは考えない」

謎の言葉がなんなのか、ぼくはラップトップを見る。いまではラップトップを見る必要はほとんどなくなっているが、それでもたまには覚えていない和音が出てくる。コンピュータによると、これは〝質〟を意味する言葉だった。オーケイ、これで自分を責めるわけにはいかない。そうしょっちゅう出てくる言葉ではないのだから。

「幸運だった」

「幸運」と同意して、彼は手にしている装置をさらに数回調整し、工具類をツールベルトにしまう。

「終わり」

「それはなに？」

「小さい空間でぼくを生かしておく装置」彼はうれしそうだ、と思う。甲羅をいつもより少しだけ高く持ち上げているのだ。「待つ」

彼が装置を残して船内に姿を消す。そして透明のキセノナイト・パネルを何枚か持ってもどってきた。どれも厚さ一センチ、幅一フィートくらいの五角形だ。こんなふうに単位をごちゃまぜで考える自分がいやになる。だが、頭にこういうかたちで浮かんできてしまうのだ。

「ぼくは空間をつくる」

彼は五角形の縁と縁を合わせて、チューブ入りの濃い液体のりのようなものでくっつけていく。すぐに十二面体を半分にしたものが二つ、できあがった。彼がそれを誇らしげに持ってぼくに見せ、二つをピタッと合わせた。「部屋」

その〝部屋〟というのは五角形でできたジオデシックドームだった。直径は約一メートル。ロッキーが楽に入れる大きさだ。

「その部屋の目的はなに？」とぼくはたずねる。

「部屋と装置、きみの船のなかでぼくを生かしておく」

ぼくはきゅっと眉を上げた。「きみがぼくの船にくるのか？」

「人間のテクノロジー、見たい。許される、質問？」

「イエス！　許される！　なにが見たい？」

「なにもかも！　人間の科学はエリディアンの科学よりよい」彼がぼくの横に浮かんでいるラップトップを指さす。「考える機械。エリディアンはそれを持っていない」そしてぼくのツールキットを指さす。「そこにたくさんエリディアンが持っていない機械」

「イエス。こっちにきて、見たいものをぜんぶ見てくれ！」ぼくは分離壁の小さなエアロックを指さす。「どうやってこれを通り抜ける？」

「きみはトンネルを離れる。ぼくはあたらしい分離壁をつくる。もっと大きいエアロック」

彼が完成した装置――いまになって気がついた、これは生命維持装置だ――を甲羅にのせてストラップで留める。装置は甲羅の上にあるラジエーターの通気口をすっぽり覆っている。

「それはラジエーターをふさいでしまうんじゃないのか？　危険ではないのか？」

「ノー。これは熱い空気を冷たい空気にする」

エアコンだ。摂氏二〇〇度以上で快適に暮らしている種属がエアコンとは、さすがに考えつかなかった。だが誰にだって我慢の限界はある。

彼は、接着剤でドームを密閉していく。「テスト」

彼は一分間、そこにじっと浮かんでいた。そしていった。「機能する！　うれしい！」

「すばらしい！　しかし、どう機能する？　熱はどこへいく？」

「簡単」といって、彼は装置の小さい部品を叩く。「アストロファージ、ここ。アストロファージは九六度より高い熱をぜんぶ取る」

ああ、そのとおりだ。人間にとってはアストロファージは熱い。しかしエリディアンにとってはとても冷たい。たしかに完璧なエアコン媒体だ。ロッキーはアストロファージが入った冷却フィンの上に空気を流してやるだけでいい。

「賢い」とぼくはいう。

「ありがとう。きみはもう離れる。ぼくはトンネル用の大きいエアロックをつくる」

「イエス、イエス、イエス！」

ぼくは壁に留め付けてあるマットレスも含めて、持ちものをぜんぶコントロール・ルームに詰めこみ、それから自分もコントロール・ルームに入って、エアロックのドアを両方とも閉めた。

そのあとは整理整頓に励む。まさか来客があるとは思っていなかったので。

〔下巻につづく〕

訳者略歴　青山学院大学文学部卒，英米文学翻訳家
訳書『火星の人〔新版〕』『アルテミス』アンディ・ウィアー，『２００１：キューブリック、クラーク』マイケル・ベンソン（共訳），『あまたの星、宝冠のごとく』ジェイムズ・ティプトリー・ジュニア（共訳），『最終定理』クラーク＆ポール（以上早川書房刊）他多数

プロジェクト・ヘイル・メアリー〔上〕

2021年12月25日　初版発行
2024年 9 月25日　24版発行

著　者　アンディ・ウィアー
訳　者　小野田和子《おのだかずこ》
発行者　早　川　　浩

発行所　株式会社　早川書房
東京都千代田区神田多町２－２
電話　03 - 3252 - 3111
振替　00160-3-47799
https://www.hayakawa-online.co.jp

印刷所　中央精版印刷株式会社
製本所　中央精版印刷株式会社

定価はカバーに表示してあります
ISBN978-4-15-210070-2 C0097
Printed and bound in Japan
乱丁・落丁本は小社制作部宛お送り下さい。
送料小社負担にてお取りかえいたします。